KB254049

시대를 너무 앞선 23인의 천재들

시대를 너무 앞선 23인의 천재들

시대를 너무 앞선

23인의 천재들

초판 인쇄 | 2011년 11월 10일
초판 발행 | 2011년 11월 15일
엮은이 | 김만중
펴낸곳 | 도서출판 새희망
펴낸이 | 조병훈
디자인 | 디자인 감7
등록번호 | 제38-2003-00076호
주소 | 서울시 동대문구 제기동 1157-3
전화 | 02-923-6718   팩스 | 02-923-6719

ISBN 978-89-90811-28-8 03800

값 10,000원

* 잘못된 책은 바꿔드립니다.

23인의 천재들

들어가면서

모두가 보이는 이미지에 몰두하고 있을 때 지속하는 실체를 표현하고자 30년을 준비한 세잔느, 모두가 인과 관계 중심의 이야기를 하고 있을 때 인간의 의식을 중심으로 이야기를 한 제임스 조이스, 모두가 합리적인 인간만을 연구의 대상으로 하고 있을 때 인간의 비합리적 측면을 연구의 대상으로 삼은 프로이트, 모두가 인간의 성스러운 측면을 노래할 때 인간의 사악함을 노래한 보들레르 등 이 책에 등장하는 이들은 모두 예술과 진실의 영역을 확장하여 인류의 생활을 풍부하게 한 개척자, 선구자와도 같은 이들이다. 이렇게 시대를 앞서서 산 사람들의 개인적인 삶은 어떠했을까?

새로운 것을 만들어가는 열정에 온 몸을 불사르면서도 앞서간 자들만이 느끼는 처절한 고독 속에서 방황과 절망을 하지는 않았을까?

　파리 룩상부르그 공원에서 비둘기를 잡아먹던 헤밍웨이, 부에노스 아이레스 공원 벤치에서 잠을 자며 술집작부가 주는 술과 밥을 얻어먹던 유진 오닐, 불확실한 미래에 도전하기 위해 화물선박에 몸을 실은 이사도라 던컨, 세속적인 가치에 휩쓸려 살 수 밖에 없는 범인의 관점에서 그들의 삶은 이해하기 힘들뿐 아니라 불행해 보인다.

　하지만 자기의 철학과 예술 그리고 연인을 포기하지 않고 사랑한 그들의 삶은 다른 사람들이 가지지 못한 열정과 사랑이 있다.

　남다른 열정과 사랑이 있었기에 지독한 방황과 절망에서도 희망을 포기 할 수 없었고 그 희망이 우리 인류의 삶을 더욱 풍성하게 만들었다.

잡초처럼 살던 고리키는 민중과 지식인을 결합시킨 사회주의 리얼리스트로 러시아 최초의 노벨문학상을 수상하였고 20년간 한 여인에게 청혼하던 예이츠는 아일랜드 문예협회를 창립하고 독립운동에 헌신하고 독립 후에는 원로원 의원이 되며 역시 노벨 문학상을 받았다.

평생 빚쟁이에게 시달리던 발자크는 약 90편 등장인물 2000명의 대작 인간희극을 완성하고 프랑스 사실주의의 선구자로 평가받는다.

그들이 앞서서 느낀 시대가 그들에 의해 현실이 되는 희열은 남다른 열정과 사랑을 가진 자들만이 느끼는 것은 아닐까?

바람에 의해 휘둘리는 연처럼 사는 우리들이 역풍에 맞서 날아가는 새처럼 살아간 사람들의 인생을 이해하는 데 조금이나마 이 책이 도움이 되었으면 한다.

차 례

– 생트 빅트와르산

한 대상물에 대한 연작인 세잔느의 생트 빅트와르산을 보면 그의 그림이 어떤 변화를 했는지 알 수 있다. 생트 빅트와르산은 세잔느에게 단지 보이는 대로의 고향풍경이 아니라 인생을 관통한 철학의 대상이었다. 이 그림들에서 사물의 순간을 표현한 인상파로 시작한 그가 지속하는 실체를 표현하고자 하는 변화를 볼 수 있다.

지속하는 실체를 표현하기 위하여 산에 대해 빠짐없이 섬세하게 관찰한 뒤 산과 들판, 그외 자연의 모습을 삼각형, 사각형, 사다리꼴 등 기하학적으로 환원시켰다. 이런 그의 변화는 후기로 갈수록 더욱 그 경향성이 강해지고 후에 피카소 등 입체파에 큰 영향을 끼치게 된다.

― 폴 세잔느

　세잔느는 자기보다 더 불행한 사람은 이 지구상에서 아무도 없다고 고백한 적이 있다. 그는 그림을 그리는데 걸림돌이 되는 시력장애, 하루 종일 일을 하지 못하게 하는 우울증에 대해 자주 불평을 털어놓곤 했다. 또한 가족 모두 그를 무시했으며 가장 친한 친구조차 그를 무시했다. 이런 열악한 조건 속에서도 그는 마침내 자기 고유의 그림세계를 개척하였다. 그러나 그러기까지 그는 숱한 시행착오와 도전을 번갈아 하여야만 했다.

　그에게 가장 힘든 시기는 역시 스물두 살인 1861년 파리에서 에꼴 데 보자르 미술학교를 떨어지고 고향으로 돌아온 날일 것이다. 아버지는 차마 입에 담기도 싫은 지독한 말로 세잔느의 마음을 후벼 팠다. 결국 권태롭고 지루한 은행 일을 하면서 그는 틈만 나면 파리로 달려가 미술 공부를 했다. 하지만 아버지의 눈을 피해야 했다.

세잔느가 그린 아버지의 모습을 보면 모자 사이로 나온 흰 머리카락, 그을린 얼굴과 꽉 다문 입, 그리고 강한 턱에 노란 바지를 입고 다리를 꼬고 앉아 신문을 읽고 있는 고집 센 아버지의 모습을 그리고 있다. 세잔느의 아버지는 친구 에밀 졸라로 인해 자식이 문학이니 미술이니 하면서 다른 곳에 신경을 쓴다고 세잔느의 둘도 없는 친구를 싫어했다.

아버지의 판단은 정확했다. 세잔느가 아버지 기대에 어긋나기 시작한 것은 이탈리아에서 프랑스 프로방스로 전학 온 에밀 졸라를 세잔느가 좋아하면서 시작되었다. 두 사람의 우정은 아름다운 프로방스의 풍경과 어울려져 한 사람은 문학을 또 한사람은 미술로 생애 전부를 바치기로 결심한 것에서 시작되었다. 사실 세잔느는 그림으로 그렇게 두각을 나타낸 학창시절이 아니었다.

오히려 졸라의 영향을 받아서 그런지 희곡 쓰는 일이 더 나았다. 하지만 1858년 파리로 먼저 간 졸라와 편지를 주고받으며 세잔느는 졸라에 비해 문학에는 소질이 없음을 깨닫고 그림으로 방향을 바꾼 것이다. 그러나 졸라는 격려를 원하는 친구에게 "난 자네가 나의 가장 친한 친구이기는 하지만 화가로 성공할 것이란 말을 차마 하진 못하겠네."라고 찬물을 끼얹었다.

그러나 이미 결심을 하고 파리로 올라온 그는 에밀 졸라의 도움으로 유명한 화가 피사로와 기요맹 등을 소개받았다. 그러나 몇 년 동안 그는 살롱에 자신의 작품을 출품하지만 번번이 낙선을 하고 만다. 1866년 스물일곱 살의 세잔느는 파리를 떠나 벤쿠르라는 작은 마을에 자리를 잡는다. 그리고 자신의 그림을 고민하기 시작한다. 살롱에 출품할 작품이 아닌 자기만의 그림을 생각하기 시작했다. 그리고 유년 시절 추억을 떠올렸다.

그림 도구를 등에 둘러멘 채 차양이 넓은 모자를 꾹 눌러 쓰고는 혼자서 혹은 친구들과 어울려 프로방스 지방의 여기저기를 돌아다니며 그림을 그렸던 세잔느는 문득 그 기억 속에서 그의 그림의 주제를 발견하게 된다. 졸라에게 보내는 편지에서 그는 이렇게 말하고 있다.

"햇살이 강렬히 내리 쏟아지는 야외 풍경을 마주하고 있으면 인물과 형상이 서로 대조를 이루는 아주 놀라운 효과를 연출한다. 나는 그 사물의 광채를 보고 야외에서 그림을 그리고 싶다는 충동을 억누를 수 없다."

이 짧은 편지가 중요한 것은 당시 세잔느는 풍경화와

더불어 정물화, 초상화 그리고 자화상도 그렸지만 야외에서 쏟아지는 빛줄기 속에서 자신의 그림의 방향을 잡은 것이다.

졸라는 이런 세잔느의 그림 방향을 옳지 않다고 판단하고 "자네 그림은 10년 뒤에야 인정받을 걸세."라는 저주를 퍼부었다. 그런데 그 저주는 10년이 아닌 30년이 되어서야 풀렸다.

세잔느가 꿈꾸었던 화풍의 시기는 아직 멀었고 세잔느는 1870년 자기 그림에 새로운 시도를 하고 있었다. 인상주의 화풍을 따르던 이 시기는 야외의 빛을 묘사하는 기술을 터득하기 위한 연습 기간이었다. 세잔느는 하나의 정물화를 완성하기 위해 100회 이상을 작업했고, 초상화를 그릴 때는 모델을 150번이나 자리에 앉혔다.

그래서 사람들은 그의 노력을 이렇게 평가했다. "역사상 가장 유명한 사과가 셋 있는데, 하나는 이브의 사과이고, 둘째가 뉴턴의 사과이며, 셋째가 세잔느의 사과다." 그리고 화가 모리스 드니는 "평범한 화가의 사과는 먹고 싶지만 세잔느의 사고에게는 말을 걸고 싶다."고 말하기도 했다. 그러나 그런 찬사 모두는 30년 뒤의 일이었다.

1873년 세잔느는 선배 화가 카미유 피사로(1830~1903)의 초청에 응해 그와 함께 9년 간 그의 거처에 머무르게 된다. 조울증에 시달리던 세잔느에게 그와 함께 하던 시간

▶ 세잔느가 1906년 숨을 거둘 때까지 혼자 작업
했던 아틀리에. 지금도 그때 모습 그대로 있다.

은 행복했다. 그리고 피사로는 세잔느에게 자연으로의 완전한 몰입이라는 새로운 화상畫像을 가르쳐 주었다. 그는 이제 마음의 안정을 상당히 되찾은 데다 새로운 기법을 터득한 상태에서 프로방스로 돌아왔다.

여건이 좋아진 그는 안정된 심성으로 창작에 새로운 단계를 맞이하게 된 것이다. 이전에 그는 오랜 연인 오르탕스 피케와 둘 사이에 태어난 아들을 데리고 엑스 근교에서 살면서 가장으로 경제력이 없는 자신을 탓하며 마음이 편치 않았다. 그는 아내의 그림을 많이 그렸지만 대개 그녀의 얼굴은 젊은 시절 한정돼 있었고, 항상 피곤에 지친 모습들이 대부분이었다.

그의 예술 작업은 고통스럽게 진행되었다. 여러 각도에서 생트 빅트와르 산을 돌아다니며 스케치를 하던 세잔느는 피사로가 가르쳐 준 기법을 의심하기 시작했다. 즉 색채만으로는 순간순간 변하는 프로방스의 생트 빅트와르 산을 올바르게 그려낼 수 없음을 깨달은 것이다. 그러면서 예전에 가졌던 자신의 능력에 대한 불신이 사라지기 시작했다. 가족관계와 예술을 둘러싸고 누적된 문제들을 스스로 해결하려는 분투의 와중에 결국 그는 인상파 화가들과 멀어지게 되었다.

이런 세잔느의 내면적 고독의 과정은 철저하게 다른 사람들과 불화를 낳는다. 그래서 세잔느 가족은 그가 무엇을 하든 그냥 내버려두기로 했고 그의 친구 졸라 역시 그의 불행한 선택을 그의 소설 작품에서 언급하면서 비극적인 결말을 암시하곤 했다.

그러나 세잔느는 마치 신들린 사람처럼 작업을 하기 시작했다. 하지만 완성된 그림을 볼 때마다 번번이 쓰디쓴 환멸을 맛보지 않으면 안 되었다. 세잔느는 뭔가 중요한 것이 그림에 빠져 있다는 느낌을 지울 수가 없었다.

이 무렵 벌써 졸라는『목로주점』과『나나』로 최고의 작가로 이름을 날렸고 돈도 많이 벌었다. 그는 자연주의 대표작가로 명성을 얻었다. 에밀 졸라는 자신의 새 작품이 나올 때마다 빠짐없이 세잔느에게 책을 보내 주었다. 오랜 친구 졸라는 그 후로도 세잔느의 작업이나 생활이 최악의 상태에 처할 때마다 어김없이 그를 격려해 주었다.

에밀 졸라가 보내오는 소설에서 세잔느는 엑스에서 보낸 젊은 시절의 많은 기억들을 되살릴 수 있었고, 졸라의 소설 중에 주인공으로 등장하는 화가 랑띠에르의 모습에서 자신의 자화상을 발견하기도 하였다.

그러나 소설은 세잔느를 더욱 고통스럽게 할 뿐이었다. 왜냐하면 졸라는 그 주인공의 삶의 고통은 물론 그 유약함과 불안함까지도 가차 없이 날카롭게 그려내고 있었기 때문이다. 한때 졸라는 친구를 사랑하는 마음으로 세잔느가 계속 그림을 그릴 수 있도록 용기를 주기도 하고 찬사를 아끼지 않기도 했지만 때로는 그의 부끄러운 치부를 작중 인물로 그려 세잔느에게 치명적인 상처를 주기도 하였다. 즉, 졸라는 랑띠에르(세잔느를 묘사한 주인공)를 자살하도록 내버려두었다. 랑띠에르는 예술가로서 고독한 길을 갈 수 있는 능력이 자신에게 없음을 깨닫고 마침내 목을 매어 자살을 하고 마는 것이다.

소설의 이러한 결말은 세잔느에게 커다란 충격을 주었다. 그러나 자기와 닮은 화가에게 위기의 순간을 넘기지 못한 죄과로 죽음의 판결을 내린 이 소설의 결말은 오히려 세잔느에게 더 큰 자극을 주기도 했다. 그는 졸라에게 보낸 답장에 그의 예술정신을 드러내기도 한다. 그 편지에는 화가 난 표현이나 문장은 없다. 그는 자신의 무능을 담담하게 인정했으며 주인공의 자살도 인정하였지만 그

인물은 온전히 자신의 분신이라 받아들이지 않는다고 했다. 그리고 세잔느는 졸라가 자기 자신에게 말한 것으로 추측되는 그 책의 마지막 문장 "일을 열심히 해야 합니다."라는 말을 순순히 따르기로 했다. 나이보다 훨씬 늙어버린 마흔일곱 살의 세잔느는 건강이 약해진 상태에서도 자신의 삶을 더 치열하게, 그리고 뜨겁게 그림으로 승화시키려 했다.

그러나 세잔느는 1886년 4월 17일 어느 문예지를 보고 그만 화를 억누르지 못한다. 그 글에는 졸라의 작품이 온전히 화가 세잔느를 그리고 있다는 것을 밝히고 있는 것이다. 그리고 마지막 기사에는 "친구가 자신을 자꾸 죽음으로 몰고 가고 있는데, 폴은 무엇을 느꼈을까?"라는 문장을 발견했다. 이후 두 사람은 죽을 때까지 서로를 외면한다. 물론 에밀 졸라가 10년 만에 폴 세잔느를 찾아갔지만 그는 졸라를 만나지 않았다.

한편 졸라는 '드레퓌스사건'으로 프랑스 최고의 지성으로 평가받으며 인기 절정을 누렸다. 군부의 음모로 드레퓌스라는 유대인 포병장교가 간첩혐의로 종신형을 선고받은 것에 항의하며 에밀 졸라가 이 사건은 국가에 의한 폭력이라고 규정하고 언론에 공개적인 반박문을 게제하면서 사건이 확대된 것이다. 언론에 한창 스포트라이트를 받고 있던 졸라에 비해 세잔느는 줄곧 자기 자신 안에 침잠해 있었고, 공간적으로도 프로방스 안에 갇혀 있었다.

그런데 1902년 에밀 졸라가 갑자기 가스 중독으로 죽었다. 그가 드레퓌스를 변호하다 죽음을 당한 것으로 누군가에 의해 살해되었을 가능성이 있지만 밝혀지지 않았다. 그 소식을 전해들은 세잔느는 갖고 있던 그림 도구를 집어던지며 혼자 있게 해달라고 소리치고 있었다.

세잔느는 졸라가 죽고 나서 한동안 그림을 그리지 못했다. 졸라와 세잔느처럼 평생을 우정과 증오로 관계 맺은 인물이 또 있을까? 자신의 삶을 지배했고 그로 인해 화가의 길을 걸었으며 자신의 비참한 삶을 기분 나쁘게 예언했던 친구, 그가 죽자 그는 자신의 그림에 대해 심각하게 고민하였다. 그리고 다시 하얀 백지 위를 뚫어져라 쳐다보았다. 그리고 갑자기 풍경과 구도가 그 속에서 훤하게 투시될 때까지 그는 모든 것을 빨아들였다.

결국 1904년 파리에서의 그의 전시회는 새로운 화풍의 탄생을 알리면서 나이 예순다섯에 모든 사람들로부터 인정을 받는 자리가 되었다. 단, 43년 동안 우정과 증오를 같이한 친구만이 그를 인정할 수 없었다.

두 사람이 화해를 한 것은 졸라가 죽고 1906년 그의 흉상이 고향 엑스에 세워질 때였다고 한다. 세잔느는 그의 흉상에서 흐느끼며 쓰러졌다고 한다. 그리고 그 해 10월 23일 세잔느는 야외에서 그림을 그리다가 소나기를 만났고 폐렴이 악화되어 숨을 거두었다. 그는 죽는 순간까지 그림을 그리다가 생을 다했다.

세잔느의 그림을 보는 사람들은 그 속에 존재하는 세계가 없음을 느낀다. 그것은 세잔느의 의도가 아니다. 오히려 그가 추구한 새로운 방식의 결과인 것이다. 생트 빅트와르를 소재로 한 60여 점의 그림들을 자세히 관찰하면 세잔느가 목표한 것에 상당히 근접했음을 알 수 있다.

1904년에서 1906년『생트 빅트와르 산』은 프로방스를 잘 아는 사람조차 이 그림을 보고 친근함과 낯선 느낌을 동시에 받는다. 다시 말해 너무 친숙해 반가운 만남을 느끼기도 하다가 다른 한편으로 너무 생소해 스스로 놀라는 체험을 한다. 그런 그림은 세잔느의 삶이 불투명하고 불확실한 모습을 했다는 것에서 기인한다.

가난한 화가의 고독한 예술혼 – 세잔느

세잔느(Cezanne, Paul)는 1839년 1월 19일 남프랑스 엑스 앙 프로방스에서 태어났다. 처음에는 아버지의 희망에 따라 엑스의 법과대학에서 법률을 배웠으나 어릴 때부터 친구였던 작가 에밀 졸라의 영향으로 화가가 될 것을 마음먹고 파리로 나와서 미술 아카데미에서 그림 공부를 하였다.

하지만 그토록 소원이었던 파리의 예술대학 에꼴 데 보자르 입학시험에 실패하고 다시 고향으로 돌아왔다. 세잔느 인생에서 가장 절망적인 시간이었던 스물두 살의 세잔느에게 그의 아버지는 은행에서 일을 하게 했다. 그의 아버지는 아들이 화가가 되는 것을 끝내 허락하지 않았다. 그는 아버지의 반대에도 고향과 파리를 오가며 그림 공부를 계속했다. 보불전쟁이 나자 파리에 가까운 폰트아스에 가서 카미유 피사로를 찾아가 그림 수업을 받았다.

1863년부터 1880년까지 그는 매년 살롱에 그림을 출품하지만 번번이 떨어졌다. 그러나 절망의 시간은 세잔느에게 자기만의 독특한 그림 세계를 추구하는 소중한 시간을 갖게 한다. 피사로에게서 물려받은 당시 유행하던 인상파화풍을 그는 자신 만의 색채 묘사로 발전시키고 있었다.

그 무렵 그는 자신의 모습을 화폭에 담았는데, 나이에 비해 너무 늙어 버린 세잔느의 모습을 우린 볼 수 있다. 그것은 그의 삶이 얼마나 고단했는가를 느끼게 해 준다.

미술계에서는 세잔느의 작품을 전기와 후기로 나누고 있는데, 파리생활로부터 프로방스로 돌아가 그 부근의 자연을 묘사하던 시기가 후기가 된다.

평생 자신의 꿈을 가로막은 아버지가 죽자, 그동안 숨기고 살았던 여자 오르탕스 피케와 1886년 4월 28일 결혼식을 올린다. 무려 14년 동안 동거하면서 생활비를 보내주는 아버지에게 혼이 날까 비밀로 했던 것이다. 하지만 세잔느는 열한 살 연하의 아내 오르탕스에게 별 애정을 품지는 않았고, 아내와는 거의 같이 살지 않았다. 하지만 결혼할 당시 이미 열네 살이나 된 아들 폴로 인해서 관계가 유지되었던 것으로 보인다. 세잔느가 그린 아내의 그림은 수십 점 남아 있지만 그녀의 표정은 어디에도 밝은 빛이 없다. 그것은 돈이 없는 세잔느가 원하지 않는 아내에게 모델을 요구하였고, 그 불편한 심정이 그대로 작품에 나타나 있는 것이다.

예술가로 세잔느처럼 불행한 삶을 살다간 사람이 또 있

을까? 경제적으로 독립을 이룬 나이는 마흔일곱, 그것도 아버지의 죽음으로 얻을 수 있었던 유산 덕분이었고, 무능한 남편을 바라보는 아내의 차가운 시선을 피해 혼자 생 트 빅트와르 산 아래 아틀리에에 혼자 기거하면서 아무도 알아주지 않는 그림을 그렸던 가난한 화가 세잔느는 결국 예순한 살이 되어서야 사람들의 시선을 끌기 시작했다.

그래서 화가를 지망하는 사람들은 힘들 때면 세잔느 의 그림을 보며 위안을 얻는다. 그의 그림에는 가난한 화 가의 고독한 예술혼이 작품 구석구석에 남아있기 때문이 다. 1904년 파리에서 열린 세잔느의 작품 전시회는 새로 운 화풍의 탄생을 예고한 자리였다. 파리는 20세기 새로 운 미술 흐름을 세잔느 그림에서 얻고 있었다. 피카소를 비롯한 입체파 화가들의 탄생이 그것이었다. 그들은 세 잔느의 그림에서 투영되는 빛과 보이지 않는 기억 저편 의 이미지를 화폭에 담기 시작했다. 하지만 이미 그의 나 이 예순다섯, 그는 스물두 살 화가의 꿈을 갖고 시작한 뒤 43년 동안 가장 친한 친구에게도 비웃음을 받으며 자 신만의 그림 세계를 추구한 비극적인 예술가의 표본인 인물이었다.

– 두 명의 프리다

프리다는 남편 디에고와 이혼하고 완성한 『두 명의 프리다』에서 "두 명의 프
리다가 항상 싸우고 있었다. 하나는 디에고가 사랑한 살아있는 프리다였고,
또 다른 프리다는 디에고가 더 이상 사랑하지 않는 프리다로 죽은 프리다."
라고 설명했다.

이 그림에서 두 명의 프리다는 동맥으로 연결되어 있지만 웨딩드레스를 입은
프리다는 심장이 없고 동맥이 끊어져 있어 하얀 드레스위로 피가 떨어지고
있다.연결되어 있지만 디에고와의 이별로 두 개로 분열된 프리다의 고통스런
모습 같아 보인다.

"나는 열일곱에 디에고를 사랑했다. 하지만 부모님은 그를 달갑게 여기지 않았다. 그가 너무 나이가 많고 자식들도 있었기 때문이었다. 또한 너무 뚱뚱해 사람들은 코끼리와 비둘기가 결혼하는 것 같다고 말했다. 가족들은 아버지 말고 아무도 결혼식에 오지 않았다. 아버지는 우리가 결혼하기 전에 디에고를 만나 '내 딸이 병자라는 것, 평생 아픈 몸으로 살아야 한다는 것을 명심하게. 내 딸은 똑똑하지만 그렇게 예쁘지는 않다네. 잘 생각해서 결정하게. 그래도 결혼하고 싶다면 허락해 주겠네.'라고 말했다."

디에고가 1923년 멕시코시티 국립예비학교에서 주문

받은 프레스코 벽화를 그리던 때 두 사람은 처음 만났다. 당시 프리다는 열일곱 살이었고 그 학교의 학생이었다. 그리고 5년 뒤인 1928년, 멕시코 축제 기간에 다시 만난 것이다.

프리다는 종종 디에고와의 만남은 운명적이었다고 말했다. 멕시코에서 디에고보다 더 많은 벽화를 그린 화가는 없었다. 멕시코가 혁명으로 뜨거울 때 디에고의 예술은 혁명의 수단이었다.

디에고는 작업에 몰두하면 며칠 동안 쉬지 않고 그림을 그렸다. 그는 작업대 위에서 밥을 먹었고 거기서 잠을 잤다. 그는 친구들을 만나면 자신이 러시아 혁명에 참전했으며 사람 고기도 먹었다고 떠들었다. "사람 고기는 연한 새끼 돼지 맛이야!" 그는 허풍이 심한 화가였지만 그러나 그 모든 것이 허풍만은 아니었다. 그는 자신이 멕시코에서 최고의 화가라고 말했지만 그 말은 다른 사람들도 인정하는 말이었다. 그는 어릴 때부터 벽에다 그림을 그렸다.

디에고가 프리다와 결혼할 때 이미 두 번의 결혼 전력을 갖고 있었고 한 명의 아들과 세 딸을 두고 있었다. 디에고는 당시 러시아 붉은 군대의 회관 벽화를 그리고 돌아온 상태였다. 멕시코 공산당은 그의 그림을 통해 혁명 사상을 고취시키고자 했다. 하지만 이 화가는 혁명가답지 않은 가벼움이 있었다.

▶ 프리다는 그의 일기에서 "디에고를 나의 남편이라고 말하지 않겠다. 그는 누구의 남편이 된 적도 없다."라는 글을 썼다.

너무 많은 여자들로 인해 누가 진짜 그의 여자인지 사람들은 잘 몰랐다. 그는 누가 봐도 추남이었지만 그는 여자들을 끌어당기는 묘한 재주를 갖고 있었다.

디에고는 평소에도 프리다의 그림들에 관심을 갖고 있었다. 1928년 축제 기간 동안 만난 두 사람, 프리다는 자신의 그림을 평가해 달라고 디에고에게 부탁했다. 3점의 프리다 자화상 그림을 보고 디에고는 더 많은 그림을 보고 싶다며 그의 집을 방문했고 며칠 뒤에 그녀의 입술에 키스를 했다. 그리고 1929년 8월 21일 두 사람은 결혼했다.

프리다와 디에고의 결혼은 처음부터 힘든 생활을 예고했다. 특히 프리다의 건강은 그리 좋은 편이 아니었다. 그녀에게 신은 두 번이나 큰 시련을 선사했다. 우선 가장 치명적인 선물은 1925년 9월 17일에 일어났다. 멕시코시티에서 공부를 하던 열여덟 살의 프리다는 고향 코요야칸 행 버스를 탔다. 그 시절 그가 가장 좋아하던 남자친구 알렉스도 동행했다. 버스는 새로 칠을 해서 그런지 아주 산

뜻했다.

사람들이 많았고 갑자기 정해진 불행이 움직이듯이 두 칸짜리 전차가 프리다가 타고 있는 버스를 향해 돌진하였고, 버스 가운데 부분을 들이받은 것이다. 버스에 탄 프리다는 심한 부상을 당했다. 같이 탄 남자 친구 알렉스는 가벼운 상처만을 입었지만 그녀는 하복부와 척추 뼈에 철골이 박혔고, 심한 출혈로 의식을 잃고 있었다.

3개월 동안 병원에서 생사를 넘나드는 고통 속에서 여러 차례 수술 끝에 목숨은 구했지만 그녀의 상태는 아주 참혹했다. 그 절망의 시기 그녀를 위로한 것은 알렉스였다. 그러나 두 사람은 결국 사고 뒤 3년 만에 헤어졌다. 두 사람은 애인 사이에서 평생 친구로 지내기로 약속했다. 알렉스는 프리다가 죽을 때까지 그녀의 고통을 위로해 준 남자 친구가 되었다. 1925년 사고가 일어난 날부터 그녀가 세상을 떠날 때까지 프리다의 삶은 서서히 망가져 갔다. 그녀는 사고 이후 35차례 수술을 더 받았다. 그녀는 항상 피로했고 척추와 오른쪽 다리는 항상 통증을 달고 살았다.

이 큰 불행의 처음 시작은 프리다가 여섯 살 때 일어났다. 그녀는 갑자기 소아마비에 걸려서 9개월 동안을 방에서 나올 수 없었다. 아버지는 그런 허약한 프리다를 사랑했다. 프리다에 대한 아버지의 애정은 자신의 나약함에 기인하고 있다. 아버지 기예르모 칼로는 독일 사람으로 사진작가다. 예술가로 성공하지 못한 아버지는 고국 독일에서 혼자 멕시코로 넘어 와 살면서 항상 이방인 같은 존재였다고 프리다는 회상했다. 그는 조그만 스튜디오를 갖고 있었으며 그곳은 그만의 유일한 공간이었다. 아무도 드나들 수 없었지만 프리다 만은 예외였다.

프리다의 어머니 마틸데 칼데른은 인디안 혈통으로 멕시코 혁명 당시 좌파 지도자들의 은신을 돕고 무장 혁명 투사들을 돕던 맹렬 공산주의자다. 그녀의 영향으로 프리다 칼로 역시 평생을 공산주의자로 자처하며 살았다. 프리다의 아버지와 어머니가 만난 것은 멕시코 혁명 때문이었다. 멕시코 혁명을 사진에 담기 위해 독일에서 넘어 온 아버지는 어머니에게 끌려 결혼을 한 것이다. 그렇지만 아버지와 어머니 사이에는 보이지 않는 큰 장벽이 가로놓여 있는 듯이 보였다. 프리다가 어린 시절 바라보는 아버지는 항상 고독함을 달고 다닌 분이었다. 그는 방에서 혼자 식사를 했으며 저녁 식사를 마치면 피아노를 쳤다. 프리다의 아버지는 사진 말고도 그림에 소질이 있었다.

그 덕분에 프리다는 어린 시절부터 그림 그리는 일을 가까이 할 수 있었다. 프리다는 아무도 없는 방안에서 큰 거울 앞에 우울하게 앉아 있는 자신의 모습을 그렸다. 그래서 그녀의 그림은 자화상이 많다. 그녀의 아버지가 그리는 것은 대개 멕시코의 낭만적인 농촌 풍경이었다. 그러나 아버지는 간질환자이기도 했다. 그는 석 달에 두 번 꼴로 거리에서 쓰러졌다. 쓰러질 때는 항상 카메라가 상하지 않게 가슴으로 끌어안고 쓰러졌다.

1932년 9월 15일 프리다의 어머니가 죽었다. 그녀는 160개의 담석을 제거한지 불과 이틀 만에 숨을 거둔 것이다. 가족들은 아버지에게 어머니의 죽음을 알리지 않았다. 아버지는 정신이 나가 있었기 때문이다. 장례식이 끝나고 아버지에게 어머니의 죽음을 알렸지만 그는 종종 "왜 엄마가 없니?"라고 묻곤 했다.

1933년, 프리다와 디에고는 미국의 디트로이트에 있었다. 프리다는 인생이 참혹하다는 생각을 자주 하고 있었다. 우울증에 걸린 그녀는 바쁜 남편에게 짜증을 부리기도 했다. 디에고는 1932년 뉴욕의 록펠러 센터에 벽화를 그릴 화가로 선정돼 있었다. 공산주의자 화가에게 세계에서 가장 돈 많은 자본가 록펠러가 돈을 대 주었던 것이다. 미국 언론은 디에고 부부의 동정을 흥밋거리로 매일 기사화했다.

프리다는 디에고를 존경하고 사랑했다. 그래서 꼭 그의 아이를 갖고 싶어 했다. 미국에서 생활하는 동안 프리다는 아이를 갖기 위해 노력했지만 결국 세 번이나 유산의 고통을 겪게 되었다. 그리고 세 번째 유산은 그녀에게 다시는 아이를 갖지 못한다는 절망적인 선언을 듣게 한다. 프리다는 유산의 충격보다 다시는 임신하지 못한다는 사실에 더욱 고통을 받고 있었다.

한편 디에고는 결혼 두 달 만에 멕시코 공산당 당원에서 제명을 당했다. 그가 제명을 당한 이유는 그림이나 생활이 너무 부르주아적이라는 것에 있었다. 그는 그림 다음으로 중요한 것이 공산혁명이라고 생각했기에 그의 이상이 사라진 것이다.

정치적으로 공산당과 결별한 디에고는 여성들과 수많은 염문을 뿌리고 다녔다. 특히 프리다의 여동생 크리스티나와 깊은 관계에 빠진 것은 두 사람의 부부관계에서 아주 심각한 결과를 초래하고 말았다. 두 사람은 별거를 하기로 결정했다.

별거 기간 동안 프리다 역시 다른 남자와 잠시 사랑에 빠지기도 했다. 그녀는 두 명의 남자에게 사랑을 받았는데, 한 사람은 러시아 혁명의 사상적 기초자인 트로츠키였고, 다른 한 사람은 뉴욕에서 혜성처럼 떠 오른 젊은 사진작가 니콜라스 머레이였다. 1937년 트로츠키는 스탈린의 암살 음모를 피해 멕시코로 망명해서 디에고와 친하게 지내고 있었다.

트로츠키는 스탈린 부하들의 계속되는 암살계획에 두려움을 느끼고 있었지만 디에고 부부만은 언제든지 만날 수 있는 몇 안 되는 친한 친구 사이였다.

스물아홉의 나이인 프리다는 여성으로 매력을 흠뻑 발산하고 있었고, 그런 농익은 몸짓에 쉰여덟 살의 트로츠키는 서서히 빠져들고 있었다. 그러나 프리다의 트로츠키에 대한 접근은 진실한 것이 못되었고 불장난 같은 관계로 끝이 났다. 그녀는 이별의 선물로 자신의 자화상을 선물했다. 그녀가 자신의 자화상을 선물하는 것은 이별의 정표였다.

형가리 출신의 니콜라스 머레이는 트로츠키보다 더 심각한 사이였다. 머레이는 패기와 매력이 동시에 흘렀고, 또한 순수한 청년이었다. 처음 두 사람이 알게 된 것은 머레이가 프리다의 멕시코 전시회 때 도움을 준 일이 계기가 되었고, 뉴욕에서 프리다는 디에고가 바람을 피자 머레이에 더욱 적극적으로 구애를 던졌다. 하지만 그것도 진실한 것이 아님을 나중에 그는 일기에서 고백했다.

1939년, 32세의 프리다는 앙드레 부르통의 후원으로 파리에서 전시회를 가졌고, 피카소와 칸딘스키 등으로부터 초현실주의 화가로 인정을 받았다. 남미 화가 최초로 루브르 박물관에 그녀의 그림이 소장되는 영광을 안았다. 그해 남편과 정식으로 이혼을 했고 애인 머레이와도 이별을 했다. 『두 명의 프리다』는 그때 완성한 작품이다. 프리다는 그 작품에서 "두 명의 프리다가 항상 싸우고 있었다.

하나는 디에고가 사랑한 살아 있는 프리다였고, 또 다른 프리다는 디에고가 더 이상 사랑하지 않는 프리다로 죽은 프리다."라고 설명했다.

1940년 8월 21일 트로츠키는 스탈린 이 사주한 것으로 여겨지는 암살자에 의해 등산용 피켈로 암살당했다. 그해

▶ 부러진 기둥

12월 8일, 프리다는 디에고와 다시 재결합했지만 두 사람은 과거의 그 뜨거운 연인 사이가 아니었다.

1941년 아버지가 죽자, 프리다의 건강이 다시 악화되었다. 석고와 강철 코르셋으로 몸을 지탱하면서도 프리다는 작품 활동에 몰두했다. 프리다는 사람들 앞에서 자기 고통이 별것 아닌 듯 행동했지만 사실 그녀의 고통은 대단했다. 그때 그 유명한 그림 『부러진 기둥』이란 자화상을 그린다. 1946년 두 번의 척추 수술을 받았지만 고통은 더욱 심해졌다. 1950년 영국에서 7번의 척추 수술을 받았다.

1952년 프리다는 자궁암에 걸렸고, 고통으로 여러 차례 자살을 시도하기도 했다. 1953년 4월, 프리다는 멕시코시티에서 마지막 개인전을 열었다. 그해 8월, 프리다는

고통 때문에 결국 오른쪽 다리를 절단하는 수술을 받았다.

"두 발이 무슨 필요가 있겠어. 나에게는 날개가 있는데."

그렇게 자신을 위로했지만 다리 절단은 그녀의 고상함에 손상을 준 사건이 됐다. 오른쪽 다리 절단 뒤에 프리다에게 희망은 남아 있지 않았다. 디에고는 그런 상황에서도 여자들을 만나며 자신의 감수성을 만족시켰지만 프리다에 대한 정성은 여전했다. 그는 자기 자서전에서 "간호사가 나에게 전화를 걸어서 프리다가 울면서 죽고 싶어 한다고 했다. 나는 즉시 그림을 멈추고 집으로 달려가 그녀를 다독거렸다. 그리고 그녀가 평온을 되찾으면 다시 돌아와 작업을 재개했다. 며칠 동안 나는 너무 피곤해서 작업대 의자에 앉은 채 잠들기 일쑤였다. 나는 그녀의 치료비를 대기 위해 수채화에도 손을 댔다. 때로는 하루에 대형 수채화 두 점을 해치우기도 했다."라고 기술했다. 디에고는 나름대로 최선을 다하고 있었던 것이다.

디에고는 프리다가 아파하는 것을 보면서 괴로워했고 그래서 며칠 씩 집에 들어오지 않았고, 그러면 프리다는 더욱 외로워했고, 화를 냈으며 절망했다.

점점 프리다는 약해지고 있었다. 하루도 약을 먹지 않으면 잠을 자지 못했고, 고통 때문에 진통제를 달고 살았다.

그래서 그녀는 약물중독 증세가 나타났고, 이어 술도 많이 마시기 시작했다. 1954년, 47세의 프리다는 폐렴까지 걸려 결국 7월 13일 숨을 거두었다. 그녀가 죽기 직전 쓴 글은 그녀가 자살했을지 모른다는 추측을 낳게 하고 있다.

"아! 이 외출이 즐거웠으면, 그리고 다시는 돌아오지 않았으면."

고통은 차라리 죽음보다 비참하다. - 프리다 칼로

'고통은 차라리 죽음보다 비참하다.' 누군가 프리다 칼로의 삶을 이렇게 위로했듯이 그녀의 삶을 보면 그 말보다 더 절절하게 그녀를 위로하는 말은 없다.

프리다 칼로(Frida Kahlo)는 20세기 멕시코 미술계를 대표하는 초현실주의 화가다. 그녀의 삶을 결정하는 두 명의 남자는 그녀의 아버지와 그녀의 삶을 지배하고 사랑했던 남자 디에고였다.

그녀는 사진작가이지만 예술가로 성공하지 못한 독일인 아버지와 멕시코 혁명 당시 무장투쟁에 참여했던 어머니 사이에 태어났다. 아버지는 그녀의 이름을 '평화Frida'라고 지어주었지만 그녀의 삶이나 당시 시대는 평화라는 말과는 거리가 멀었다.

그녀가 살던 나라 멕시코는 독재정권에 대항해 무장투쟁이 끊이지 않고 벌어지던 불안한 날들이 계속되었다. 그녀의 삶 또한 이런 시대적 상황과 별개로 개인에게는 고통의 연속이었다. 여섯 살 때 소아마비를 앓고 밀폐된 자신의 방에서 자신의 모습을 열심히 그리던 프리다는 열여덟 살에 교통사고를 당해 하반신 마비로 더욱 큰 고통을 겪게 된다.

그녀 나이 스물두 살에 평생을 흠모하며 사랑하고 때로는 증오하기까지 한 남편 디에고를 만나 결혼한다. 마흔네 살로 프리다보다 꼭 두 배나 더 많은 나이였던 디에고는 멕시코에서 가장 유명한 화가였지만 몸이 불편한 프리다에게는 헌신적인 남편이 되지 못했다. 프리다가 말했지만 그는 누구의 남편인적도 없었다. 그는 피카소처럼 작품에 몰두하는 시간 이외에는 여자들에게 열중하면서 보냈다. 그가 사랑했던 여인은 한 두 명이 아니었고, 그런 그의 바람기는 그녀에게 육체적 고통만큼이나 정신적 고통을 가져다주었다.

그녀의 삶은 1950년부터 서서히 무너지기 시작했고, 인내에도 한계가 왔다. 그녀는 특히 소음을 싫어했다. 마지막에 그녀는 스스로 할 수 있는 일이 거의 없게 되자 아품을 참지 못해 소리를 질렀고, 고통은 누구도 이해할 수 없는 무게로 그녀를 짓눌렀으며 그녀는 틈만 나면 자살을 시도했다.

공식적으로 디에고와 프리다는 재결합 한 부부였지만 두 사람의 생활은 철저히 각자였다. 그녀는 죽음을 앞두고 일기에 "디에고! 당신의 두려움과 당신의 고뇌, 당신의 심장소리에 내가 갇혔음을 느낍니다. 이 모든 광기를 요구한 것은 나였지만 당신은 나에게 호의를, 빛과 온정을 주는군요."라며 평생 사랑했던 디에고에게 이런 감사의 글을 남기고 1954년 7월 13일 화요일에 숨을 거두었다. 그녀의 숨이 멈추자 그녀의 고통도 멈출 수 있었다. 그녀는 평생 디에고에게 집착하면서 그림을 그렸지만 그녀의 그림은 오히려 1970년대 페미니즘 운동으로 다시 주목을 받기 시작한다. 그녀의 그림은 주로 아픈 자신의 모습을 화폭에 담고 있는데 억압과 고통 속에서도 굴하지 않고 강인한 생명의지를 가진 한 여인의 불굴의 투지를 사람들에게 그림으로 보여주고 있기 때문이다.

– 잔느의 초상

모딜리아니의 초상들에는 눈동자가 없다. 아마도 아프리카 미술의 영향을 받은 것으로 추정되지만 눈동자가 없는 그의 초상들은 왠지 애잔한 느낌을 준다. 잔느는 모딜리아니에게 왜 눈동자를 그리지 않는지를 물어 본적이 있는데. 모딜리아니는 "당신의 영혼을 알게 되었을 때 당신의 눈동자를 그릴 수 있을 것."이라 답했다고 한다.

1918년에 그린 잔느의 초상에는 눈동자가 있다. 모딜리아니는 잔느의 영혼을 알게 된 것인가?

– 모딜리아니

36세의 젊은 나이로 요절한 화가 모딜리아니, 그가 파리로 온 것은 스물두 살이었다. 모딜리아니는 청년 시절 이탈리아 피렌체 미술학교에서 공부를 했다. 그래서 이 이탈리아 풍의 청년은 처음 파리의 몽마르트의 방식에 물들지 않고 고고한 척 허름한 여인숙에서 머물면서 파리 생활에 적응하고 있었다.

1906년 11월, 어느 가을 날, 스물두 살의 모딜리아니는 점차 무명의 화가생활에서 오는 무료함과 권태, 그리고 두려움을 동시에 느끼면서 주점 문을 열고 들어섰다. 그 주점에는 스페인 출신으로 파리의 무명화가들에게 선망의 대상이 되고 있던 피카소가 감기 기운을 이기려고 술을 마시고 있었다. 피카소의 머리에는 온통 당시 그리고 있던 『까마귀』만 생각하고 있었다. 모딜리아니는 피카소를 알고 있었다. 그런데 이렇게 같은 술집에서 그를 만나다니, 정말 기뻤다.

그는 다가가서 피카소에게 아는 체를 했다. 원체 사람과 사귀는 것을 별로 달가워하지 않던 피카소는 잘 생긴 그의 외모에 끌려 "그림을 그리세요?"라고 물었다. 자신 있게 대답한 것 같지는 않지만 모딜리아니는 자신이 이제 막 화가로서 발을 내딛었다고 소개했을 것이다. 피카소는 그가 지금 여인숙에 거처한다는 말을 듣고 웃으면서 "나도 파리 생활 처음에는 여인숙에 있었는데, 그곳은 지저분하고 얻을 게 없소."라며 아틀리에를 알아보라고 충고하였다. 그날 술값은 아직은 돈 걱정 없었던 모딜리아니가 냈다.

보티첼리의 영향을 받아 '목이 길어 슬픈' 여인상을 주로 그렸던 모딜리아니는 한때 여류 시인과 용광로 같은 뜨거운 사랑을 했고, 그녀를 모델로 한 인물화에 깊이 빠졌다.

파리 생활 처음에는 전혀 담배도 피우지 않았고, 술은 브랜디 약간 정도만 했던 이 깔끔한 청년 모딜리아니는 점점 몽마르트의 방식으로 젖어 들었다. 파리 생활 처음에 그의 머리를 가득 채운 것은 피카소와 세잔느였다. 그러나 그의 초기 작품들을 보면 역시 세잔느에 가까웠다.

파리의 생활 6년 동안 그는 점점 보헤미안 기질로 변

했고, 술집을 전전했으며 오랜 무
명 생활로 인한 불안과 초조감을
술과 마약으로 해소했다. 그런 가
운데서도 그는 화가로서의 자존심
은 버리지 않으려고 애썼지만 술
값 대신 종종 자신이 그린 그림을
맡기기도 했다. 하지만 술집 주인
은 그런 것을 좋아하지 않았다.

그런데 그때 한 아름답고 청순한 여인이 그림 공부를
하기 위해 파리 몽마르트에 드나들기 시작했다. 당시 19
세의 잔느는 창백할 정도로 하얀 피부를 가지고 있었고,
밤색 머리를 둥글게 올리고 다녔기에 화가들은 그녀를 '야
자열매'라고 불렀다.

두 사람이 처음 만난 것은 파리 몽마르트로 '로통드'라
는 카페였다. 모딜리아니는 그곳에서 자주 사람들의 얼굴
을 스케치했다. 당시 학생이었던 잔느를 그곳에서 본 모
딜리아니는 강렬한 빛과 심장이 멎는 강한 끌림을 그녀에
게서 받는다. 멍한 눈으로 그녀의 움직임을 쳐다보던 모
딜리아니는 그 날 이후로 그녀 주위를 맴돌았다. 그리고
얼마 뒤 그는 용기를 내어 그녀에게 자신의 감정을 고백
했다. 잔느 역시 잘생긴 모딜리아니의 시선을 의식하고
있었고 두 사람은 급속하게 가까워졌다.

▶ 모딜리아니의 마지막 연인이자
아내 잔느 에뷔테른

1917년 모딜리아니는 한창 누드그림에 심혈을 기울였고 반응도 괜찮았다. 그러나 그의 그림이 너무 사실적이고 원색적이어서 경찰들을 항상 긴장하게 만들었다. 실제로 그의 전시회는 기간이 매우 축소되거나 아니면 아예 열리지 못하는 경우가 종종 생겼다. 그때 간혹 잔느 이외의 다른 누드모델과 모딜리아니는 적절하지 못한 관계를 갖기도 했지만 그녀는 모딜리아니의 예술가로서 진심을 믿어 의심치 않았다.

한편 두 사람은 부모님의 허락을 받지 못했는데, 특히 잔느 부모님의 반대는 완강했다. 잔느는 엄격한 가톨릭 가정에서 자라났고 부모는 나이도 열네 살이나 많고 유대인이라는 이유로 모딜리아니와 결혼을 반대했다. 두 사람은 공식적인 결혼은 보류하고 동거에 들어갔다. 잔느 역시 15세부터 화가를 꿈꾸며 미술학교를 다녔고 옷을 직접 디자인해서 입을 만큼 예술적 재능도 뛰어났지만 그녀는 모딜리아니를 내조하기 위해 자신의 꿈을 접고 있었다.

1918년 3월, 모딜리아니는 건강이 좋지 않았다. 이때 잔느는 임신을 한 상태였기에 모딜리아니는 가족들의 생계를 위해 무리하게 일을 해야 했다. 다행히 그 무렵 폴란드 출신으로 파리에서 그림을 수집해서 팔던 즈보르프스키의 도움으로 약간의 경제적 지원을 받았고 런던에서 전시회도 가질 수 있었다.

1918년 11월 29일, 잔느는 니스로 가서 그곳에서 첫 딸을 낳았는데 모딜리아니는 딸의 이름도 엄마 이름과 같은 이름으로 지었다. 한편 그 무렵 모딜리아니는 오랜 무명 생활을 마치고 피카소처럼 주목받는 작가가 되었으며 그와 함께 전시회도 열었다. 피카소보다 세 살이 어린 그였지만 가끔 만나면 십년 전에 자신이 술값을 냈으니 이제 피카소 차례라고 말하면서 웃곤 했다.

아내 잔느는 모딜리아니를 영혼까지 사랑했고 모딜리아니는 그녀의 그 영혼을 화폭에 재생했다. 모딜리아니는 잔느를 만나 드디어 작가로 자신의 위치를 찾은 것이다. 하지만 두 사람의 결혼 생활은 아직도 장애물이 많았다. 태어난 딸은 친척 집에 맡겼으며 두 사람은 그림에만 몰두했다.

당시 그가 그린 그림들은 그의 전성기를 말해주는 듯하다. 작업실에서는 항상 잔느가 그의 곁에 있어야 했다. 만약 그녀가 없으면 모딜리아니는 술을 마시러 친구들을 찾아 다녔기 때문이다. 모딜리아니는 잔느에게 완전한 집착과 몰입을 했기에 잠시도 그녀와 떨어져 지내지 못했다.

마치 어머니에게 매달리는 어린 아이 같이.

1919년은 파리에서 모딜리아니 인기가 하늘을 치솟고 있었다. 그리고 잔느는 둘째 아이를 임신했다. 둘째 아이 임신 소식에 두 사람은 가까운 사람들을 불러 모아 결혼식을 올리려고 했다. 그러나 여전히 잔느의 집에서는 두 사람의 결혼을 허락하지 않았을 뿐 아니라 딸을 친정으로 데리고 가 버렸다. 아내가 없는 모딜리아니는 술과 마약에 빠져들었고 해가 바뀐 1920년, 모딜리아니는 자신의 마지막 자화상을 완성시킨 뒤 아무런 일을 하지 않았다. 더 이상 그림을 그릴 수 없을 만큼 건강이 좋지 않았기 때문이다.

신문에서는 연일 그의 그림에 대한 찬사가 쏟아졌지만 그는 그 기사들에 대해 무심했다. 1920년 1월 24일, 그는 죽으면서 마지막으로 "그리운 이탈리아!"라는 말을 했다고 한다. 모딜리아니는 자기 작업실에서 쓰러져 있다가 자선병원으로 옮겨져 숨을 거두었다. 그동안 만삭의 몸으로 아이 출산을 준비하기 위해 친정집에 있던 잔느는 남편의 사망 소식을 전해듣고 곧바로 병원으로 달려갔다. 하얀 천으로 쌓인 모딜리아니 얼굴을 본 사람들은 깜짝 놀랐다. 그의 모습은 너무나 멋진 조각 같은 얼굴을 그대로 하고 있었다. 아내 잔느를 마치 기다리기라도 한 듯, 그의 표정은 온화하고 따뜻했다. 정신을 차린 잔느는 남편의 죽음을 인정하지 않았다. 그가 그토록 가난에 힘겨워하면서도 가족들에게 손을 벌리지 않은 것에 가족들은 눈물을 흘렸다. 36세에 요절한 젊은 예술가의 장례식은 파리 시민들의 애도 속에 거행됐다.

1920년 1월 26일 모딜리아니가 죽은 이틀 뒤, 사람들은 그의 아내 잔느가 아파트 6층에서 투신자살했다는 소식을 들어야 했다.

"천국에서도 당신의 아내가 되어 드릴게요."

그녀가 뛰어 내린 그 자리에는 그녀가 마지막으로 쓴 메모지가 바람에 펄럭이고 있었다. 사람들은 두 사람을 한 곳에 합장해야 한다고 했지만 잔느 가족들의 반대에 부딪혀 뜻을 이루지 못하다가 10년 뒤에야 두 사람은 파리 공동묘지 페르 라세르에 묻혔다.

목이 긴 여인들만 그린 화가

▶ 모델 같은 멋진 외모를 가진 청년시절의 모딜리아니

아마데오 모딜리아니(Amedeo Modigliani)는 1884년 7월 12일 금요일에 이탈리아 토스카나 지방, 항구도시 리보르노에서 태어났다. 그의 아버지는 이탈리아에 사는 돈 많은 유대인으로 한때 유대인들은 토지를 소유할 수 없음에도 소유한 것이 발각이 나 결국 재산을 모두 빼앗기고 만다. 그러나 어머니는 문학작품을 영어로 번역하거나 가정교사 일을 하며 가계를 돕는다. 모딜리아니는 어머니의 감성을 영향 받아서 문학과 예술을 좋아하며 자랐다.

모딜리아니는 4명의 자녀 중 막내로 태어났으며 그가 태어났을 때 가정 형편이 좋아 여러 좋은 교육 혜택을 받고 성장했지만 그가 본격적으로 그림 공부를 할 때는 가계형편이 매우 어려워졌다. 또한 모딜리아니는 선천적으로 약하게 태어났으며 열한 살에 리보르노 중학교에 입학했지만 늑막염으로 고생했다. 열네 살, 그는 화가가 되기로 마음먹고 리보르노 미술학교에 입학했다.

그가 그나마 그림 공부를 계속 할 수 있었던 것은 삼

촌의 도움이 컸다. 그러나 그 삼촌도 그가 파리에서 그림 공부를 할 때 숨을 거두었다.

17세, 모딜리아니는 폐결핵에 걸려 요양을 위해 나폴리와 카프리로 전전했다. 그리고 로마와 피렌체 등을 여행하면서 고미술에 관심을 기울였다. 1903년 열아홉 살, 그는 베네치아 미술학교 자유누드화 교실에 입학, 이탈리아 인상파 영향을 받으면서 그림 공부를 했다.

1906년 스물두 살에 모딜리아니는 파리에서 허름한 여인숙 같은 곳에 전전하면서 그림 공부를 했고 생활비가 떨어지면 다른 거리의 화가들처럼 거리를 방황하며 그림을 팔아 생활하기도 했다. 1907년 세잔느 회고전에서 그는 커다란 감동을 받았다. 1908년 스물넷 나이에 몇 점의 데생 그림을 출품하였지만 별 이목을 끌지 못했고 매년 앙데팡당 전람회에 그림과 조각 등을 출품했지만 아무도 그의 작품에 관심을 가져 주지 않았다. 1913년 29세, 모딜리아니는 지친 심신을 이끌고 고향으로 돌아왔다.

다음 해, 1차 세계대전이 발발하자 그도 입영 신청을 했지만 건강이 좋지 않아 거절당했고 친구들이 모두 전쟁터로 나간 쓸쓸한 몽마르트 언덕을 거닐다가 미술전문 기자였던 베아트리스 헤이스팅스를 만났다. 그녀는 결혼에 한 번 실패한 여인이며 아방가르드 잡지에 기사를 쓰는 기자이면서 시인이기도 했다. 두 사람은 뜨겁게 사랑했지만 항상 마약과 술에 절어 살아야 했다. 두 사람은 결국 2년 만에 결별했다. 과격하고 정열적이었던 베아트리스는 1943년 자살로 삶을 마감했다.

모딜리아니는 1917년 모델이자 미술학도 잔느 에뷔테른을 운명적으로 만나 동거를 시작했다. 1898년 4월 6일 파리에서 태어난 잔느는 유복한 파리가정에서 별 어려움 없이 성장한 단아한 여성이었다. 모딜리아니에게 잔느는 행운을 상징하는 듯했다. 그녀를 만나면서부터 화가로서 명성을 날리기 시작했기 때문이다. 1913년부터 그렸던 누드화가 그녀를 만나고서 인기를 얻기 시작했다. 하지만 파리 당국은 건전하지 못하다는 이유로 탄압을 했다.

그때, 가난한 모딜리아니를 후원하는 사람을 만난다. 즈보르프스키는 폴란드 귀족이며 문학을 공부하기 위해 파리로 왔다가 모딜리아니를 만난 것이다. 그는 누구보다 모딜리아니의 그림을 잘 이해하던 사람이었다. 그의 도움으로 경제적 어려움을 조금 덜 수 있었다. 1918년 4월 건강이 악화되어 니스로 요양을 떠났고 그해 11월 29일 첫 딸이며 아내와 이름을 같이 한 잔느를 낳았다. 그해 피카소와 함께 풍경화 넉 점을 전시회에 출품시켰다.

1919년, 모딜리아니 나이 35세, 그해 7월, 잔느가 두 번째 아이를 임신했다고 하자 7월 7일 두 사람은 정식으로 결혼식을 올렸다. 그렇지만 잔느의 집안에서는 아무도 참석하지 않았다. 결혼을 하고 모딜리아니는 작가로서 가장 활발한 작품 활동을 하기 시작했다. 그렇지만 갑자기 그는 건강이 악화돼 더 이상 그림을 그릴 수 없는 상황까지 갔다.

1920년 36세, 1월 20일 모딜리아니는 마지막 그림을 완성하지 못하고 작업실에서 쓰러져 있었고 친구들에 의해 발견되어 병원으로 옮겨졌지만 이미 의식을 잃은 뒤였다. 1920년 1월 24일 아침 8시, 모딜리아니는 고향 이탈리아를 외치며 숨을 거두었고 아내 잔느는 모딜리아니의 사망 소식을 듣고 달려갔다. 그리고 그가 죽었다는 것을 확인 한 그녀는 남편의 장례식이 끝난 이틀 뒤 1920년 1월 26일 아파트에서 뛰어내려 투신자살했다.

슬픈 운명을 예감한 것일까? 모딜리아니의 그림에서 보면 잔느의 얼굴은 슬픈 표정이다. 모딜리아니는 잔느를 통해 자신의 그림 세계를 완성할 수 있었다. 아프리카 조각의 영향을 받아 눈동자가 없는 대부분의 그의 초상화와 달리 1918년 『잔느의 초상』에는 눈동자가 있을 뿐 아니라 그 눈동자를 보고 있으면 뭔가 말을 거는 듯한 느낌이 든다. 모딜리아니는 잔느를 그린 것이 아니라 자신과 이야기하고 있는 잔느의 영혼을 그린 것은 아닐까?

- 죄와 벌

예리한 지성을 가진 대학생 라스콜리니코프는 인류는 선악을 초월하여 행동할 수 있는 나폴레옹같은 초인과 기껏 종족보존이나 최대의 사명으로 하는 이蝨같은 범인으로 분류된다는 생각을 굳힌다. 그리고 무자비한 고리대금업자를 죽임으로 자신이 초인임을 확인하려한다. 그러나 자신의 합리적인 이론과 달리 비합리적인 양심에 의해 가책을 받으며 초인이 되지 못하는 자신에게 실망과 번민을 갖게 된다.

이 작품에서 도스토예프스키는 주인공을 통하여 서구의 합리주의에 실망하고 창녀 소냐로 대표되는 그리스도적 사랑에 의해 감화되고 구원받는 모습을 그리지만 그 이면에 흐르는 휴머니즘이 더욱 주목 받기도 한다.

친부 살해의 죄의식과 간질병

– 포오돌 미하일로비치 도스토예프스키

'삶의 참다운 모습'이 처음 표오돌 앞에 제시된 것은 1839년, 아버지의 죽음을 알게 된 그때였다. 군의관 미하일로 도스토예프스키는 아내가 죽은 후 직장을 그만두고 시골에 처박혀 예전에 모스크바에서 부리던 카테리나 알렉상드로와 가깝게 지냈다. 그는 술에 고주망태가 되어 농노나 종들을 때리고, 노기를 띠고 신경질을 내어 마침내 히스테리 상태에 빠지곤 하였다. 1838년 가을, 아들 표오돌이 시험에 떨어졌을 때 아버지는 신경 발작을 일으켰다. 그러나 가장 사랑하는 아들에게는 전과 다름없이 정다운 답장을 썼다.

마을 사람들은 그를 증오해 음모를 꾀하였다. 주모자

는 그의 정부와 백부 에핌 마크시모프라고 짐작되었다. 1839년 여름, 미하일에게 매질을 당한 한 무리 농부들이 정신 잃은 지주에게 덤벼들어 때려 눕혔다. 달려온 사무관에겐 뇌물을 먹였는지, 조사 결과 사인은 '졸도와 발작'으로 단정되었다. 미하일의 시체는 숲 속에 내동댕이쳐졌다. 사건을 맡은 경찰은 흐지부지 처리했지만 결국 동네 사람에게 그는 맞아 죽은 것이다.

아버지의 횡사는 표오돌에게 대단한 충격을 주었다. 너무나 과격한 아버지를 좋아하지 않은 아들, 그러나 그런 아버지의 불행한 죽음은 오랫동안 아들 표오돌의 머리에 굳게 박혀, 40년이 지난 후 작가는 아버지의 죽음을 『카라마조프가의 형제』에서 인용한다.

소설의 등장인물들을 보면 악의 분신이고 탐욕스러운 부친 표도르, 광기의 방종한 장남 드미트리, 냉철한 이론가 차남 이반, 열등한 사생아 스메리자코프, 순진무구한 막내둥이 알료사 등 그가 표현한 다양한 인간 군상들은 인간 세계의 축소판이었다. 인간의 마음속에 있는 성스러움과 추악함이 작품 속에 공존한다.

1925년 독일의 출판업자는 도스토예프스키의 전집을 간행하면서 프로이트에게 작품 분석을 요청했다. 당시 예순아홉 살이었던 프로이트는 도스토예프스키의 정신 발작은 아버지의 죽음, 이 외상 후 스트레스 때문에 간질병으로 발전했다고 확신했다. 프로이트의 의견으로 보면 그는 싫어하는 아버지와 좋아하는 어머니의 사이를 질투하여 무의식중 아버지의 죽음을 바라고 있었으나 그 악마의 소원이 의외로 빨리 실현되었을 때 공포와 죄의식과 회환이 밀려왔다고 분석했다.

아버지의 죽음을 은근히 원했던 사악한 마음의 죄값으로 그는 어떠한 벌이라도 받을 각오를 하였다. 프로이트와 그의 제자들은 그들의 오이디푸스 콤플렉스 학설에 도스토예프스키의 마조히즘이나 고통의 감수, 권위나 부자관계의 갖가지 형태에 대해서 설명했다.

도스토예프스키와 그가 창조한 여러 인물들은 평범한 사람들보다는 정신적 히스테리를 앓고 있는 인물들이 많았고, 늘 죄 많은 콤플렉스로 가득한 인물들이 주류를 이루고 있다. 심리학자들은 그의 여러 가지 모순, 사회주의에서 보수주의로, 무신앙에서 신앙으로 변화하는 과정도 기초적인 심리적 결함에 뿌리 박혀 있다고 보았다. 생각 속에서 아버지를 죽인 도스토예프스키는 무의식중에 잠재되어 있던 살부殺父 죄의식에 벗어나기 위해 노력했다. 그래서 도스토예프스키의 작품들은 하나같이 심리학에 근거를 두고 있는 글들이 많다.

도스토예프스키의 성격을 설명하는데 정신분석 이론이 어떻게 적용되든 오이디푸스 콤플렉스만으로 그의 모든 반역, 신앙과 불신앙, 혁명적 기질과 국가에 대한 충성, 슬라브주의와 서구주의, 종교적 무정부주의와 교회주의 등 모든 모순을 처리한다는 것은 지극히 위험한 일임은 말할 나위도 없다. 인간 및 작가로서 도스토예프스키의 내적 갈등은 프로이트파 사람들에 의해 어지간히 분석되었지만 그의 이데올로기적 심리적인 복잡성은 프로이트 학설로만 해결 될 수 없는 측면이 있다.

연극이나 소설을 공부한 많은 유명한 예술가들이 도스토예프스키의 작품을 읽으라고 권하는 것은 그의 작품에 나타난 다양한 군상들의 심리적 표현이 어느 작품, 어느 작가보다 뛰어나다는데 다들 공감하고 있기 때문이다. 그런 그의 문장 표현은 그의 삶과 연관되어 있다. 어느 작가는 그의 그 긴 장편 소설을 필사筆寫하여 그의 문학적 감수성과 예리한 표현기법을 배우기도 했다고 고백하기도 했다.

그의 삶은 한순간도 편안한 날이 없었다. 어머니의 죽음, 농민들에 의한 아버지의 죽음, 이러한 모든 일들은 어떤 원시적인 혼돈으로 이끄는 충동이 되었고, 두렵고 허망한 세계에 대한 불안을 불러일으키는 실마리가 되었다. 한편 관료적인 군인 학교의 생활로 18세 때 가정을 떠난 고독한 도스토예프스키는 엄격한 규율과 냉랭한 관료적인 환경에 적응하지 못하였다. 육군 공병학교에서는 창작의 희망도, 문학과 자유의 몽상도 결국은 그림 속의 떡밖에 되지 않았다. 인생의 문턱에는 동료의 오만과, 상관의 억압이 새로운 인상의 날카로움으로 다가섰으며 펼쳐진 미래가 어느 순간 악몽으로 변하는 때도 있었다.

"저는 하나의 계획을 가지고 있어요. 미치광이가 되는 겁니다."

그는 형에게 이렇게 편지를 보냈다.

"미치광이가 되는 것"

이것은 그가 독립하기 위한 협박이다. 18세의 청년은 또한 다음과 같은 예언적인 말을 토로했다.

"인간이란 신비입니다. 그것을 풀어 밝혀야만 합니다. 만일 평생 그것을 풀어 간다면 시간을 낭비했다고 비난당하지는 않을 겁니다. 나는 이 신비와 대결하고 있습니다. 왜냐하면 인간이 되고 싶기 때문입니다."

육군 소위로 임관한 도스토예프스키는 스물두 살에 갑자기 문학에 심취하게 된다. 천재적인 작가의 문학공부치고는 좀 늦은 나이였지만 그는 무턱대고 실러, 위고, 셰익스피어, 라신, 괴테 등의 작품을 읽으며 처음으로『가난한 사람들』이란 소설을 쓰게 된 것이다. 그는 이 소설을 몇몇 친구들에게 보여주었고, 친구들은 감동의 눈물을 흘리며 러시아 최고의 작가 탄생을 함께 기뻐했다.

당시 비평가로 이름을 날리던 비사리온 벨린스키는 그의 작품을 읽고 '위대한 작가의 탄생'을 인정했다. 그러나 도스토예프스키의 인생에서 가장 절박하고 긴장된 순간은 역시 처형 일분 전이었을 것이다. 1848년부터 도스토예프스키는 공산주의 사상에 깊이 심취한다. 1849년 4월 23일 황제 니콜라이 1세는 황제를 암살하려는 젊은 공산주의자들을 체포했는데 이 가운데 도스토예프스키가 끼어 있었다.

"오늘 12월 22일, 우리는 모두 세묘노프 광장으로 끌려갔다오. 그곳에서 우리에게 사형선고가 낭독되었고 마지막으로 입을 맞출 수 있도록 십자가가 주어졌으며 머리 위에는 처형에 쓰일 칼이 번득였고, 그리고 매장을 위해 흰색 수의가 입혀졌습니다. 그런 다음 사람들은 우리들 중의 세 명을 사형이 집행될 기둥 앞에 세웠는데, 나는 줄에서 여섯 번째였습니다. 세 명씩 한 조가 되어 불려 나갔으므로 나는 두 번째 조에 속하게 되었고 살 수 있는 시간은 이제 일 분도 채 남지 않았는데…… 나는 옆에 서 있던 친구 두 명을 껴안고 마지막 작별인사를 하고 있었소. 멀리서 나팔소리가 들렸고 모든 게 끝났다고 생각했소. 그때 갑자기 황제 폐하가 우리에게 목숨을 살려준다는 기쁜 소식이 들린 것이오. 결국 이 모든 것은 니콜라이 1세의 연극이었고, 우리는 영하 20도가 넘는 추위 속에서 벌어진 잔인한 연극을 훌륭하게 공연했소."

황제의 이런 불장난에 정신 이상이 되어버린 사람도 있었으며 그런 증세는 도스토예프스키도 예외는 아니었다. 그는 간질병으로 고생했는데, 간질성 환각들은 수용소에 머물면서 더욱 심해졌고, 그의 전 생애에 걸쳐 열흘 간격으로 그를 엄습했다. 그는 고통스런 체험을 작품에 아주 생생하게 묘사하는데,『죄와 벌』에서는 대학생 라스콜리니코프가 폭리를 취하는 전당포 여주인을 도끼로 때려죽이는 치밀한 추리 소설 기법의 묘사나, 주인공 라스콜리니코프가 죄값을 치르는 시베리아 유형지의 삶은 그의 체험에서 전개된 것이다.

많은 심리학자들은 도스토예프스키를 대단한 심리학자로 평가한다. 그는 감정이입 능력이 뛰어나 자기 자신과 다른 사람들의 가장 섬세한 마음의 움직임까지도 추적하고 정확하게 묘사한다고 평가받고 있다. 특히 그의 작품에 등장하는 여성들은 그가 인간의 마음을 아주 잘 감지할 줄 아는 사람이며 심리분석가임을 입증하고 있다. 그가 그렇게 될 수 있었던 것은 늘 애정과 이해심이 깊은 여자들과 함께 살았기 때문이다. 인색하고 까다로운 아버지와는 반대로 심성이 따뜻한 어머니, 그 다음으로 시베리아에서 강제로 군대에 복무해야 했던 시절, 사랑에 빠

졌던 마리아 이사예프, 그녀는 7살 짜리 아들이 있었지만 두 사람은 결혼을 했다. 그러나 마리아는 폐병이 더욱 악화되었고 경제사정도 어려워져 두 사람은 헤어졌다. 그녀는 결국 1864년 4월 서른여섯 살의 나이로 숨을 거두었다.

1859년 유형 생활을 떠난 지 10년 만에 그는 자유의 몸이 되었으며 페테르부르크로 돌아와도 좋다는 허가를 받는다. 1860년 형의 도움으로 사회개혁을 주장하는 잡지를 창간하였다. 그 잡지에는 논문과 소설을 실었는데, 당시 『죽음의 집의 기록』이란 소설로 투르게네프에게 박수갈채를 받았다. 잡지와 소설에서 얻은 수입으로 그는 1862년 여름부터 유럽 여행을 시작했다. 그러나 그가 없는 사이 러시아 정부는 잡지에 실린 어떤 기사가 너무 반국가적인 글이라고 폐간을 결정해 버린다.

1863년 8월, 도스토예프스키는 파리에서 폴리나 수슬로바를 만났다. 하지만 폴리나는 변덕스러운 여인이었다. 그녀는 갑자기 도박으로 자신들의 운명을 결정하자고 제안한다. 두 사람의 사랑은 도박과도 같았다. 폴리나는 도스토예프스키 이외에도 스페인 출신의 의대생을 좋아했지만 짧은 사랑만 나눈 뒤 그녀는 그에게 버림받는다. 도스토예프스키는 그저 남매처럼 유럽 여행을 가자고 제안했고 두 사람은 시계를 저당 잡히고 반지를 전당포에 잡힌 채 도박 여행을 계속했다. 그리고 그 도박 여행에서 그가 평생 글을 써서 갚아도 다 갚지 못할 만큼 큰 빚을 진다. 그가 왜 그토록 인생

▶ 이상한 관계를 가졌던 폴리나 수술로바

에서 만나지 말아야 할 여인을 만나 고통스런 자기 파멸의 여행을 2년 동안 했는지 그것에 대한 이해심을 발휘한다면 이해하지 못할 것도 없다.

당시 도스토예프스키는 그토록 좋아했던 형이 죽었으며 아내는 오랜 투병 끝에 숨을 거둔 해이기도 했다. 또한 10년 동안 혹독한 추위와 싸우면서 시베리아 유형생활을 견디었고, 사형 일보 직전에서 간신히 목숨을 건진 덕분에 얻은 간질병이 그를 괴롭혔다. 그는 그 모든 고통의 탈출구로 도박을 선택하고 그것에 몰입한 듯하다.

도스토예프스키는 1866년 1월부터 잡지에 『죄와 벌』을 연재하기로 되어 있었다. 그는 생활고에 쪼들려 있었고, 그해 10월 스물 살의 안나 스니트키나를 속기사로 고용했다. 그녀는 도스토예프스키의 열렬한 팬이었다. 그녀의 도움으로 대작 『죄와 벌』이 탄생할 수 있었다. 1867년 2월 15일. 46세의 나이로 21세의 안나와 결혼을 한다. 결

혼식 당일에도 도스토예프스키는 두 번의 간질발작을 일으켰다. 그러나 도박으로 진 빚 때문에 『죄와 벌』의 성공으로 번 돈은 고스란히 빚쟁이들 손에 들어갔다. 그는 빚쟁이들을 피해 유럽으로 도망을 갔고 그곳에서도 안나가 보내 준 돈을 가지고 다시 도박을 하다가 빈털터리가 되어 돌아왔다.

"안나! 소중한 나의 애인, 나의 아내, 나를 용서해 주오. 나는 다시 돈을 몽땅 잃고 말았소. 마지막 한 푼까지 모조리……. 곰팡내 나는 방들, 읽을 책도 없고, 먹을 것도 없다오."

그의 말년은 경제적 고통으로 힘든 상황에서도 아내 안나의 헌신적인 봉사로 생활을 꾸려 갈 수 있었다. 도박빚을 갚기 위해 매일 글을 쓰던 그는 1881년 1월 26일 상속문제로 여동생과 다투다가 흥분한 나머지 각혈을 하고 쓰러진다. 그리고 이틀 뒤 아내 안나가 "몸은 좀 어때요?"라고 묻자 그는 "안나! 난 깨어난 지 세 시간 동안 생각을 했는데, 오늘 꼭 죽을 것 같아. 그러니 제발 부탁인데 신약성경 아무 페이지나 펴서 위에서 세 번째 줄을 읽어 줘."라고 부탁했다. 그곳에는 이렇게 적혀 있었다. "고통을 참고 견뎌라. 그러면 우리에게 위대한 진리가 열릴 것

이니.”라는 구절이 있었다. “거봐! 고통을 참고 견디라고
하잖아. 나는 죽을 거야.” 그렇게 말하고 그는 정말 그날,
1881년 1월 28일 저녁 8시에 세상을 떠났다.

사람의 심리를 그처럼 잘 묘사한 작가는 없다.

표오돌 미하일로비치 도스토
예프스키(Dostoevskii, Fyodor
Mikhailovich)는 모스크바의 빈
민병원 의사의 아들로 태어났다.
아버지는 간판만 귀족으로 실제
생활은 가난했다. 어머니는 신
앙심이 깊은 여인이었지만 그의 
나이 16세 때 돌아가셨다. 그는 어머니가 죽자 페테르부
르크의 공병 사관학교에 다녔으며 졸업한 뒤 공병국에 근
무했지만 1년 만에 그만두었다. 아버지와는 사이가 좋지
않아 서신왕래조차 하지 않았다.

1839년 아버지가 농노들의 집단 폭행으로 살해되자 충
격을 받아 군대 입대했다. 도스토예프스키는 군대 생활
동안 단순한 삶에서 탈피하기 위해 조금씩 글을 썼는데,
그의 첫 작품『가난한 사람들』이란 작품이 평론가들의 찬
사를 받자 용기를 얻어 글쓰기에 전념하게 된 것이다.

그의 처녀작 『가난한 사람들』(1846)은 도시의 뒷골목에 사는 소외된 사람들의 비참한 생활과, 그들의 심리적 갈등을 그려낸 중편으로서, 사실주의적 휴머니즘을 최고의 가치로 여겼던 당시 비평계의 거물인 벨린스키에게 인정되어, 24세의 무명작가는 일약 '새로운 고골리'라는 문명을 떨치게 되었다.

1846년 도스토예프스키는 공산혁명 서클에 가입해서 활동하다 1849년 12월 22일, 체포되어 사형선고까지 받고 집행 당일 극적으로 풀려난다. 도스토예프스키는 이때의 충격으로 심한 간질을 앓기 시작했다. 도스토예프스키는 4년 동안 시베리아 옴스크로 끌려가 그곳에서 중노동을 해야 했다. 중노동 노역의 생활이 끝나고 다시 4년 동안 그는 중앙아시아에서 군인으로 복무하다 가난한 과부를 한 명 알게 되어 두 사람은 결혼을 했다. 그러나 그녀는 폐결핵을 앓고 있었고 두 사람은 결국 헤어지고 만다.

페테르부르크로 돌아 온 도스토예프스키는 시베리아 유형 생활을 소재로 한 소설들을 발표하여 호평을 받고 형의 도움으로 잡지를 창간하여 많은 돈을 벌었다. 그런데 1862년 유럽 여행을 하면서 도박으로 많은 빚을 지게 되었다 더군다나 정부에서는 그의 잡지에 반정부 글이 실렸다는 이유로 폐간시켜버렸고 그의 빚은 더욱 늘어갔다. 형의 가족들을 함께 부양해야 했던 그는 돈을 벌기 위해 엄청난 양의 원고를 써야만 했다.

다행히 1866년 속기사로 일하던 안나 스니트키나를 만나 다음 해 재혼을 했지만 빚쟁이들에게 시달림은 계속되어 4년 동안 고향을 떠나 해외에서 생활하기도 했다. 그의 대표작으로 불후의 명작『죄와 벌』을 비롯해『백치』,『악령』등을 쓰며 문학적으로는 더욱 찬란한 업적을 쌓아 나갔다. 도스토예프스키는 50대 후반부터 안정된 생활을 하면서 시사적인 글들을 비롯해 문예평론과 단편 등을 주로 썼다.

톨스토이는 "이 세상에 있는 모든 서적, 특히 문학서적은 나 자신의 것을 포함하여 모두 불살라 버려도 좋다. 그러나 도스토예프스키의 작품만은 남겨 두어야 한다."고 할 정도로 극찬했다.

- 어머니

표트로 자로모프 모자 체포 사건을 모델로 한 작품으로 어머니에게 있어 무
식하고 폭력적인 남편과의 삶은 예전부터 이어져오던 모든 러시아 노동자계
급의 여성들의 숙명과도 같았다. 그래서 어머니 역시 겁 많고 수동적인 모습
이었다.

그러나 그녀는 혁명운동에 뛰어든 아들을 통해서 혁명운동에 동조 하게 되고
이 과정에서 공포와 순종을 벗어던지고 불의에 맞서는 적극적인 인간으로 다
시 태어난다. 법정에서 아들의 연설은 노동자가 더 이상 무식하고 수동적인
사람들이 아니라 높은 정치의식과 이론으로 무장한 적극적인 인간계급임을
선포하는 듯하다.

좋은 글은
민중의 **삶**에서
나온다.

– 막심 고리키

　　고리키는 스물두 살에 열 살이나 나이가 많고 딸 하나를 둔 유부녀 올가 카민스키야를 사랑하고 있었다. 그가 1891년 4월, 반은 미치고 반은 병들어 니즈니 노브고르드를 떠나 긴 방랑의 여행을 떠난 이유도 올가에 대한 사랑으로 몸살을 앓고 있었기 때문이다. 그녀의 남편은 게으르고 도대체 몸을 움직이는 것을 싫어하는 사내이면서도 쓸데없는 논쟁과 토론을 일삼는 사람이었다. 그런데 그녀는 남편에 비해 귀족 출신인데다 그림 공부까지 하였으며 비엔나와 베를린 등지에서 멋진 생활을 했던 유럽의 귀족 여인이었다. 그런데 어떻게 그런 남편과 결혼했는지 고리키는 이해가 되지 않았다.

올가는 남편과 딸을 위해 바느질이나 초상화를 그려주는 일로 생계를 꾸려가고 있었다. 고리키는 그 여자를 쥐가 우글거리고 빛이라고는 들어오지 않는 지하실에서 하루 빨리 구출해야 한다고 생각하고 있었다. 하지만 그녀의 남편을 죽이지 않는 한 그녀를 구할 방법이 없었다. 사랑하는 여인을 어두운 지하실에서 구하지 못하고 그저 멍하니 바라보아야 한다는 것은 젊은 고리키에게는 어떤 고통보다 더한 고통이었고 자살을 생각하기도 했다.

그러나 고리키는 자살에도 실패한 적이 있었다. 열아홉 살 때, 문학에 대해 스스로 절망감이 가득하여 자신의 인생을 마감하려고 전 재산을 털어 권총을 샀다. 그리고 자신의 가슴에 권총을 겨누었다. 그러나 총알은 심장을 맞추지 못하고 폐에 가서 맞았다. 다행히 제과점 주인의 따뜻한 배려로 그 곁에서 책을 읽고 공부할 기회를 얻었다. 제과점 주인은 혁명을 준비하다 유배지로 끌려가 노역을 치르고 돌아와 다시 혁명을 준비하고 있는 사람이었다. 그는 실망과 좌절로 풀이 죽어 있는 고리키에게

"자네는 젊고 재능도 있어. 그러니 절망하지 말고 열심히 책을 읽고 좋은 글을 쓰게! 좋은 글은 민중의 삶 속에서 나오니, 그들과 함께 열심히 살면서 깊게 고민하라고."

라며 용기를 복돋아 주고 있었다. 그 혁명가 덕분에 다시 글을 써야겠다고 마음을 먹은 고리키, 혁명가 주변에

서 같은 혁명사상을 가진 올가의 남편을 만나게 되었고, 고리키는 그의 아내 올가를 보고 첫눈에 반해 버린다. 고리키가 그렇게 연상의 여인에게 갑자기 푹 빠진 것은 그의 불우한 어린 시절 때문인지도 모른다. 어린 시절 너무도 사랑에 굶주린 사람은 작은 배려에도 자기 모든 것을 바치게 마련이다.

고리키는 열 살 때부터 거리로 나와 제화공장, 여객선의 접시 닦는 일에서부터 시작하여 빵공장의 공원, 카스피 해의 어부, 철도 공장의 노무자, 지방 신문기자 등 해 보지 않은 일이 없을 정도로 닥치는 대로 일을 했다. 고리키가 열두 살 때에 그의 어머니는 돌아가셨고 그의 아버지는 이미 오래 전에 돌아가셨다. 마지막 남은 그의 보호자인 할아버지는 이렇게 선언하였다.

"자 알렉세이야, 너는 이제 더 이상 나의 메달이 아니다. 나의 목에는 너를 걸어둘 자리가 없단다. 그러니 나가서 낯선 사람들 틈에 끼어서 살아라."

그 길로 집을 나선 고리키는 독학으로 공부를 했으며 닥치는 대로 일을 했다. 공장에서 일을 할 때에도 한 겨울이면 다른 사람들이 떠드는 소리가 귀에 들어오지 않도록 손가락으로 양 귓구멍을 막고서 야간 숙소의 난로 곁에서 독서를 했다. 그러나 그에게 선택의 폭은 좁았다. 더 많은 교육을 받고 싶은 욕심은 현실적인 벽에 부딪쳐 결국 대학 진학을 목표로 무작정 카잔으로 갔다. 그는 그곳에서 다시 생활비를 벌기 위해 무조건 일을 했다. 그 당시 그의 일기를 보면 그는 오기로 똘똘 뭉친 청년이었다. 현실의 커다란 벽을 언젠가는 기어 올라가고야 말겠다는 당찬 의지가 넘쳐 있었다.

"나에게는 점점 오기가 생겨나기 시작했다. 나의 생활 조건들이 나빠질수록 나는 나 자신이 점점 강하고 영리해지는 것을 느꼈다. 나는 아주 일찍 역경과 고난이 오히려 인간을 성숙시킨다는 것을 인식했다. 굶어 죽지 않기 위해 나는 볼가 강으로 나갔다. 그곳에서 나는 하루 벌어먹을 일거리를 찾았다. 선창가에는 각양각색의 부두 노동자들, 방랑자들, 그리고 제비족들이 석탄 속의 쇠처럼 먹고 살기 위해 뜨겁게 움직이고 있었다. 내 주위에서는 매일같이 강렬한 인상의 인간들이 득실거렸다. 그들은 살기 위해 몸부림 쳤고, 그것만큼 진실한 것도 없다고 생각했다. 그때 내가 겪은 모든 경험들은 나중에 내가 대학에서 배운 것보다 더 많은 교훈으로 살아남아 있다."

카잔 시절은 그의 삶을 바꾸어 놓았다. "내 몸은 니즈니 노브고르드에서 태어났지만 나의 정신은 카잔에서 태어났다." 그는 그렇게 힘든 생활을 하다 문학에 빠져들었고, 글을 쓰고 또 다시 그 글에 절망하고 그런 생활을 반복하고 있었다. 글을 통해 세상을 변화시키려 했던 고리키는 자신이 너무나 보잘것없는 존재라고 생각하고 어느 날 문득 자살 충동을 일으켜 권총 자살을 시도하였던 것이다.

그런 고리키가 또 이 유럽의 귀족 여인에게 마음을 빼앗겨 자살 충동을 일으키고 있는 것이다. 고리키는 그녀를 어떻게 할 수 없는 자신의 무능함 때문에 하루 종일 거리를 배회했고 어느 때는 공원 관리인들이 땅바닥에 누워 있는 고리키를 일으켜 집으로 데려오기도 했다. 그러던 중 그녀에게 은밀하게 자신의 사랑을 말할 기회가 찾아왔다.

그는 가벼운 상처로 침대에 누워 있게 되었고, 남편 친구이자 이웃 청년이 아프다는 말에 올가는 따뜻한 차를 끓여 고리키를 찾았다. 그녀가 그의 이마에 손을 얹는 순간, 그는 거의 자제할 수 없는 충동에 사로잡혀 아픈 것도 잊고 그녀에게 열정적인 자신의 마음을 고백해 버리고 말았다.

그런데 그녀는 고리키의 사랑을 차갑게 내치지는 않았다. "저는 남편도 있고 아주 예쁜 딸도 있는 여자예요. 당신의 고마운 마음은 그저 가슴 한 쪽에 쌓아 놓고 있겠어요." 라고 아름답게 거절하였다. 고리키는 그녀에게 지긋지긋한 지하실 생활을 청산하고 함께 떠나자고 했다. 그러자 그녀는 아주 이성적이고 냉정한 표정으로 거절했다. "저는 딸을 버릴 수 없어요. 그리고 지금 내 나이가 많지 않게 느껴지겠지만 더 나이가 차면 내 나이가 얼마나 거추장스러운지 당신은 알게 될 거예요.”

사랑을 거절당한 고리키는 열병으로 일주일을 누워 있다가 니즈니 시를 떠났다. 그리고 꼬박 1년 반 동안 러시아 곳곳을 떠돌아 다녔다. 그리고 그에게 반가운 소식이 전해졌다. 올가가 남편과 헤어져 딸과 함께 혼자 살고 있다는 것이 그것이었다. 고리키는 1892년 10월, 올가가 있는 니즈니 시에 다시 돌아왔다.

스물세 살 청년은 서른세 살의 유부녀와 살림을 차렸다. 고리키와 올가 그리고 인형 같은 작은 딸, 이렇게 세 명은 목욕탕 옆에 공간을 얻어 함께 살게 되었다. 방은 두 개를 만들어 큰 방은 부인과 딸이 거처했고, 고리키는 작은 방에서 글을 쓰기 시작했다. 하지만 그곳은 너무 춥고 외풍이 심해 밤에 글을 쓸 때면 양탄자나 그 밖의 것을 동원해 몸을 둘둘 감아야 했다.

하지만 올가와 딸이 자는 방은 난로에 불을 피워 따뜻하게 했다. 그러나 난로에 나무를 넣고 불을 피우면 환풍 시설이 좋지 않아 연기가 방안에 자욱해 두 명의 여자들은 고통을 호소했다. 겨울이 지났지만 그곳 사정은 조금도 나아지지 않았다. 봄이 오니까 쥐와 벌레들이 득실거렸고, 부인과 딸은 벌레가 나오면 비명을 질러댔다.

그렇지만 당시 수입으로는 고리키가 지방 신문에 투고

하는 원고료가 전부였기 때문에 먹고 사는 문제가 힘이 들었다. 사랑하는 여자에게 고기 한 점도 사주지 못하고 그녀의 아이에게 장난감도 사주지 못한다는 것에 고리키는 죄책감으로 고통 받고 있었다.

그런데 그런 절망적인 상황에서도 올가는 명랑하고 쾌활함을 잃지 않았다. 그녀도 돈이 될 만한 일은 가리지 않고 했다. 초상화를 그렸고, 지도 그리기를 비롯해 파리 패션 모자 만들기 등등 그녀는 손재주가 많은 여자였다. 그녀는 손수 만든 옷을 입고 다녔는데, 대충 만든 면직물 드레스를 입고 거리를 나서도 아름다웠고 니즈니 노브고르드의 여자들은 선망의 눈빛으로 그녀를 바라보았다.

그녀는 요리에도 뛰어났으며 돈이 조금만 넉넉하면 낭비이다 싶을 정도로 성대한 저녁 잔치를 벌여 주변 사람들을 초청했다. 그녀는 러시아 이외 유럽의 음식들도 잘 만들었으며 손님들에게 편안한 식사가 될 수 있도록 흥미로운 이야기도 식사 중에 잘 하였다. 그녀의 그런 행동들은 선천적으로 타고난 귀족들의 천성이었다.

그러나 두 사람의 사랑은 점점 금이 가기 시작했다. 그것은 가난함도 한몫 했지만 그것보다는 너무나 서로 다른 근본적인 차이에서 생겨났다. 올가는 세련되었지만 예리한 통찰력이나 이해력이 부족한 여인이었으며 쾌활하였지만 산만한 면이 있었다. 그런 성격은 고리키의 글을 이해하는데 어려움이 있었다. 그녀는 다만 파리 풍의 지성과 낭만과 우아함을 즐겼지만 고리키는 민중들의 삶과 혁명을 통한 사회변혁에 관심이 많았다. 한쪽은 무겁고 한쪽은 너무도 가벼운 존재였다. 무거움과 가벼움이 처음에는 상대에 대한 배려나 호기심을 불러일으키지만 오래가면 부조화에 따른 고통이 커지기 마련이다.

고리키가 가장 실망한 것은 그의 최초의 소설 『늙은 집시 미카르 추드라』가 인쇄되어 나오자 올가는 "이제 당신이 산문도 쓰는 군요."라고 심드렁한 표정으로 한마디 할 뿐이었다. 사실 그녀의 말은 맞았다. 고리키는 항상 시를 쓰고 싶어 했다. 그런데 그의 첫 데뷔작품이 산문이라니 그녀가 다소 어이없다는 표정을 지은 것은 당연했을 것이다. 하지만 그가 지은 첫 소설이고 그것이 책으로 나온다는 것에 함께 기뻐하지 않는 그녀에게 고리키는 못내 서운해 했다.

고리키는 그녀와 살면서 가장 훌륭한 작품으로 『이제르길리 할머니』를 창작한 것이라고 말한 적이 있다. 고리키는 그 할머니의 삶이 그녀에게 흥미를 끌 것이라고 생각해 그 원고를 읽어 주었다. 하지만 그녀는 고리키의 낭독이 끝나기도 전에 잠들어버렸다.

올가에 대한 고리키의 실망은 아주 사소한 것에서 자주 일어났다. 한 번은 시장에서 잘 생긴 유대인 애꾸눈 노인이 도둑으로 몰려 경찰에 질질 끌려가고 있었다. 끌려가면서도 노인의 크고 검은 한쪽 눈은 맑은 하늘을 뚫어져라 응시하고 있었다. 고리키는 불쌍한 노인에게 도움을 주지 못하는 자기 자신에게 화가 나서 흥분하고 있었다. 그러자 올가는 "참 당신은 마음도 약하지! 그 노인이 멋있다고요? 눈이 하나인데 멋져요?"라고 말하는 것이 아닌가? 고리키는 그녀의 말을 듣는 순간 사랑의 감정이 썰물처럼 빠져나가는 것을 느꼈다.

작은 것과 큰 것이 쌓여 두 사람 사이 뜨거운 사랑의 감정은 이미 식어 가고 있었다. 올가 주위에는 항상 남자들이 들끓었다. 올가 역시도 그들을 가까이 하기 위해 매일 잔치를 벌였다. 우아하고 매력적이며 무책임한 그녀에게 사내들은 끊임없이 달려들었다. 집에는 항상 그녀를 따라다니는 남자들이 들끓었고 고리키는 집에서 글을 쓰기가 힘들어졌다. 그리고 그들이 하는 대화들을 들어보면 순수하지 못한 유혹의 말들이 난무했다.

니즈니 목욕탕 방에서 벌어지는 매일 밤의 성대한 잔치는 주변 사람들에게 좋지 않은 소문으로 퍼지기 시작했다. 그리고 그 소문은 고리키의 문학적 스승이었던 코롤렌코에게도 들어갔다. 블라디미르 코롤렌코는 고리키에게 "문학을 선택하든지, 아니면 그 여자를 선택하든지 둘 중에 하나를 결정을 해."라는 말을 하기에 이르렀다. 당시 고리키는 첫 작품으로 많은 젊은 층의 독자들을 갖고 있는 인기 작가였다. 결국 고리키는 3년 동안 이어온 그녀와의 동거 생활을 정리하고 사마라로 떠나버렸다. 그는 그곳에서 코롤렌코의 소개로 사마라 신문사에 취직을 했다. 그리고 고리키가 첫 아내 예카데리냐를 만난 것도 이 신문사에서였다. 막상 이별을 통고할 때 두 사람 중에 아무도 슬픔의 눈물을 흘린 사람은 없었다.

권총자살로 정신적 방황을 거듭하던 고리키는 스물두 살에 만난 올가 카민스카야와 3년 동안 동거 생활을 하면서 작가로 크게 성장하는 발판을 마련했지만 두 사람 사이 융화되지 못하는 천성의 차이 때문에 결국 영원한 작별을 하게 된 것이다.

러시아 민중들의 삶을 가장 잘 표현한 작가

막심 고리키는 최고의 명예를 누리던 때에도 그는 주위 사람들에게 수수께끼와 같은 인물이었다. 초취한 얼굴, 푹 꺼진 눈, 작은 귀, 검은 색 외투, 큰 키에다가 무릎까지 닿는 긴 장화를 신은 남자, 이 사람이 바로 러시아의 문호 고리키였다.

1892년 9월 12일 알렉세이 막시모비치 페쉬코프는 '가장 큰 고통'이란 뜻인 막심 고리키(Maksim Gorky)라는 필명으로 『미카르 추드라』라는 소설을 발표했다. 그는 1868년 3월 28일, 구비문학으로 유명한 볼가 강 근처 니즈니 노브고르드 시에서 태어났다. 작은 목장을 운영했던 아버지와 염색공의 딸이었던 어머니 사이에 태어난 고리키는 부모들이 모두 그의 기억에 존재하지 않을 나이에 세상을 떠났다. 고리키는 자신의 가족 중에서 뱃사공 출신인 외할아버지를 통해 볼가 강의 수많은 노래를 들으며 성장했다. 한편 그의 외할머니는 고리키에게 옛날부터 전해 내려오던 이야기를 자주 들려주어 그의 문학적 토양을 제공했다.

고리키가 성장하던 무렵 러시아 곳곳에서는 혁명의 씨가 싹튼다. 거의 학교도 다니지 못하고 일찌감치 뜨내기 일로 자신의 생계를 책임져야 했던 고리키, 매일 같이 억압받는 민중들과 함께 지낸 그는 초기 작품에서는 낭만적 색채가 강한 작품들을 썼지만 나중에는 혁명적 기운들이 작품 곳곳에 묻어나는 글을 썼다.

1902년 희곡 『밤 주막』은 당시 러시아 사회에서 정착하지 못하고 떠돌아다니는 사람들의 이야기를 그린 작품으로 이로 인해 고리키는 유명해 졌지만 당국은 그를 예의 주시하고 검열을 강화한다. 그리고 그의 작품은 민중

극장에서 공연이 금지된다. 1905년 혁명에 가담했고 체포됐다가 풀려났고, 1906년 그는 미국의 작가 마크 트웨인의 초청으로 미국으로 망명하려 했으나 뜻을 이루지 못하고 대신 1907년 카프리로 망명을 떠나 그곳에서 7년 동안 생활을 했다. 그곳에서 그는 자신의 대표작『어머니』를 완성했다. 이 소설은 러시아 혁명에 큰 영향을 끼쳤다. 억압받는 민중이 스스로 자각 하여 혁명으로 새로운 삶을 찾는다는 줄거리로 이 소설은 1933년 러시아 최초의 노벨문학상을 수상하기도 한다.

1908년 레닌은 카프리 섬으로 고리키를 만나러 갔다. 고리키와 레닌은 며칠 동안 장기를 두면서 일체 혁명 이야기를 하지 않았다. 폭력 혁명론자와 볼셰비키 낭만주의 작가는 긴 말이 필요치 않았다. 그들은 비록 방법은 다르지만 목표는 같다는 것을 침묵으로 인정했다. 레닌과 고리키의 만남은 각별한 의미가 있었으며, 혁명가와 지식인이 한 몸이 되어 처음으로 사회주의를 건설하고자 했던 것이다.

고리키의 나이 60세, 1928년 러시아로 영구 귀국하면서 소련은 그에게 수많은 칭호를 내린다. 하지만 레닌과는 원만하지 못한 관계를 유지했다. 혁명이 한창이던 시절, 고리키는 다소 방관자적 태도를 보였다고 레닌은 공개적으로 그를 비난했다. 한편 톨스토이는 작가 고리키보다는 인간 고리키를 더 좋아했다. 톨스토이는 고리키에 대해 "그에게는 농민으로서 그 무엇이 있다."고 말하고 "그는 진정한 인민"이라고 찬사를 아끼지 않았다. 톨스토이는 위대한 예술가에게는 리얼리즘과 낭만주의가 항상 결합되어 작품에 녹아난다고 주장하고 고리키는 스스로 그런 작품을 쓰기 위해 노력했다고 평가했다. 그가 말한 것처럼 러시아 혁명의 정신적 지주로 고리키는 지금까지 사회주의 리얼리스트로 추앙 받고 있다.

고리키는 민중 속에서 잡초처럼 자라나 민중을 지식인과 결합시키려 시도했던 최초의 혁명가이자, 리얼리스트였다. 고리키는 1936년 6월 14일 폐렴으로 죽었다. 당시 러시아 정부는 그의 죽음을 트로츠키의 소행으로 돌렸지만 서방에서는 스탈린의 지령에 의한 것이라고 추정하기도 한다.

– 노인과 바다

1954년 노벨문학상을 받은 작품으로 어쩔 수 없는 운명에도 용기와 끈기로 대결하는 인간에 대한 존경과 그래도 포기하지 않는 희망을 보여주는 작품이다. 쿠바의 늙은 어부가 85일 만에 거대한 청새치를 발견하지만 3일 동안이나 줄다리기를 한 후에야 겨우 집으로 돌아갈 수 있게 된다. 하지만 잡힌 청새치의 피가 상어들을 부르게 되고 작살과 칼로 끊임없이 달려드는 상어와 사투를 벌인 후 항구로 돌아오지만 청새치는 뼈만 남아있다. 이렇게 허탈한 상황에서도 그는 그를 따르던 어린 마놀린에게 다시 낚시 갈 것을 약속하고 잠이 들고 아프리카 해변의 사자들 꿈을 꾼다. 헤밍웨이의 낚시에 대한 전문 지식이 곳곳에 묻어나는 작품이다.

헤밍웨이의 파리 시절은 언제나 실컷 먹지 못해 배가 고픈 날이 많았다. 배고픔에 진력이 난 사람들은 배고픔을 가장 싫어한다. 헤밍웨이의 파리시절도 배고픔의 기억들이 많았다.

그렇다고 그에게 미국 생활도 그렇게 풍족한 것은 아니지만 파리에서는 유난히 더 힘들었다. 파리의 거리에서 풍겨 나오는 빵 냄새는 그를 고통스럽게 했다. 배고픔의 고통은 음식 냄새의 유혹을 이겨내는 일인데 진열장 속 먹음직스런 빵을 보면 그는 그만 정신을 잃고 말았다. 그는 그 맛있는 빵 냄새를 그냥 지나치면서 스스로 강한 인내심을 시험할 수밖에 없었다.

그는 당시 신문사 일을 그만 두고 백수로 살고 있었다. 그러면서도 사람들이 사 주지도 않는 소설을 쓰고 있으면서 고향집에다가는 "저는 아무개, 아무개와 점심을 맛있게 먹고 있습니다. 모두들 걱정하지 마십시오."라고 소식을 전하였고, 그 서글픈 감정을 달래기 위해 안성맞춤인 곳은 뭐니 뭐니 해도 룩상부르그 공원이었다.

그곳에서는 음식 냄새를 맡아야 하는 고통이 없어 좋았고 또한 그가 좋아하는 작가들의 작품을 감상할 수 있어 좋았다. 그곳에 가면 그는 으레 미술관으로 발길을 옮겼다. 배가 고파 못 견딜 때 일수록 오히려 벽에 걸린 명화들은 더욱 또렷하게, 맑게, 그리고 아름답게 보였다.

그는 세잔느의 그림을 가장 잘 이해할 수 있었다. 그의 그림을 보고 있노라면 그 아름다운 풍경화는 결코 세잔느가 행복하던 시절의 그림이 아니라는 것을 그는 알 수 있었다. 아마 세잔느도 헤밍웨이처럼 굶주리며 그림을 그렸을 것이다.

세잔느의 그림을 보면서 그는 위대한 작가는 세잔느처럼 내적 갈등과 고통을 예술적 아름다움으로 승화시키는 데 있다고 생각했다. 그리고 반드시 사람들에게 인정받는 훌륭한 문학작품을 꼭 완성하리란 다짐을 했다.

룩상부르그 공원을 빠져나와 좁은 도로를 지나 설피스 광장에 이르기까지의 길에는 식당이라고는 전혀 눈에 띄지 않았다. 다만 벤치와 나무들만이 광장을 채우고 있었다. 사자 조각이 있는 분수가 있었고, 길 위를 비둘기들이 걷고 있었다. 이 광장으로부터 강가로 향해 가다 보면 과일가게. 야채가게. 빵가게 앞을 지나가게 된다. 그 광장의 길을 오른쪽으로 돌아 회색 석조교회를 끼고 가다 보면 오데옹 가街에 이르게 되는데, 오른쪽으로 향하면 실비아 비치의 책가게에 도착하게 된다. 이 서점이 바로 그 유명한 '셰익스피어 앤 컴퍼니'다 이 서점은 제임스 조이스와 피츠제럴드, 엘리엇 같은 대문호들이 자주 이용했다. 이 서점주인 실비아 비치는 헤밍웨이의 가장 힘들고 어려운 시절을 묵묵히 지켜 본 사람이다.

"헤밍웨이, 몸이 너무 수척해 보여."

실비아 비치는 자주 그런 말을 했다.

"식사는 제대로 하고 있어?"

"그럼요"

"점심 때 뭘 먹었어?"

"……"

▶ '셰익스피어 앤 컴퍼니' 서점에서의 헤밍웨이

헤밍웨이는 머뭇거리며 아무 말도 하지 않았고 그녀도 더는 물어보지 않았다. 그녀도 알고 있다. 그가 며칠 째 굶주림을 참으며 버티고 있다는 것을. 실비아 비치의 책 방에 들어가면 그와 같이 허기진 배를 쥐고 문학을 하는 청년들을 쉽게 접할 수 있어 마음의 위안을 받곤 했다.

"지금 점심 먹으러 집에 가는 길이에요."

"오후 세시에?"

"그렇게 늦었는지 몰랐어요."

"점심시간에 너무 늦지 않도록 어서 집으로 가요."

"제 몫은 남겨 두겠지요, 뭐."

"하지만 식은 밥을 먹으면 안 돼. 따끈한 점심식사를 먹어야지."

"저한테 편지 안 왔어요?"

"안 왔는데, 어디 찾아볼까?"

그녀는 잠긴 우편함 문을 열고 헤밍웨이에게 온 편지 를 발견하고 미소를 지었다. 헤밍웨이는 그 시절 모든 연 락할 일이 있으면 서점으로 통하게 했다.

"내가 외출했을 때 이 편지가 왔구먼."

그녀는 그렇게 말하며 편지를 꺼냈다. 그는 그녀가 주 는 편지를 받을 때마다 마치 그 속에 돈이 들어 있을 거라 는 착각을 하곤 했다. 그만큼 돈이 절실했다. 그는 책방 여주인 실비아 비치에게 하소연을 했다.

"신문사를 그만 둔 이래로 돈이 한 푼도 안 생겨요."

그런 그의 넋두리를 지긋한 눈으로 바라보면서 그녀는 따뜻한 위로의 말을 건넸다.

"다른 모든 작가들도 너처럼 고생했다는 것을 알아야지. 집에 가서 점심이나 먹어."

그는 서점을 빠져나와 목재소를 지나 노트르담 가街를 지나, 천천히 낯익은 식당과 술집, 그리고 여러 상점들을 지나서 편안한 휴식처 룩상부르그 미술관까지 왔다. 그는 이 미술관 속에 있는 그림에 심취되어 있었다. 그 그림들은 그에게 소설 쓰는 법을 가르쳐 주었다. 그 시절 그는 룩상부르그 공원을 몹시 좋아했다. 이 공원 덕택으로 헤밍웨이 식구들은 굶어 죽는 것을 면할 수 있었기 때문이다.

헤밍웨이는 먹을 것이 바닥이 나는 날이면, 한 살짜리 아이를 유모차에 태우고 룩상부르그 공원까지 오곤 했다. 언제나 이곳에는 경찰이 감시하고 있었고, 그는 오후 네 시가 되면 그 경찰이 공원 건너편에 있는 술집으로 가서 포도주 한잔 마시고 온다는 사실까지 알고 있었다.

바로 그 순간이 그가 노리는 시간이다. 그는 태연하게 비둘기들이 평화롭게 모여 있는 곳으로 간다. 헤밍웨이는 아주 선량한 시민으로 자신을 위장하고 비둘기에게 줄 한 줌의 콩을 호주머니에 넣고는 유모차를 밀면서 공원 가운데로 간다.

자신은 비둘기를 극진히 사랑하는 신사처럼 위장을 하고 비둘기를 주의 깊게 관찰한다. 눈알이 초롱초롱하고 살이 오른 비둘기들은 살기를 느꼈음인지 그를 슬슬 피하려고 한다. 그는 일단 비둘기를 선택하고 준비한 콩으로 비둘기를 유혹한 다음 재빠르게 그 놈의 목을 비틀어 아이가 누워 있는 담요자락 밑에 때려 넣는 일을 순식간에 해치웠다.

그 해 겨울, 그들은 비둘기만을 먹어치우는 데 약간 넌덜머리가 났지만, 이것이 그들의 소중한 양식이었다. 그때 배고픈 그 시절을 헤밍웨이는 어느 글에서 일용할 양식으로 희생된 그 많은 비둘기들을 추모한다고 하였다. 그러나 당시 먹은 비둘기 고기가 맛있다고는 하지 않겠다고 말했다. 어쩌다 먹는 비둘기 고기는 어떨지 몰라도 매일 먹는 것은 좋지 않았을 것이다.

3대째 자살로 삶을 마감한 불행한 가계

작가 어니스트 헤밍웨이(Ernest Hemingway)는 그의 작가적 재능 상당 부분을 부모로부터 물려받았다 1899년 7월 21일 미국 시카고 교외 오크파크에서 산부인과 의사인 아버지와 신앙심이 돈독하고 음악을 좋아하는 어머니 사이에 장남으로 태어난 헤밍웨이는 소년 시절 아버지

▶ 어니스트 헤밍웨이(왼쪽)와 쿠바의 카스트로

의 별장이 있는 미시간에서 여름을 보내며 인디언들과 가까이 지냈고, 미지의 숲 속을 돌아다니기 좋아했다. 그는 감정적이고 격렬하면서 야성적인 아버지의 기질을 이어받아 낚시와 사냥을 즐겼다. 헤밍웨이는 고교 시절 풋볼 선수로 활약하면서도 시와 단편 소설을 습작하기도 했다. 고교 졸업 후 그는 대학을 진학하지 않고 신문사 기자생활을 하며 작가로서의 꿈을 키워 나갔다. 이 글은 작가로서 성공을 위해 신문사 생활을 그만두고 글에만 전념하던 파리 시절의 모습을 스케치 한 것이다. 헤밍웨이는 1924년 8월 『우리 시대에』라는 글로 '로스트제너레이션' 그룹의 선두 주자로 왕성한 활동을 시작한다.

세계 1차 대전에 지원 입대하여 야전병원 수송차량 운전병이 되어 이탈리아 전선에 참가하였다가 피아브 강 전투에서 무려 2백 37개의 유탄조각이 박히는 중상을 입고 밀라노 육군 병원에서 가까스로 목숨을 건지기도 했다.

종전 후 신문사 특파원으로 유럽 각국을 순방 취재하고
『태양은 다시 떠오른다』를 발표하여 문단에 주목을 받는
다. 그러나 아버지는 1928년 12월, 자신이 쓰던 권총으로
오른쪽 귀 바로 뒤를 쏘아 자살했다. 그의 아버지는 심각
한 우울증을 겪고 있었다.

　한편 헤밍웨이는 전쟁의 참상을 사실적으로 그린『무
기여 잘 있거라』를 완성, 전후 최고의 작가로 평가 받았다.
1937년 군사 독재자 프랑코에 반대하는 입장에서 스페인
내전에 참전하였다. 2년의 전쟁 기간 동안 두 번째 부인
을 만나 결혼했다. 그리고 쿠바로 가서 스페인 전쟁에서
경험한 것을 가지고 소설을 쓰기 시작했다. 1940년 발간
한『누구를 위해 종을 울리나』가 그해 27만 권이 팔려 나
가기도 했다.

　2차 세계대전 기간 동안 헤밍웨이는 쿠바에서 그의 최
고의 역작『노인과 바다』를 집필했다. 1953년 아프리카
여행을 갔다가 두 번이나 비행기 사고를 당해 중상을 입
고 병원에서 치료를 받기도 했다. 쿠바에서 혁명이 일어
나자 그는 쿠바를 떠나 아이다호에 집을 구해 여생을 보
냈지만 불안과 우울증이 심해졌다. 1961년 7월 2일 아침,
헤밍웨이는 결국 심한 우울증을 극복하지 못하고 엽총으
로 자살했다. 헤밍웨이 가계를 보면 자살도 유전이 되는
것은 아닐까? 라는 생각이 들 정도이다. 헤밍웨이 아버지

와 그 자신, 그리고 그의 손녀까지 모두 권총자살로 삶을 마감했기 때문이다.

헤밍웨이가 열여덟 살에 이탈리아 전투에서 부상을 당해 치료를 받던 중 그를 간호한 아그네스라는 여인을 알게 되는데 그 여자가 바로 헤밍웨이의 첫사랑이다. 하지만 두 사람은 끝내 결혼을 하지 못하고 두 사람의 슬픈 사랑이야기는 영화로도 만들어졌다. 헤밍웨이는 평생 네 번 결혼했으며 다른 4명의 연인 관계 여인들이 그의 인생에 등장한다. 첫째 부인 해들리는 헤밍웨이보다 8살 연상의 여인이다. 그러나 두 사람은 궁핍한 가난으로 인해 더 이상 사랑을 이어가지 못하고 1927년 6년 만에 파경을 맞이한다. 두 번째 여인도 헤밍웨이보다 4살 연상인 폴린 파이퍼였다. 폴린은 아칸소 주의 부유한 집안 딸로 헤밍웨이에게 경제적 도움을 많이 준 아내였다. 그리고 세 번째 부인 마사와 결혼했지만 둘 사이에는 자식이 없고 약 5년 동안 결혼생활을 한 뒤 헤어졌다. 헤밍웨이전기 작가들은 마사와 살던 시절이 헤밍웨이에게는 가장 불행했던 시기라고 평한다. 그리고 마지막으로 헤밍웨이 말년을 책임 진 여인이 바로 메어리 부인이었다.

- 율리시스

　신문사 광고 판매인인 불룸의 하루는 마치 그리스신화에 나오는 율리시스가 트로이전쟁 후 우여곡절 끝에 20년 만에 집에 돌아오듯이 인간사의 다양한 일들이 있다. 먹고, 마시고, 배설하고, 목욕하고, 고민하고, 지치고, 술 마시고……, 등등 이러한 모든 일들을 의식의 흐름기법을 이용하여 도저히 불가능할 것처럼 보이는 것조차 마치 현미경처럼 묘사하고 있다. 그리고 그 묘사 속에 다양한 문체와 인간심리에 대한 탁월한 분석이 있다. 하지만 인과관계에 익숙한 보통사람들에게는 분명 당황스러운 작품임에는 틀림없다. 그래서 율리시스로 문학박사를 받은 사람이 '율리시스'를 끝까지 읽은 사람보다 많다"는 우스갯소리가 있다.

작지만 세계에서 가장 유명한 서점

– 제임스 조이스

　오데옹 가街는 첫눈에 보기에 센 강 좌측에 있는 파리의 수많은 다른 거리들과 비슷해 보인다. 자동차와 용달차들이 길을 막고 서 있고 상점들은 그리 보기 좋은 모습이라 할 수 없을 정도로 뒤죽박죽 얽혀 있으며 그렇다고 특별히 번화한 도시도 아니다. 그럼에도 불구하고 남으로 생 제르맹 대로로 이어지는 이 거리는 금세기 문학사에 특별한 역할을 한 서점 두 개가 위치하고 있었다.

　7번가에는 30년대의 작가들 중에 레옹 폴 파르그와 폴 발레리, 소설가 앙드레 지드와 발레리 라르보가 드나들었던 '책의 친구들' 이라는 서점이 있고, 그 건너편에 실비아 비치라는 부인이 운영하는 '셰익스피어 앤 컴퍼니'라는 영미계係 서점이 바로 그것이다. 실비아 비치의 서점은 건너편 서점보다 훨씬 품위도 덜하고 그곳을 다니는 단골들은 별로 총명해 보이지도 않았다. 북캐롤라이나 출신의 몸집이 큰 토마스 울프는 서점 문을 통과하려면 항상 몸을 굽혀야 했고, 헨리 밀러는 아예 잠자리에 들지도 않고 이 서점에 나오기가 일쑤여서 아침의 첫 손님이 되는 때가 많았으며, 파이프 담배를 연신 피워 대던 피츠제럴드나 헤밍웨이도 그 중에 한 명이었다.

'셰익스피어 앤 컴퍼니'의 손님들 중에 가장 조용한 사람은 키가 크고 눈이 좋지 않은 불투명한 느낌의 아일랜드인, 제임스 조이스라는 인물이 있는데 실비아 비치의 도움 없이는 작가로 성공하지 못했을 것이다. 왜냐하면 그녀는 바로 이 아일랜드 인을 위해서 자신의 재산과 건강을 바쳤기 때문이다. 그녀는 그의 손에 의해 쓰여진 깨알같이 작고 어지럽게 쓴 엄청난 양의 원고를 인쇄소에 넘기기 위해 많은 고생을 했고, 그로 인해 그녀의 눈은 더 이상 회복되지 못했다.

마흔 살이 되도록 거의 무명이나 다름없었던 아일랜드 작가 제임스 조이스의 소설 『율리시스Ulysses』는 바로 이 '셰익스피어 앤 컴퍼니'의 여주인 실비아 비치의 도움으로 탄생되었고, 그 작품이 '20세기 최고의 영문소설'로 평가를 받게 되었다.

▶ 왼쪽이 실비아 비치, 오른쪽이 제임스 조이스 『율리시스』 출간에 관해 의논하고 있는 모습

마흔이 넘어 한 작가가 세상 사람들에게 주목을 받는 경우도 드문 일이지만 제임스 조이스가 소설을 통해 세상 사람들의 이목을 받는 것은 다른 이유가 있다. 우선 그의 소설은 당혹스럽게도 구두점이 빠져 있다. 문장이 어디서 시작되고 어디에 끝나는지, 이야기도 없고, 전개되는 줄거리도 없는, 서로 얽히고, 사라지고 다시 떠오르고, 그러면서도 세세한 내용들이 8백 페이지에 가득하다.

그러나 원고를 읽는 사람들을 더욱 당혹스럽게 하는 것은 소설을 관통하는 가장 큰 줄기인 '시간' 개념이 소설에서는 완전히 빠져 있는 것이다. 즉, 이 소설은 8백 페이지가 단 하루 만의 일로 채워져 있는 다소 특이한 구성으로 이루어져 있다. 권위 있는 『옥스퍼드 영문학 편람』에는 이 작품에 대해 시큰둥한 평가를 내리고 있다.

"이 작품은 지극히 자의적이고 형식과 언어가 너무 자유분방하여 독자에게 어려운, 혹은 무례함을 서슴없이 내보이고 있다. 그럼에도 불구하고 우리시대 가장 중요한 서사 물로 평가하는 몇몇의 지식인들이 있다."

그러나 그 몇몇의 지식인들은 그룹을 형성하여 국제적으로 권위 있는 비평가들에게 제임스 조이스의『율리시스』를 재평가 받게 하는데 성공했다. 이들의 노력으로 제임스 조이스는 비록 60세 밖에 살지 못했음에도 불구하고 자신의 작품이 생전에 인정받는 영광을 누린 것이다.

그런 이면에는 인류 역사에서 가장 처참한 세계대전이 두 차례나 일어났고, 사람들은 빈곤한 철학. 예술. 문학에 대한 갈증이 증폭되던 상황에서 그의 작품은 한줄기 오아시스 같은 역할을 했기 때문이다. 그 시절 '셰익스피어 앤 컴퍼니'를 드나들던 스콧 피츠제럴드, 헤밍웨이, 셔우드 앤더슨, 에즈라 파운드, 토마스 울프 같은 작가들은 모두 전후 세계 문학을 이끄는 실력자로 부상하게 된다. 그들 가운데 조용하면서 은밀하게 주목을 받은 사람이 바로 제임스 조이스이며, 그는 젊지 않는 나이에 자신의 소설을 가지고 두각을 나타냈던 것이다.

그가 그렇게 유명해 질 수 있었던 것은 실비아 비치의 노력과 함께 동시대 같은 젊은 작가들의 명성 덕분도 있었다. 즉 토마스 울프는 자신의 방대한 작품『파리일기』

속에서 자신은 제임스 조이스의 『율리시스』를 금세기 영어권에서 가장 훌륭한 작품으로 여긴다는 내용을 적고 있다. 그리고 건너편 서점에 드나들던 신사들도 그에게 힘이 되어 주었는데, 그 중에서도 특히 우렁찬 목소리를 가진 프랑스 시인 발레리 라르보의 역할이 두드러졌다.

그는 그 엄청난 양의 『율리시스』를 프랑스어로 번역했으며, 아일랜드인 조이스의 혼란한 영어를, 가장 완벽하고 명료한 프랑스어로 옮겨 놓았다. 그것은 하나의 정통한 주해서로 필적할 만한 번역이었다.

오늘날 『율리시스』의 영향을 주었던 작품을 정리하는 것은 이미 대학 교수자격 논문에 상당하는 작업일 것이다. 왜냐하면 『율리시스』의 기법이 1887년 병렬 소설을 출간한 프랑스 작가 에두아르 뒤 자르뎅에게서 얻었을 것이라는 이야기가 있다고 하더라도 『율리시스』는 본질적으로 새로운 창작의 세계를 구축하며 이전 시대와 분명 선을 그은 작품인 것이다.

우리는 이제 현대시와 연극, 소설로부터 온갖 종류의 실험형식에 익숙해져 있다. 구두점의 생략은 그 자체로서 전혀 생경한 것도 아니다. 이제 형식은 평가기준으로서의 성격을 상실했기 때문이며 한 예술작품의 가치를 분명히 알고자 할 때 우리는 그 어느 때보다도 더 그 작품의 실체라 할 인간적이고 사상적인 내용에 의존하게 된다.

형식이 제멋대로 된 이 책이 어느 날 갑자기 반짝이는 풍요의 강으로 변할 때, 이 책을 읽어 본 사람들은 당혹스러우면서도 기쁜 마음을 가지고 자신의 문학적 상상력이 엄청나게 확장되어 있음을 깨닫게 된다. 그리고 어느 날 그 책에서 이미지, 표상, 소망, 성찰, 연상 등이 일관된 흐름을 이루며 인간과 인간성의 장엄하고 다채로운 변화들이 흐르고 있음을 독자들은 스스로 깨닫게 되는 것이다.

세계문학의 모든 위대한 소설들처럼 『율리시스』도 역시 교훈과 경향을 내포하고 있다. 그 교훈은 비도덕적이지도, 파괴적이지도 않으며 오직 자아 속에서 진실을 발견하도록 안내를 해 준다.

어쨌든 『율리시스』가 세상에 빛을 발할 수 있었던 가장 중요한 역할을 한 인물은 누가 뭐라고 해도 '셰익스피어 앤 컴퍼니' 서점 여주인의 자기 인생 전부를 건 노력이 있어 가능했다.

▶ 사진에서 보면 조이스 왼쪽 눈이 거의 실명
이 된 듯 안대로 감싸고 있다. 작가는 율리
시스를 집필하고 눈 하나를 잃은 것이다.

세상에서 가장 난해한 소설

『율리시스』의 작가 제임스 조이스는 1882년 아직 영국
의 지배하에 있던 아일랜드에서 태어났다. 여섯 살에 클
론고스 우드 칼리지라는 기숙학교에 입학 했으며, 가세가
기울기 시작하자 보다 서민적인 학교인 더블린의 벨베디
어 칼리지로 옮겼다. 열여섯 살부터 스무 살까지 그는 더
블린에 있는 유니버시티 칼리지를 다녔고, 1902년에 학
사학위를 받았다.

그 후 의학공부를 하러 파리로 떠났던 그는 1904년 어
머니의 병환 때문에 일시 귀국했다가 다시 유럽대륙으로
떠났다. 이번에는 노라 바나클이라는 호텔의 하녀로 일하
던 여자와 함께였다. 둘이는 오랜 동거생활 끝에 결혼했는

데, 미모에 관능적이면서 낭비벽이 있던 노라는 극도로 지성적이었던 조이스에게 어울리지 않는 짝이었다. 그러나 두 사람은 오랫동안 사랑을 했으며 조이스는 평생 노라에게 충실하고 헌신적인 사랑을 하며 가정생활을 영위했다.

1909년 두 번 아일랜드를 방문한 것을 빼고는 조이스는 유럽의 로마, 파리, 취리히 등을 전전했으며 주로 영어를 가르치면서 생계를 유지했고 창작생활을 했다.

1914년 그의 첫 작품 『더블린 사람들』이 우여곡절 끝에 어렵게 출판되었다. 1916년 『젊은 예술가의 초상』을 발표한 후 그는 문단에서 주목을 받기 시작했으며 그가 40세가 되던 해인 1922년에는 『율리시즈』를 발표하여 미국은 물론 유럽에서도 그의 명성은 높아졌다. 그는 이 소설을 무려 8년 만에 완성했다.

소설은 영국의 지배를 받고 있는 아일랜드 더블린을 배경으로 1904년 6월 16일 오전 8시에 시작해 다음날 새벽 2시까지 등장인물의 일상을 그린 작품이다. 그러나 너무 힘든 작업 때문인지 그는 그 뒤로 시력 약화와 황달 등으로 시달리다 1941년 취리히에서 사망했다. 작가 제임스 조이스를 위대하게 만든 『율리시스』는 난해함의 극치라는 평가와 함께 20세기 영미문학의 최고봉이라는 찬사를 동시에 받고 있다. 실비아 비치라는 책방 여주인의 헌신적인 노력 없이는 세상에 그 흔적을 나타낼 수 없었을

작품이지만 실비아 비치는 『율리시스』를 출판함으로 오히
려 손해를 보고 경제적 어려움으로 서점 문을 닫을 수밖
에 없었다.

작품이지만 실비아 비치는 『율리시스』를 출판함으로 오히
려 손해를 보고 경제적 어려움으로 서점 문을 닫을 수밖
에 없었다.

– 너무 오래 사랑하지 마오

너무 오래 사랑하지 마오
애인이여, 너무 오래 사랑하지 마오.
나 오랫동안 사랑했으므로 내 모습 이미 낡아버렸소.
오래된 노래와 같이.
우리들 젊은 세월을 통해 우리의 생각이 서로 다를 줄은 아무도 알지 못했소.
오, 그녀는 갑자기 변해버렸소.
너무 오래 사랑하지 마오.
그대 모습 또한 낡아버릴 것이오, 오래된 노래와 같이.

- 윌리엄 버틀러 예이츠

1885년에서 1890년까지 아일랜드에서 문학운동이 대중의 열광을 불러일으킬 희망은 별로 없어 보였다. 그때는 아일랜드 독립운동가 파넬Parnell의 세력이 절정에 달해서, 모든 사람들은 파넬이 정치적 방법으로 아일랜드의 독립을 얻게 해 주리라고 기대했었다.

이 기간에 파넬은 영국의회의 아일랜드 출신 국회의원들을 완전히 지배했기 때문에 아일랜드 출신 국회의원들은 그의 지시대로 투표를 함으로써 강력한 압력단체의 구실을 하고 있었다. 그런데 1890년 11월에 파넬이 친구 오쉬어 대위의 부인과 간통한 사실이 드러나자 그는 결국 이혼하고 친구의 부인과 결혼을 해버린 것이다.

그로 인해 그 해가 다 가기 전에, 파넬이 행사하던 아일랜드 국회의원들에 대한 지도력을 잃어 버렸고 국회에서는 의원들이 서로 싸우고 있었기 때문에 아일랜드 자치 법안이 행동으로 옮겨질 것을 기대하기 어려운 상황이었다. 아일랜드 국민들은 파넬에 대한 기대감이 무너지자 애국심은 이제 딴 방향으로 흘러가고 있었다.

예이츠는 런던에 있었고 1891년 10월 파넬이 죽자 그는 아일랜드의 민족주의 운동은 이제 문학 운동으로 승화시켜야 한다고 생각했다. 그는 곧 '조상弔喪하라, 그리고 전진하라'라는 시를 써서, 아일랜드 민족운동이 후퇴해서는 안 된다고 민족진영에 촉구했다. 그는 본능적으로 자기가 행동할 때가 왔다는 것을 깨달았고 전보다 더 큰 각오로 아일랜드를 위해서 일해야 할 것이라고 스스로 다짐하고 있었다.

그가 이처럼 아일랜드 독립을 위해 결심을 하게 된 계기는 한 여성에 대한 사랑에서 시작됐다. 1887년 1월 30일, 예이츠가 모드 곤을 처음 만났을 때, 그는 그동안 잠복하고 있던 이성에 대한 열망을 갑자기 꺼내어 그녀에게 바치기 시작했다. 모드 곤은 오리어리의 소개장을 갖고 예이츠의 아버지를 방문한 것이었다.

당시 그녀를 만날 때 예이츠는 창가에 서 있는 낯선 아가씨의 얼굴이 그녀의 머리 뒤쪽에 피어 있는 사과 꽃잎과 똑같이 투명한 빛깔이었던 것을 기억한다고 말했다. 그녀와의 만남으로 그의 삶은 완전히 바뀌었다. 그러나 모드 곤은 그의 열정에 응답하지 않았다.

▶ 모드 곤의 모습

당시 모드 곤은 프랑스 남자를 사랑하고 있었다. 상대는 변호사이며 기자였던 루시앙이었다. 그는 모드 곤보다 열다섯 살이나 많았고, 아들까지 있는 유부남이었지만 아내와는 별거 상태였다. 그는 아일랜드 독립을 위해서는 잔 다르크가 필요하다며 모드 곤의 마음에 조국애를 불어넣어 주었다.

그런 열정과 사랑으로 충만했던 여인은 예이츠의 사랑이 눈에 들어오지 않았다. 다만 그녀는 7백 년 동안이나 지배해 온 영국으로부터 아일랜드를 구해내야겠다는 불타는 열정에 사로잡혀 있었다. 들뜬 예이츠는 그녀를 위해 '내가 만일 황금빛 은빛으로 짜여진 옷감이 있다면 나는 그 옷을 당신 발아래 깔아 드리고 싶네.'와 같은 뜨거운 연서를 보냈지만 모드 곤은 관심조차 없었다.

비록 예이츠가 한 살 더 많은 나이지만 모드 곤은 예이츠를 '소년'으로 생각했다. 그도 그럴 것이 그녀의 애인에 비하면 예이츠는 아직 문학청년에 불과했으며 단지 그녀는 예이츠의 조국에 바치는 시를 좋아했다.

모드 곤은 그러나 루시앙과 결혼하지 않고 오직 정부로 지내면서 자신이 갖고 있던 탁월한 미모와 대중을 사로잡는 웅변으로 아일랜드 독립을 위해 뛰어다니고 있었다. 예이츠는 그런 모드 곤의 정치 활동이 마음에 들지 않았지만 여인의 마음을 사로잡기 위해서는 그 역시 같은 길을 가야 한다고 깨닫고 그녀를 위해 무슨 좋은 일을 할까 고민하기 시작했다. 그러니까 예이츠의 독립운동의 발화는 모드 곤의 사랑을 얻기 위한 시도에서 시작된 것이다.

하지만 예이츠의 모드 곤에 대한 사랑은 조국애의 열정으로 승화되었고, 예이츠는 글을 쓰거나 연설을 할 때, 조국에 대한 사랑과 잃어버린 사랑에 대한 영원함을 완전한 철학으로 만들려고 노력했다. 모드 곤이 연극에 흥미가 있다는 사실을 알고, 예이츠는 그녀가 더블린의 무대에서 주연할 만한 아일랜드 주제의 작품들을 써서 자기와 모드 곤이 함께 연극으로 민족운동을 하면 좋겠다고 생각했다.

예이츠는 오래 전부터 서부 아일랜드의 이야기인 캐더린 오쉬어 백작부인에 대한 연극을 써 보려고 생각해 왔었다. 그녀는 아일랜드 최고의 미인으로, 키는 6피트이고, 태도는 여신 같고, 용모는 완전무결하며 매력 덩어리였다. 그녀의 아버지가 더블린에 주둔하고 있는 군대의 장교로 있어 그녀는 총독관저에서 자라났지만, 가난에 찌든 아일랜드의 소작인들이 영국의 지주들에게 착취당하는 것을 보고 분노의 애국심이 불타고 있었다. 그녀는 아일랜드의 독립을 위해 잔 다르크가 되기로 결심했던 여인이었다. 예이츠는 이 여인에게서 모드곤을 연상하고 있었다. 모드 곤도 한때는 예이츠처럼 낭만주의자였다. 그러나 지금은 아일랜드 독립을 위해 어떤 희생도 감수 할 수 있다고 생각하고 있었으며 그것이 전쟁이어도 상관없다는 강한 신념을 갖고 있었다.

예이츠는 아일랜드 독립운동에 대한 열정이 모드 곤보다 적었다. 그는 또한 그녀처럼 폭력까지도 동원해야 한다는 것에 동조하지 않았다. 예이츠는 전 국민이 함께 뜻을 합치면 아일랜드 독립은 이루어질 것이란 막연한 생각을 갖고 있었다.

1891년은 아일랜드나 예이츠에게 격정의 한 해였다. 예이츠는 "민족의식이 없으면 좋은 문학도 없다."고 확신했으며 그런 생각을 모드 곤에게 편지로 알리며 함께 일할 것을 약속했다. 예이츠의 동참소식에 기쁜 모드 곤은 런던으로 예이츠를 만나러 왔다. 이때 예이츠는 모드 곤에게 두 번째 전율을 느낀다.

예이츠는 런던의 한 호텔에서 그녀를 기다리고 있었고 그 큰 키에 휘청거리며 걸어 들어오는 그녀를 보고 다시

한 번 과거의 떨림을 느끼고 있었다.

하지만 그녀는 4년 전의 그 아름다운 여인이 아니었다. 얼굴은 지쳐 있었고, 뼈가 드러난 어깨를 하고 있었으며 과거처럼 강한 기운은 사라지고 부드럽다 못해 나약한 모습이었다. 1891년 7월 한 달 동안 런던에서 두 사람은 아일랜드 독립을 위한 여러 공작들을 진행하면서 함께 보냈다. 예이츠의 친절함과 애정에 대한 고마움을 느낀 모드 곤은 '우리 두 사람은 아마도 전생에 남매였을 것'이라고 편지를 한 통 주었다. 이 편지에 용기를 얻어 예이츠는 그녀에게 청혼을 하였다. 그러나 그 자리에서 그의 청혼은 거절당했다.

그 무렵 런던에서 함께 일하고 있던 두 사람에게 뜻하지 않은 일이 일어났다. 루시앙에게 편지가 날아왔는데, 그의 아들이 뇌막염으로 위독하다는 내용이었다. 모드 곤은 바로 루시앙이 있는 프랑스로 갔고 죽은 아이 때문에 죄책감에 시달리던 그녀의 애인을 위로했다. 그 해 모드 곤의 또 다른 우상이었던 파넬이 심장마비로 죽었다. 1891년 10월, 모드 곤은 파넬의 시체를 운반했던 배를 타고 아일랜드로 돌아왔다.

1892년 예이츠와 모드 곤은 각기 다른 방향으로 독립운동을 전개하고 있었다. 예이츠는 아일랜드 젊은이들을 위해 도서관 건립 운동에 적극적으로 나서고 있었다. 또한 그는 군소 조직들을 설득하여 '청년 아일랜드문학회'를 재건하고 거기서 활동했다. 예이츠는 놀랄 만큼 실무에 밝고, 설득력이 있었다. 시인 롤스턴과 같이 1891년 12월 말에 런던에 '애란 문학회'를 조직하고, 5개월 뒤인 1892년 5월 24일에 존 오리어리의 도움으로, 더블린에 '민족문학회'를 조직했다.

직접적인 목적은 아일랜드의 문학과 민간설화, 전설을 널리 보급시키는 일이었다. 예이츠와 모드 곤은 모든 민족주의자들이 함께 하게 하는데 발 벗고 나섰으며 그 바쁜 상황에서도 예이츠는 모드 곤에게 다시 청혼을 했다. 그러나 또 다시 거절을 당했다. 당시 모드 곤은 루시앙의 아이를 임신하고 있던 상황이었다. 하지만 모드 곤에 대한 사랑으로 분별력을 잃은 예이츠는 임신한 그녀에게 핑크빛 연서를 보냈다. 두 번째 청혼도 역시 거절당한 예이츠는 한동안 심한 우울증에 빠지기도 했다.

그러나 이내 다시 정신을 차리고 행동하는 지성으로 예이츠는 자기 할 일을 하기 시작했다. 그는 전국적으로 도서관들을 늘리는 운동에 적극적으로 활동했으며 이 도서관 건설 운동은 나중에 아일랜드인의 교육과 애국심 함양의 중심 기반이 되기도 했다.

모드 곤도 루시앙의 아이를 출산 한 뒤 예이츠가 벌이는 도서관 운동에 동참, 전국을 돌아다니며 국민적 힘을 모았고 그녀의 노력으로 한 해 모두 7개의 도서관이 들어설 수 있었다. 예이츠는 도서관이 건설되는 도시에 애국적인 주제를 담은 연극을 순회공연하기도 했다. 당시 예이츠는 두 가지 일, 모두를 열심히 했다. 즉, 사랑도 하고 아일랜드 독립운동도 열심히 했다. 예이츠는 그 시절이 자기 인생에서 가장 즐거운 시절이었다고 회상한 적이 있다.

어떤 구호에 얽매이지 않고 아일랜드를 주제로 하는 작품을 쓰려는 새로운 작가들은 예이츠를 자기들의 대변자이며, 보호자로 생각했다. 그래서 아일랜드 자치를 반대하는 통일당원들의 무관심과 신성불가침이 된 민족주의의 오해에 대해서, 연설이나 글로써 그가 전개한 용감한 싸움들은 아일랜드 문예부흥의 전기를 마련했다.

그 동안에 모드 곤은 농민들이 고향을 등지고 도시로 향하는 것을 막기 위해 농촌 운동에 전심전력하였고, 예이츠가 하는 일에는 관심을 두지 않았다. 그래서 예이츠는 실망했다. 하지만 모드 곤의 생각에는 좋은 문학을 만드는 일은 독립운동을 하는 것보다 그리 중요하다고 생각하지 않았다. 반면에 예이츠는 모드 곤이 선거와 같은 지엽적인 문제에 그녀가 너무 정력을 바치고 있다고 화를 내었다.

1893년 여름, 그녀는 프랑스로 떠났고, 떠나기 전에 예이츠와 심한 언쟁을 했다. 몇 달 뒤에 예이츠가 더블린으로 돌아오자, 그동안 자신을 지지하던 청년들이 등을 돌리고 있다는 말을 들었다. 예이츠의 운동 방식은 젊은 사람들 입맛에 맞지 않았고, 모드 곤 역시 같은 생각이었다.

그러나 예이츠와 모드 곤 사이의 우정은 변함없었다. 1900년 모드 곤은 루시앙과 헤어졌다. 두 사람 사이 신뢰의 벽을 허문 사람은 루시앙이었다. 그는 모드 곤 이외에도 다른 여자들을 만났고, 성관계까지 가졌다. 그리고 그 문제에 대해 전혀 죄책감을 갖지 않았다. 이런 혼란스러움을 틈타 예이츠는 다시 모드 곤에게 청혼을 했다.

그녀를 위해 예이츠는 「사모의 나라」라는 시를 썼다. 예이츠의 시는 초기에는 낭만적이고 사색에 잠긴 듯한 수식어구가 많았던 시풍이었지만 점차 간결하고 엄격하며 남성적인 기질로 변해갔다. 시의 강렬함만큼이나 변함없는 사랑에 잠시 감동한 그녀는 "정말로 언제쯤이면 청혼하는 것이 지치겠어요? 라고 물었다고 한다. 그녀는 예이츠에게 결혼은 정말로 권태로운 일이며 특히 시인과는 절대 결혼하지 않겠다고 선언하였다. 그리고 못을 박듯이 예이츠에게 한 번도 이성으로 끌린 적이 없다고 말해 버렸다.

한편 모드 곤에게 또 다른 남자가 찾아왔는데, 파리 외교관으로 일하고 있던 존 맥브라이드 소령이었다. 그녀는 그에게서 아버지와 같은 든든함을 느꼈다. 모드 곤이 좋아하는 남자들이란 대개 시인처럼 감수성이 예민한 사람보다 오히려 군인처럼 절도 있고 투사다운 남자들을 좋아했다. 존 맥브라이드는 모든 것을 행동으로 보여주는 남자였다. 모드 곤은 서른여섯 살이었고 자신보다 더 어린 존 맥브라이드 소령과 1903년 결혼을 했다. 당시 예이츠는 강연을 하기 위해 미국 여행 중이었고 결혼 소식을 모드 곤에게 전보로 받았다.

너무 오래 사랑하지 마오.
애인이여, 너무 오래 사랑하지 마오. 나 오랫동안 사랑했으므로 내 모습 이미 낡아버렸소.
오래된 노래와 같이. 우리들 젊은 세월을 통해 우리의 생각이 서로 다를 줄은 아무도 알지 못했소. 오, 그녀는 갑자기 변해버렸소. 너무 오래 사랑하지 마오. 그대 모습 또한 낡아버릴 것이오, 오래된 노래와 같이.

모드 곤이 결혼했다는 소식을 듣고 지은 시가 바로 '너무 오래 사랑하지 마오.'이다.
하지만 두 사람의 결혼은 오래가지 않았고 몇 년 뒤 별거하고 만다. 모드 곤은 자신의 결혼이 성급했다고 예이츠에게 고백했다. 두 사람은 성격이 너무도 달랐고 툭하면 싸움을 했다. 너무 성급한 결혼이라고 생각한 두 사람은 결국 이혼을 위한 별거에 들어갔다.

1907년 예이츠의 회고록을 보면 적어도 예이츠와 모드 곤 사이 한 번 이상은 성관계가 있었던 것으로 보인다. 모드 곤의 불행한 결혼 생활에 대한 위로를 위한 만남은 육체관계로 이어졌지만 이후 두 사람은 그것이 썩 좋은 경험이 아니었음을 알고 후회했다.

예이츠는 더 이상 모드 곤과 육체적 관계를 전제로 한 만남을 원하지 않았다. 다만 정신적으로 동지적 관계 이상을 가지길 원했던 두 사람은 1908년 '영혼결혼식'이란 것을 올렸다. 아마도 이 영혼결혼식은 육체적 관계에 대한 후회에서 비롯된 사건일 것이다. 그리고 그 영혼결혼 역시 1년 만에 서로의 합의 하에 중단하고 만다. 존 맥브라이드와 결혼 실패 뒤, 모드 곤은 이 남자와 아이들 양육문제로도 오랫동안 대립하며 신경전을 펼쳐 기운을 다 빼고 있었다.

1914년 제1차 세계대전이 일어났을 때, 모드 곤은 파리에 있었다. 두 사람은 우정만을 간직하고 있었고, 생각은 너무도 차이가 있었다. 폭력을 통한 독립을 원했던 모드 곤과 달리 일체의 폭력은 나쁜 것이라고 예이츠는 생각했다.

한편 모드 곤의 남편 맥브라이드 소령은 1916년 4월 8

일 벌어진 아일랜드 독립을 위한 폭력투쟁에 연루되어 영국 정부에 체포 된 뒤 사형을 당하였다. 아일랜드는 결국 1921년 12월 6일 영국으로부터 독립을 쟁취했다.

그런데 예이츠는 마지막으로 모드 곤에게 청혼을 하였다. 그것은 바로 남편 존 맥브라이드가 사형장에서 사라진 그 해였다. 그러나 이번에도 역시 거절이었다. 이제 예이츠는 모드 곤과 결혼에 대한 기대를 완전히 버렸다. 그리고 처음으로 모드 곤이 거절한 이유는 종교적인 부분이 가장 크다고 그의 비밀일기에 적기도 했다. 예이츠는 모든 희망을 접고 있었다. 그는 갑자기 결혼을 하지 않으면 지구가 멸망하는 사람처럼 적극적으로 여자들을 만났다. 1916년 한 해 동안 두 명의 여자에게 청혼을 했다. 노르망디의 아름다운 곳에서 자란 이졸트라는 젊은 여인에게 두 번이나 청혼을 했지만 거절당했다.

같은 해 예이츠는 매력적이고 교양 있는 영국 아가씨 조지 하이드 리스에게 관심을 돌렸고 1년 만인 1917년 10월 그녀와 결혼하는데 성공했다. 무려 30년 동안 모드 곤에게 집착했던 예이츠는 청춘을 모두 흘려보낸 늦은 나이 쉰두 살에 결혼을 하게 된 것이다. 예이츠의 아내는 돈도 많고 상냥하고 남편을 위해 헌신할 줄 아는 여인이었다. 그러나 예이츠의 삶에는 전처럼 생기가 넘치지 않았다. 그런 예이츠의 모습은 그의 딸 일기에서도 나와 있다.

"아버지는 상당히 우울해하셨다. 어머니는 아버지의 관심을 끌기 위해 온갖 노력(글을 쓰는 일을 도우며)을 다했지만 아버지의 영혼은 다른 곳을 바라보고 있었다."

연인이 아닌 혁명동지로 남다

윌리엄 버틀러 예이츠(William Butler Yeats)는 더블린에서 태어났다. 시인의 어머니 가문은 일찍부터 선박업을 했으며 예이츠가 소년 시절 시인의 상상력을 키우는데 많은 도움을 준 것 같다. 특히 개성이 강한 할아버지 윌리엄 폴렉스펜의 기억은 시인에게 생이 다할 때까지 강하게 남아 있었다. 고래잡이로 입은 손의 상처, 야성적인 힘, 견디기 힘든 침묵, 격렬한 기질을 가진 그에 대해 예이츠는 "리어왕을 읽을 때 할아버지의 기억이 항상 떠올랐고, 내 연극이나 시에서 열정적인 인물은 대개 할아버지에 대한 추억으로 만들어졌다."고 말했다. 스물두 살 예이츠는 미술학교를 자퇴하고 시인이 되기로 결심했으며 집에서 문학공부를 하고 있었다. 그때 예이츠의 아버지를 찾아 온 민족주의자 모드 곤을 알게 되었다. 그러나 그는 사랑을 이루지 못하였다. 모드 곤은 예이츠와의 연

인관계를 원하지 않았고 혁명 동지애를 지키고자 노력했
다.

잠시 동안 좌절된 열정이 그로 하여금 그녀의 노예가
되도록 만들었고, 그녀의 혁명적인 기질이 그를 기쁘게
했다. 1890년대와 1900년대 초, 아일랜드 어디에서든 그
녀를 보기 위해 사람들은 몰려들었으며 그녀의 미모와 열
렬한 애국심이 그녀를 위대한 낭만적인 애국주의자로 만
들었다. 예이츠를 독립운동에 참여시킨 또 다른 인물은
아일랜드의 민족주의자인 파넬이었다.

그의 천재적인 능력뿐이 아니라 그의 인품 때문에 더
욱 빠져들었으며 그가 죽은 뒤 예이츠는 더욱 열렬한 민
족주의자가 되었다. 예이츠는 모드 곤에게 끊임없는 구애
를 시도하였지만 모두 좌절됐다. 처음 구애는 1897년, 그
리고 1916년 마지막 청혼까지 예이츠는 모드 곤과 결혼하
기 위해 그녀에게 자기 인생 대부분을 걸었다. 그러나 모
드 곤의 거절 이유는 단 한가지였다. "난 당신에게 사랑
보다 우정을 원해요." 그 한마디였다. 마지막 구혼을 할
때 모드 곤은 이미 세 명의 남자들과 사실적인 결혼과 이
혼을 반복하고 있었고 예이츠는 총각이었다.

더 이상 모드 곤과 결혼할 수 없다는 절망감을 안은 이
시인은 갑자기 그해 두 명의 여자를 만나 청혼을 한다.
그리고 두 명 가운데 한 명에게 결혼 승낙을 받고 다음 해

결혼을 한다. 결혼을 하고도 두 사람은 우정을 나누었지만 말년에는 정치적인 이유로 소원해졌다.

한편 1939년 1월 28일, 예이츠가 세상을 떠나자 그의 아내는 예이츠가 모드 곤에게 쓴 많은 옛날 편지들을 그녀에게 보냈다. 모드 곤은 죽을 때까지 예이츠가 젊은 시절 보냈던 그 많은 사랑의 편지들을 읽으며 젊은 날 두 사람의 추억을 회상했다.

예이츠는 20세기 영미시단의 대표적인 시인으로 꼽히고 있다. 한때 더블린, 런던 등지에서 화가가 되려고 미술학교에 다니기도 했지만 곧 문학 쪽으로 진로를 바꾸었고 정통 기독교 대신 여러 형태의 신비주의, 민담, 플라톤사상 등에 몰두했으며, 꿈같고 환상적인 주제를 시로 담았다. 스펜서, 셸리 및 블레이크로부터 영향을 받은 그의 시는 낭만주의의 향기를 풍긴다. 대개의 소재도 시냇물, 언덕, 바위, 숲, 바람과 구름 같은 것이었다.

아일랜드 문예협회를 창립하여 문예부흥운동을 주도하였고 아일랜드 국민극장을 창립하여 연극발전에도 힘썼다. 아일랜드 독립운동에도 적극 참가하여 아일랜드가 독립국이 된 뒤에는 그 공으로 원로원 의원이 되기도 하였다. 1923년에 노벨 문학상을 받았으며 주요 시집으로 『오리진의 방랑기』, 『쿨호의 백조』, 『탑』, 『마지막 시집』 등이 있다.

'새는 알에서 빠져나오려고 몸부림친다. 알은 세계이다. 태어나려는 자는 누구든 세계를 부숴야 한다.' 헤세의 데미안에서 가장 유명한 문구이다. 유년기에 당연히 받아들이던 세계에서 어른으로 성장하기위한 자기 몸부림은 결국 자기 자신이 인도하는 내면의 길을 발견하고 그 길로 나아가는 것이라는 데미안의 메시지는 제1차 세계대전 후 혼돈 하는 독일 청년들에게 감명을 주었을 뿐 아니라 새로운 세상으로 나아가는 젊은이들에게 큰 공감을 일으켜 청년운동의 성경으로도 불린다.

1919년의 작품이 지금도 공명을 울리는 까닭은 아마 어른이 되기 위한 고통 없이 나이만 먹은, 어른 아닌 어른이 넘쳐나고 있기 때문은 아닐까?

미친 듯한 질풍노도의 시기

- 헤르만 헤세

괴팅겐에서의 학생시절은 헤세가 착실한 학생으로 선생님들을 존경하였던 시기였으며, 1891년 7월에 실시된 국가시험에서도 소원대로 성공을 거두었다. 헤세는 두려워했던 시험에 합격하였고 할아버지 군데르트처럼 약 36명 정도의 신학생들과 함께 그 해 가을에 마울브론에 있는 신학교에 입학했다. 14살까지 바젤 시민권을 소유하고 있었던 헤르만 헤세는 신학교에 입학하기 위해서 우선 뷔르템베르크의 시민권을 얻어야만 했다. 마울브론에서의 신학생 생활은 반년 정도 시간일 뿐이지만, 이 짧은 기간 동안의 경험은 헤세가 문학작품을 쓰는 데 아주 특징적인 색채, 즉 마울브론의 특색이라고 할 수 있는 색채를 띠게

▶ 헤세가 다녔던 마울브론 신학교. 그는 이곳
에서 6개월만에 퇴학을 당한다.

하는 데 충분했다.

헤세가 어느 날 신학교를 도망쳐 나왔다는 사실 때문에 마울브론의 시절은 오로지 고통스런 영혼의 갈등 시기로만 간주되었는데 처음 몇 달 동안은 완전히 그 반대였다. 당시 그가 양친에게 보낸 편지들이 이를 증명하고 있는데, 어린 헤세는 놀랄 정도로 빨리 그곳 생활에 적응하였다. 그 당시 편지 글들을 보면 그는 즐겁게 이야기를 꾸며내면서 신학교의 운영을 재치 있고 명료하게 묘사하고 있으며 선생님과 숙제, 친구들과 식사 등 사소한 것을 재미있게 적어 놓곤 했다. 그는 12명의 친구와 함께 자신이 거처하는 기숙사 방을 헬라스 궁이라고 부르며 자신을 희랍 신화에 등장하는 미의 여신 헬레나라고 스스로 자처하였다. 또한 다른 기숙사 방들도 아테네, 스파르타, 아크로폴리스, 그리고 게르마니아 등으로 이름 지어 부르며 처음 기숙사 생활을 아주 흥미롭게 이끌고 있었다.

아침 6시 30분에 기상하고 6시 50분에 복습. 지도교사 한 사람이 거행하는 '설교' 곧바로 아침 예배를 보러 급히 서둘러 간다. 수업은 규칙적으로 7시 45분에 시작한다. 강의는 12시까지 하고 14시에 다시 계속한다. 19시 30분에 저녁식사를 한 후, 다음으로는 레크리에이션 시간을 갖는다. 그 다음은 공동으로 저녁기도를 함으로써 하루의 일과가 끝난다. 1주일 당 수업은 41시간이며 거기에 논증 및 자습시간이 첨가된다. 자유시간은 거의 없고 일요일에나 좀 오랜 산책을 할 수 있는 두 세 시간의 여유가 있다.

그가 기록한 이런 빡빡한 일정에도 불구하고 헤세는 이 신학교의 수업에 흥미를 느끼고 있었고 음악선생과 체육선생을 제외하고는 모든 선생님들에게 매력을 느끼고 있다고 했다. 그는 작문을 특히 좋아했다. 어느 날 한 방의 동료와 싸움을 했을 때도 그랬고, 성당 옆에 있는 목사 집에 불이 났을 때 극적인 구조작업을 했다는 것, 아주 소소한 일들을 집에다 편지했다. 또한 간단한 스케치를 하여 개개의 동료학생들을 정확하게 특징짓는 그림을 그렸다.

"나는 기쁘고 만족스럽다! 신학교는 몹시도 내 마음을 끄는 음조音調가 지배하고 있다. 모든 것이 합쳐서 전체 간의 견고하고도 아름다운 유대를 이루고 있으며 어디에도 강제성이란 없다. 다른 학생들과 함께 언어. 종교. 예술 등에 대하여 토론하는 것은 특히 매력적이다……"

이 편지는 1892년 2월 24일에 쓰인 글이다. 그 후 3주일이 지나서 헤세는 뚜렷한 외적인 동기나 충분한 이유도 없이, 돈도 갖지 않고 외투도 입지 않은 채 점심식사가 끝난 후 달아나 버렸다. 신학교에서는 오후 수업시간에 그가 없어졌음을 알았고, 그 다음 시간이 지나도록 돌아오지 않았으므로 신학생들은 여러 그룹으로 나뉘어 주위에 있는 숲 속을 뒤지기 시작했다. 지도를 맡고 있었던 파울루스 교수는 칼브(헤세의 고향)로 전보를 쳤다.

"헤세 2시에 실종, 소식 있으면 통지 요망"

집에서 얼마나 놀랄지는 전혀 배려하지 않는 짤막한 전보였다. 지도교수는 다음에 경찰서와 이웃마을의 이장들 및 지방관할 구청에도 통보하였으나 수색작전은 아무런 성과가 없었다. 저녁 늦게 파울루스는 헤세의 양친에게 모든 노력을 했음에도 아무런 결과가 없음을 또다시 전보로 통보하였다.

"모든 방법을 실행하고 있음. 현재까지 아무 성과 없음"

그 전보를 보내고 얼마 지나지 않아 비로소 헤세는 지치고 기진맥진한 굶주린 모습으로 어느 사냥꾼의 부축을 받으며 신학교로 돌아왔다. 지도교수는 서둘러 집에 안부 편지를 먼저 보내라고 지시했다. 헤세는 아버지에게 다음과 같은 편지를 하였다.

"아버지에게 우선 죄송하다는 말을 하고 싶군요. 걱정 끼쳐드린 이 경박한 몽상가를 이해해 주세요. 이 일에 대해 언제 자세한 말씀을 드릴 예정입니다. 저는 23시간 동안 뷔르템베르크와 바덴 그리고 헤센 지방을 두루 방황하였습니다. 영하 7도의 추위에 드넓은 벌판에서 서성대며 저녁 8시부터 아침 5시 반까지 추위에 떨면서 온통 걸어 다녔습니다. 그리고 바이올린 레슨 받는 것을 포기코자 하오니 허락하여 주시기 바랍니다. 그렇지 않으면 이 신학교 생활이 저에게 아무 의미가 없습니다. 전처럼 저를 사랑해 주십시오. 급하게 아들 헤르만이 올립니다."

선생님들은 이해심이 많았고, 그를 관대하게 처리하였

다. 그렇지만 엄격한 신학교 규율을 위반한 것에 대한 처
벌은 받아야만 했으므로 이 도망자는 학교를 무단이탈한
죄로 8시간 동안 독방에 갇혀 있어야 했다. 3월 12일 헤
세는 양친에게 다음과 같은 편지를 썼다.

"저는 지금 물과 빵만으로 감금되어 벌을 받고 있습니
다. 벌은 1시 반에 시작되어 9시 반까지 계속될 것입니다.
저는 지금『오디세이아』의 화려한 구절인 2백 60장 이하
에 심취해 있습니다. 저는 정상적으로 되어가고 있습니다.
육체적으로나 정신적으로나 저는 몹시도 쇠약하고 피로
하였지만 점차적으로 회복하기 시작했습니다."

3월 20일자의 다음 편지에는 비로소 내면적인 고민과
침울한 감정이 드러나고 있다.

"저는 너무나 피곤하며 힘도 없고 의지도 없습니다. 병
이 든 것은 아니지만 전에 없었던 완전히 새로운 허약함
이 저를 속박하고 있습니다. 발은 언제나 차지만 머릿속
은 불이 타고 있는 것 같습니다. 가슴 한 구석은 알 수 없
는 것들이 치밀어 오르고 있습니다. 이곳에 더 이상 있을
수가 없네요."

헤세는 고독했으며 고립상태로 인하여 몹시 괴로워했다. 신경질적으로 불쾌한 마음을 누르면서 부활절 방학을 칼브에서 말없이 지낸 다음에 그는 마울브론으로 다시 돌아가긴 했지만 위기 상태는 더욱 악화되었고 교육은 중단되었다. 1892년 5월에 헤세의 아버지가 그를 집으로 데려갔으며, 헤세는 건강을 회복하기 위해 연말까지 휴학을 하였다. 마울브론에서의 탈출은 처음에는 감수성이 강하고 환상적이며 쉽사리 흥분할 수 있는 한 어린 영혼의 일시적인 반작용이었을 뿐이었다. 하지만 그 시기가 계속되자 그는 그동안 가정과 학교에서의 완고함과 종교적 갈등으로 인해 어린 영혼이 혼자 감내하기 벅찬 상황까지 이르렀다.

1892년 5월에 헤세는 아버지와 절친했던 신학자 크리스토프 브룸하르트에게로 갔다. 그는 꽤 유명한 병원을 경영하고 있었으며 귀신을 추방하는 탁월한 재능이 있는 사람으로 기도치료로 성공을 거두고 있었다. 처음엔 모든 일이 순조롭게 되어갔으며 브룸하르트는 친구의 어린 아들을 친절하게 받아들였다. 그러나 추측컨대 이루지 못한 열광적 사랑에 대한 실망에서 야기된 새로운 위기가 헤세를 자살기도로 몰고 갔다. 브룸하르트는 자신의 실패를 자인하고 더 이상 치료가 불가능하다고 그의 집에 통보하면서 데리고 가라고 하였다.

슈데텐 학교가 헤세의 불행했던 시절의 다음 정거장이 되었다. 헤세는 정원 일을 하고 정신박약아 아이들을 교육하는 일을 했다. 외면적으로는 정신을 차리고 있었고 학교장인 샬 목사의 보고도 헤세에게 희망을 걸만했다. 그러나 내면에 있어서 헤세는 신神과 세상에 대해 불만을 품고 있었으며 자신이 제외되고 버림받았다고 느꼈으며 절망적인 감정을 내적으로 품고 있었다. 그러나 부모의 기대에 따라 신학교는 아니지만 김나지움으로 가고자 했던 소원이 결국 실현되었다.

1892년 10월 5일에 헤세는 슈데텐을 떠나 바젤에 있는 소년원에서 침울한 몇 주일간을 보낸 후 11월 2일에 바트 칸슈타트에 있는 가이거 선생의 기숙사로 들어가 그때부터 그곳 김나지움을 다니게 되었다. 가까스로 1년을 수학 했지만 그런 노력 역시 좌절되고 말았다. 헤세는 술집을 돌아 다녔고 많은 빚을 졌다. 그러나 밤늦게 집으로 돌아와서는 다락방에 앉아 하이네, 고골리, 투르게네프, 그리고 아이헨도르프의 책들을 읽었다.

감정의 바로미터는 방탕한 쾌락과 감상적인 염세와 도덕적인 후회 사이에 이리저리 흔들리고 있었다. 그렇게 불협화음의 연속이었지만 아무튼 1년간의 칸슈타트에서 보낸 기간 동안, 헤세가 자기 자신에 충실하기 시작했으며 뿐만 아니라 자기 자신을 이해해 주는 젊은 선생 카프

박사를 만났고 다음 몇 년 동안 그에게 자신의 마음을 털어놓게 되었다.

1893년 10월에는 에쓰링겐에 있는 마이어 서점과 도제수업徒弟修業 계약을 맺었다. 그러나 그는 3일 만에 이런 수업에 싫증을 냈고 모든 것에 아무런 열정도 나타내지 않고 그냥 도망쳐버렸다. 이제 그는 다시 부모 곁으로 돌아가 괴로움에 찬 몇 달 동안을 아버지 밑에서 일하였다. 다음에는 그의 반대에도 불구하고 부모들은 그를 칼브에 있는 시계 공장에 기술자로 들어가게 하였다.

1894년 6월부터 1895년 9월까지 똑같은 일상, 나사와 바이스, 선반에 서서 줄질을 하고 구멍을 뚫고 깎으며 납땜 인두질을 하고, 때로는 종을 매다는 걸 돕기 위해 교회의 대들보를 기어 올라가던 그 시간, 드디어 헤세는 질풍노도의 위험한 순간이 지나감을 느꼈다. 이러한 내면적 변화에 대한 증명은 칸슈타트의 선생이며 친구인 카프 박사에게 보낸 편지가 말해주고 있다. 헤세는 1895년 5월 편지에서 지난 몇 년 동안의 발전에 대한 해명을 하고 있다.

"이제야 비로소 나는 점차로 고요와 명랑성을 다시 찾았고 정신적으로 건전해졌습니다. 분노와 증오와 자살의 생각에 대한 사악한 시대는 지나갔지만, 어쨌든 그 시대가 나의 문학적인 자아를 형성해 놓은 것입니다. 미친 듯한 질풍노도疾風怒濤의 시대는 다행스럽게도 극복되었습니다.”

이 편지는 간단명료한 내용이지만 헤세는 그동안의 방황이 자기 길을 찾기 위한 고단한 여행이었음을 밝히고 있는 것이다. 자신이 문학적인 일에 종사하고 있던 헤세의 아버지는 헤세의 긴 방황의 터널이 무엇을 의미하는지 알고 있었고, 그가 그동안 겪은 내면의 고통들이 나중에 그가 문학으로 성공하기 위해 얼마나 좋은 보약인지를 이해했다.

그는 위대한 작가가 되기 위해 평생 많은 책을 읽고 살았다. 특히 양친과 그의 할아버지에게서 물려받은 산더미처럼 많은 책들은 헤세의 정신을 살찌우는 양식이었다. 그는 그 많은 책 가운데 괴테와 낭만주의 작가들의 소설들을 읽었고, 디킨즈와 스터언, 스위프트와 필딩, 세르반테스와 그리멜스하우젠, 입센과 졸라, 그리고 언제나 코롤렌코를 즐겨 탐독했다. 이제 일찍 찾아 온 방황, 그 질풍노도의 시간들을 무사히 넘긴 헤세는 서점에서 일을 하면서 작가로 성장하기 위해 글쓰기 훈련을 하였다. 또한 출판사에서도 3년 동안 근무하였다.

헤르만 헤세의 대표작 『데미안』은 남들보다 빨리 찾아

온 그 방황의 시간들을 온전히 자기 것으로 무장하고 그 녹아난 고민들을 글쓰기 재료로 삼음으로써 그 위대한 작품이 탄생하게 된 것이다. 성장을 위한 진통, 누구에게나 한 번은 찾아오는 것이다.

'누구나 알에서 깨어나기 위해서는 고통이 따른다.'

알에서 깨어 나오기 위한 몸부림

헤르만 헤세(Hesse, Herman)는 독일이 낳은 세계적인 문호다. 남독일 뷔르템베르크의 칼브에서 태어났다. 헤세는 "나는 종교 없이는 하루도 산 적이 없으며 종교 없이 살 수도 없다."고 어린 시절을 회상한 것처럼 그의 집안은 엄격한 신앙적 분위기가 지배하는 가정이었다. 아버지 요하네스는 신교新敎의 목사이고, 어머니 가계 역시 유명한 신학자 가문이었다. 그의 정신적 지주였던 외할아버지 헤르만 군데르트(1814~1893)는 유명한 신학자로, 인도에서 다년간 포교활동에 종사하였고, 군데르트의 훌륭한 인격과 그가 소장한 수천 권의 장서는 헤세에게 삶의 지표이자 부담감을 주기 충분했다.

어머니 마리는 인도에서 태어나 독일에서 교육을 받고, 인도로 돌아가 그곳에서 영국인 선교사와 결혼하였으나, 그와 사별死別한 후 칼브에서 요하네스와 재혼하여 헤세를 낳았다. 헤세는 4세부터 9세까지, 스위스의 바젤에서 지낸 것 외에는 대부분 칼브에서 지냈다.

1890년 라틴어 학교에 입학하고 이듬해 마울브론 신학교에 들어갔다. 그러나 시인으로의 삶을 꿈꾼 헤세는, 신학교의 억압된 기숙사 생활을 견디지 못하고 그곳을 탈주, 한때는 자살을 시도하기까지 하였다. 그리고 학교에 들어갔으나 7개월 만에 퇴학당하고, 서점의 견습점원이 되었다. 그 후 한동안 아버지의 일을 돕다가 병든 어머니를 안심시키기 위해 칼브의 시계공장에서 3년 간 시계 톱니바퀴를 닦으면서 문학수업을 시작하였다. 1895년 가을 튀빙겐에서 서점 점원으로 생활하면서 문학에 심취, 처녀시집『낭만적인 노래』(1899)와 산문집『자정 이후의 한 시간』을 출판하여 라이너 마리아 릴케에게 인정을 받았다.

제1차 세계대전 당시에는 반전주의적 태도로 극우파들의 애국주의에 반대했다가 독일에서 매국노라는 비난을 받기도 했다. 그의 이러한 행동은 당시 지식인들이 전쟁을 비판하기는커녕, 오히려 전쟁을 지지하고 다른 민족에 대한 미움을 부추기기까지 하는 극우성을 보이는 것에 대해 실망을 갖고 있었기 때문이었다.

1916년(39세), 존경하던 아버지의 죽음과 아내의 정신질환 등으로 삶에 커다란 위기가 닥치자 카를 구스타프 융의 정신 치료로 다시 재기하였고, 프로이트의 정신분석을 탐독한 뒤 그의 대표작 『데미안』을 완성한다. 1941(61세), 나치 지배를 받던 독일에서 작품 활동이 어려워지자 스위스 취리히에서 작품들을 출간, 1962년 85세 일기로 사망할 때까지 수많은 작품들을 쓰며 살았다. 대표작으로는 『데미안』을 비롯해 『유리알 유희』 『지와 사랑』 『청춘은 아름다워라』 등이 있다.

프로이트 이전까지 학문의 세계에서 인간은 합리적인 존재였다. 그러나 프로이트는 인간을 합리적인 존재만이 아닌 비합리적인 측면을 동시에 가진 인간으로 상정한다. 그리고 인간은 누구나 합리적인 의식에 대해 비합리적인 무의식이 충돌을 일으킨다. 다만 정신이상자가 충돌로 인하여 이상행동을 보이는 반면에 정상인은 조화를 위해 애쓴다는 것이 다를 뿐이다. 프로이트는 『꿈의 해석』에서 이런 충돌을 정상인에게서도 발견할 수 있다고 하였는데 그것은 바로 꿈이다. 그래서 꿈속에 숨어 있는 이미지의 복합물을 자유연상에 의해 찾아내어 치유할 수 있다고 한다.

– 지그문트 프로이트

군의관으로 복무를 마친 직후인 1886년 30세의 프로이트는 4년간의 약혼 끝에 마르타 베르나이스와 함부르크 근처인 여자의 고향에서 결혼을 했다. 마르타의 오빠인 엘리는 프로이트의 동생인 안나와 이미 결혼해서 뉴욕에서 살고 있었다. 마르타는 프로이트가 돈이 없어 오랫동안 결혼을 기다려야 했었는데 그 기간이 그들 모두에게 몹시 괴로운 시간이었다. 그러나 이 장시간의 괴로운 시절이 없었더라면 1882년에서 1886년 사이 있었던 프로이트 자신의 일상적인 생각을 구체적으로 적은 9백 통이 넘는 굉장한 편지를 볼 수 없었을 것이다.

사실 프로이트가 죽고 나서 마르타는 그 편지들이 너

무 내밀한 내용이었기에 딸들의 간청이 없었더라면 모두 태워 버리려고 했었다.

마르타의 할아버지는 그 고결한 인품으로 해서 하이네에게 찬양을 받았던 최고 율법학자였다. 마르타의 집안은 정통 유대교였으며 그래서 프로이트와 약혼한 사실을 몇 개월 간 비밀로 해 두지 않을 수 없었다. 왜냐하면 마르타의 어머니는 출세할 전망도 없고 종교적인 신앙심도 없는 사람과 딸이 결혼하는 것은 절대 안 된다는 생각을 강하게 하고 있었기 때문이다. 따라서 오랫동안 서신 왕래가 필요했고 오히려 그것이 열렬한 애정의 계기가 되었다. 프로이트는 본능을 엄격하게 통제하고 있었지만 사랑에 대한 열정은 대단했다. 그는 또한 질투심이 강하고 빅토리아 시대의 보수적 여성관을 가지고 여자를 완전히 소유하려는 사람이었다.

프로이트는 스스로 "나는 원래 폭군적인 기질이 있었다. 그래서 자신을 굴복시키는 일은 여간 힘든 일이 아니었다."고 고백한 일이 있었다. 그는 자기 약혼자에게 '종교적 편견'과 '어리석은 미신'을 버리라고 요구하고 자기 의견과 태도와 신념을 받아들이도록 강요했다. 그는 그녀의 어머니와 오빠 엘리를 극도로 싫어했다. 그들과 언쟁을 벌일 때는 마르타가 무조건 자기편에 서 줄 것을 원했다. 정통적이고 청교도적인 그녀의 어머니는 이 비엔나의

▶ 프로이트와 그의 아내 마르타의 모습

건달을 미워하고 경멸했다. 그뿐 아니라 그녀는 아주 전통적인 독일인이었기 때문에 독일 황제와 그 가문에 개인적으로 강한 충성심을 품고 있었고 그것을 딸에게 물려주었다.

프로이트는 약혼녀가 다른 남자에게 관심을 갖게 되면, 특히 그가 예술가일 경우 거의 광적인 질투심을 품었는데 그는 예술가에게 거의 이상하리 만큼 지나친 질투심을 가지고 있었으며 반면에 항상 그들을 부러워했다. 프로이트는 약간 의처증 증상을 종종 나타내곤 했는데 이따금 그녀의 책을 검열하면서 횡포까지 부릴 때도 있었다. "사람이 사랑을 하면 완전히 미쳐버리거든" 하고 그는 아내에게 지나치게 대한 것을 변명하기도 했다. 프로이트는 세르반테스의 『돈키호테』를 매우 좋아했지만 그녀가 읽는 그 소설에서 '천박하고 기분 나쁜' 구절들을 너무 많이 찾아 낸 형편없는 소설이라고 헐뜯는 이상한 말을 한 적도

있다. 그것은 약혼자가 좋아하는 작품의 작가에 대한 질
투심이었다.

마르타 베르나이스 역시 개성이 강한 여자였다. 일련
의 감정적인 위기로 해서 약혼이 중단되기도 했고 때로는
완전히 깨져 버릴 위험에 처하기도 했지만 그녀는 슬기롭
게 남자를 이끌었다. 화를 자주 낸 쪽은 프로이트였고 그
는 스스로 자신을 다스리는 편지를 그녀에게 보냈다.

"우리들의 편지가 지금 끊겼다....... 나는 더 이상 당
신에게 요구할 것이 없을 것이다. 그리고 내 폭풍같이 일
어나던 꿈도 야망도 물거품이 되고 말겠지. 만약 당신이
내가 생각했던 당신이 아니라면 그런 것을 모르고 당신을
사랑한 내가 잘못이다. 당신과 싸운 뒤에는 항상 후회의
눈물이 찾아왔다. 우리가 함께 한 기억들이 생각나 나를
더욱 슬프게 한다. 피와 고통, 눈물을 같이 나눈다면 우
리 두 사람의 사랑은 더욱 단단해 질 것이다."

"당신의 편지만이 내게 인생을 살 가치가 있게 해주고
당신의 결정이 내가 곧 사느냐 죽느냐의 결정을 내리는
순간이니 당신의 신중한 선택이 기대되오. 나의 까닭 모
를 질투심을 항상 너그러이 용서하오."

그는 맨 처음 편지처럼 이성적으로 애정을 호소할 때도 있었고, 때로는 이별이 곧 죽음이라는 협박성 편지를 보내기도 했다. 그러나 편지는 그렇게 신경질적인 내용들만 있는 것은 아니었다. 두 사람의 '정말로 행복했던 시간'도 기억하고 있었다. 그들은 비엔나나 함부르크에서 종종 만났는데, 그때마다 프로이트는 그녀와의 만남에 대해 『12夜』에 나오는 말을 회상했다. "여행의 끝은 사랑하는 사람을 만나는 것이니 이를 모르는 인간의 아들은 없도다."

"당신이 나의 사랑스런 아내가 되어 내 이름을 갖게 되고 그래서 우리가 영원히 눈을 감을 때까지 행복한 인류를 위해 진지한 일을 해가면서 살아가게 된다면, 우리의 그동안의 고통은 즐거운 추억으로 남게 될 것이오."

두 사람 편지의 주요 화제는 문학이었고 문학을 통해 서로의 생각을 공유했다. 그들은 책에 대해 토론했고 괴테, 하이네 같은 시인의 구절들을 서로 인용했다. 프로이트는 그가 좋아하는 영국 작가 밀턴, 스코트, 바이런 등의 글귀를 즐겨 인용했다. 그는 엘리엇의 소설에 풍성하게 담겨진 심리적 통찰에 깊은 감명을 받았다. 특히 『미들마치』는 마르타에 대한 사랑을 이해하는 데 큰 도움이 되었다고 생각하고 있었다. 프로이트는 가난했지만 자기가 특별히 감동 받은 책을 선물로 보내기를 좋아했다. 그러나 선물을 자주 보낼 수 없는 자신의 가난한 처지를 몹시 괴로워했다. 그는 이따금 가난을 너무나 의식했기 때문에 영국이나 아니면 미국 혹은 호주로 이민을 갈까하고 생각해 보기도 했다. 또한 자신이 너무나 야망이 없음을 책망하기도 했다.

그러나 그가 아내를 놓치지 않은 것은 "가난, 성공을 위한 오랜 싸움, 인간들 간의 인색함, 지나친 신경과민, 지나치게 예민한 감수성, 불안 등 그 모든 것에도 불구하고 당신이 나의 것이 될 날이 있으리라는 기대와 당신이 나를 사랑하고 있다는 확신만으로도 나는 항상 행복할 수 있었소."라는 편지를 쓸 수 있어 가능했다.

1886년 프로이트는 마르타에게 이렇게 편지했다. "나는 사람을 끄는 힘이 무엇인지 모르는 무미건조함을 자연으로부터 물려받은 것을 대단히 불행이라고 생각하오. 어떤 사람과 만날 때마다 분석할 수 없는 어떤 부끄러움과 자기 과소평가가 나를 작게 하고 있다는 것을 깨달았소."

그리고 또 이런 편지를 보냈다.

"사람들은 내게 이상한 거리감을 갖고 있는 것 같소. 그 이유는 내가 젊었을 적에 나는 한 번도 젊어 본 적이 없었으며 이제는 성숙한 나이로 접어드는데 나는 제대로 성숙하지 못하기 때문이오. 나는 한 때 온통 야심에 가득 차 있없고 배우기에 열중하던 때가 있었소. 그 때 나는 자연이 다른 사람에게는 종종 허락하는 천재의 표시를 내 얼굴에는 찍어 주지 않은 것에 매일같이 슬퍼했소. 그러나 이제 나는 내가 천재가 아닌 것을 잘 알고 있으며 어찌 그리도 어리석은 생각에 사로잡혔는지 후회하고 있소. 나는 재능이 많은 것은 아니지만 그렇다고 내가 두드러지게 무능한 지적 결함이 있는 것도 아니라는 것을 알게 되었소. 하지만 성공은 참으로 더디니 이해 해 주오."

위와 같은 자기 분석적인 편지를 쓰면서 프로이트는 그녀에게 자신의 속내를 털어 놓고는 이내 평상심을 되찾을 수 있었다. 그리고 프로이트는 다시 그가 한참 자기를 알리려고 오래도록 애쓰고 있었을 때, 당시 비엔나에서 유명한 외과 의사였으며 나중에「히스테리에 관한 연구」라는 논문을 공동으로 저술한 요셉 브로이어의 말에 깊은 감동을 받았다.

"브로이어가 어느 날 저녁 내게 뭐라 한 줄 아오? 내가 겉으로는 수줍어 하지만 그 밑에는 엄청나게 대담하고 두려움을 모르는 인간이 숨어 있는 걸 발견했다는 거요. 그의 말에 용기를 얻었소. 나는 이따금 내가 마치 우리 조상이 성전을 지켰을 때의 그 반항적인 태도와 정열을 모두 물려받아 역사의 위대한 업적을 위해 일생을 기꺼이 희생할 수 있을 것 같은 느낌이 들었소. 그와 동시에 나도 이런 열렬한 정열을 말이나 시詩로 표현하는데 너무 무력하다는 생각을 말끔히 지울 수 있었소.”

비록 가난은 계속되었지만 프로이트의 결혼은 그들에게 이내 행복과 상호 이해심을 가져다주었다. 마르타는 기꺼이 자기를 버리고 개성이 강한 남편을 위해 스스로를 희생했다.

결혼 뒤 그들은 50년 이상을 심각한 싸움 한 번 없이 행복하게 지냈다. 그가 죽은 뒤 마르타는 “그가 없이 지내기란 얼마나 힘든가? 그처럼 큰 친절과 지혜를 곁에 두지 못하고 살아가야 하다니! 53년 동안, 같이 살아오는 동안 우리 사이에 언성 한 번 지르는 일도 없었다는 것과 가능한 그 앞에서는 생활의 비참함을 없애려고 항상 노력해왔다는 것이 나로서는 조그마한 위안이 된다.”라고 술회하고 있다. 결혼 전 프로이트와 마르타가 함께 나눈 9백 통의 편지는 단순한 연애편지가 아니었다. 그 편지들은 프로이트 심리학에 있어 생각의 보물창고가 된 것이다.

정신분석학의 대가

지그문트 프로이트(Sigmund Freud)는 오스트리아 모라비아(현재 체코) 지방에서 출생하였다. 프로이트는 모피 상인이었던 아버지로부터 고통을 인내하게 하는 유머와 불확실한 인생을 살면서도 단단한 도덕심을 근간으로 인생을 풍요롭게 하는 자유주의적 사고습관을 배웠다.

프로이트는 어머니에 대한 감정이 특별했다. 어머니에 대한 애착은 자신감과 마치 정복자라도 된 듯한 감정을 지속시켜 준 것에 반해 그의 아버지에 대한 태도는 어머니와는 정반대였다. 자신을 영웅처럼 생각하던 프로이트로서는 아버지가 부끄럽게 생각되었고 자신이 아버지보다 우월하다는 생각을 마음 깊은 곳에 품고 살았던 것이다.

기계가 발달하고 수공업이 쇠퇴하자 프로이트의 아버지가 하던 사업도 사양길로 접어들었다. 프로이트 집안은 장사가 되는 곳을 찾아 이사를 다녀야 했다. 1938년 나치의 유대인 탄압 때문에 런던으로 망명할 때까지, 프로이트는 비인에서 생애에서 중요한 의미를 지녔던 모든 일을 경험하였다. 그의 어머니는 경제적 어려움을 겪고 있었지만, 자식의 교육을 위해 세심한 배려를 아끼지 않았고 프로이트의 학업 성적은 탁월하였다.

프로이트는 학생시절 다윈과 페히너에 빠져 있었다. 그는 신경 병리학을 연구하고, 히스테리에 관한 저서를 출간하기도 했다. 나치 정권시절 프로이트의 정신분석에 관한 책들은 금서였으며 소각 처분되었다. 그리고 유대인들의 재산은 몰수당했으며 프로이트 집안은 핍박을 견디지 못하고 영국으로 망명한다.

프로이트는 어려움을 잘 참는 성격이다. 그는 65세 처음으로 입천장에 암이 발생했다. 그러나 33번의 끈질긴 수술을 받으면서 83세까지 살았다. 프로이트는 사람을 아프게 하는 것은 오직 숨어있는 감정뿐이고 그것은 본인이 인정하기를 꺼리는 콤플렉스와의 충돌에서 생기는 것이라고 생각했다. 20세기에 그처럼 많은 사상적 영향을 끼친 인물도 드물다. 그는 히스테리에 관한 연구에서 심층심리학의 체계와 신경증의 치료법을 확립하고 정신 분석학을 창시하였다.

그의 심리학적 업적은 20세기 문화 예술계에도 커다란 족적을 남겼으며 저서로 『꿈의 해석』, 『정신분석입문』, 『자아와 이드』 등이 있다. 여기 실린 글은 그가 가난한 상황에서 공부를 계속하면서 평생의 반려자이자 정신적 지주 역할을 했던 아내 마르타 베르나이스와의 연애시절 편지

내용들이다. 그가 젊은 시절 가장 중요한 시기를 잘 견딜
수 있었던 것은 아내 덕분이었다.

　　보험회사 외판원으로 일하는 그레고리 잠자는 어느 날 아침 벌레로 변해버린 자신을 발견한다. 벌레로 변한 그레고리 잠자는 더 이상 아들로 오빠로 그리고 가장으로 역할을 할 수 없다. 또한 가족과의 의사소통도 점점 불가능해 진다. 가족들에게 자신의 말이 단지 벌레의 소리로 밖에 들리지 않게 되었기 때문이다. 가족들 눈에도 이제는 점점 아들과 오빠가 아닌 단지 불필요한 존재인 벌레로 인식되게 되고 화가 난 아버지가 던진 사과가 등에 박히기도 하다가 결국 외롭게 죽는다. 카프카의 변신은 그의 다른 작품들처럼 인간 운명의 부조리, 인간 존재의 불안을 날카롭게 풍자하고 있다.

고독을 즐겨 했던 까만 옷의 사내

– 프란츠 카프카

카프카를 마지막까지 함께했던 친구들 말을 빌리면 그는 종종 어두운 검은 복장을 하고 카페 한 구석에 앉아 있곤 했는데, 그 모습이 너무 처연했다고 한다. 그러나 다른 어떤 친구들은 그가 그렇게 병약한 사람이란 것을 모를 정도로 다른 사람이 몸을 사리는 것을 보면 탐탁지 않게 생각한 적이 많았다고 회고했다.

어느 무더운 여름날 오후였다. 친구들과 길을 걷고 있었는데 무척 목이 말라 그런지 친구들은 음료수를 마시기 위해 가게 문을 열고 들어섰다. 그리고 어떤 친구가 마실 컵 가장자리를 손바닥으로 닦아내는 모습을 보고 카프카는 몹시 미덥지 않다는 표정을 짓고 있었다.

"그렇게 훔친다고 더 깨끗해 질 것 같지는 않군."

남의 행동에 참견을 하는 법이 없던 그가 친구에게 내뱉은 말이었다. 한 번은 또 겨울밤이었는데, 친구 여럿이 포도원으로 산책을 나간 적이 있었다. 한 잔씩들 걸친 탓으로 거나한 기분에 바람을 쐬고자 산책을 나선 것이기는 했지만, 날씨치고는 무섭게 추운 날씨였다.

친구들은 너무 추운 날씨라 산책이고 뭐고 다 그만두고 따뜻한 곳을 찾아 어디든 들어가고 싶어 했지만 누가 먼저 말을 꺼내길 기다리는 표정들이었다.

그래서 서로들 눈치만 살피면서, 누가 제일 허술한 차림인가를 살폈다. 그런데 카프카의 옷차림이 가장 허술했다. 모두들 두터운 외투차림이었는데, 카프카는 비옷 같은 얇은 봄 코트를 걸치고 있었다.

"여보게 춥지 않나, 프란츠?"
"뭐 별로"

카프카의 대답은 간단했다. 그때 친구들은 기차 길 위의 높다란 육교를 건너가고 있었는데, 그렇게 대답하면서 카프카는 바지 자락을 걷어 보였다. 바지 자락 속에는 아무런 내의도 안 입은 맨살이었다. 카프카는 겨울에도 냉

수욕을 한다는 것을 그때 누군가가 말했다.

육체적인 고통에 그렇듯 초연한 그였지만 그에게도 한 가지 못 견뎌 하는 것이 있었다. 그것은 소음이었다. 한 번은 누군가 그의 하숙집을 찾아 간 적이 있었는데, 아무리 불러도 대답이 없었다. 결국 하숙집 아주머니가 나와서 비상 열쇠로 방문을 열어 보았다.

카프카는 소파에서 자고 있었다. 방석 두 개로 양쪽 귀를 가린 채 잠에서 깨어 일어날 때 보니까 귓구멍에서 또 틀어막았던 솜뭉치를 끄집어내는 것이었다. 그리고는 "동네가 좀 소란스러워……."라고 말하곤 계면쩍은 웃음을 흘렸다.

그 때 벌써 그는 후두 결핵을 앓고 있었다. 그러나 그는 그저 술에 취했다가 깰 때면 골치가 좀 아픈 정도일 뿐 아무 것도 아니라는 식이었다.

그때 친구들은 프라하의 공원이나 교외의 산책길에서 종종 그와 마주쳤지만 항상 그는 혼자였다. 그러나 그는 결코 다른 사람과 어울리는 것을 싫어하는 것은 아니었다. 그렇지만 자기 애기를 하는 법이 별로 없었고, 남의 애기를 잘 들어주는 편이었다. 그렇게 심한 병에 시달리면서도 항상 사람을 만나면 웃음을 잃지 않았다.

까만 옷을 입고 어둠 속에 묻혀, 나지막한 음성으로 세계문학의 새로운 개척지를 열어가던 그의 창백한 얼굴,

그와 마지막까지 함께 했던 친구들은 카프카의 그 창백한 얼굴을 기억하고 있다. 그는 서서히 꺼져가는 불빛 같은 모습을 하고 살았다.

1924년 6월 3일, 카프카는 죽었다. 죽기 직전 그의 몸무게는 43킬로그램. 친구들은 그가 죽은 뒤 그렇게도 위험한 상태인데도 그가 그렇게 태연했다는 것에 많이 놀라워했다.

그의 장례식은 프라하의 유태인 묘지에서 거행되었다. 그의 하관식이 거행 될 무렵, 한 젊은 여인이 그의 관위로 기절하면서 쓰러졌다. 그의 마지막 연인, 그로 하여금 마지막 작품 『성城』을 쓰게 했던 밀레나 예젠스카 폴락이었다. 그녀를 그때 같이 묻어 주지 못했던 것을 친구들은 나중에야 한탄하게 된다. 카프카의 문학을 이해했던 유일한 여성, 그녀가 결국 나치의 수용소에서 학살당할 줄은 어느 누구도 예상하지 못했기 때문이다.

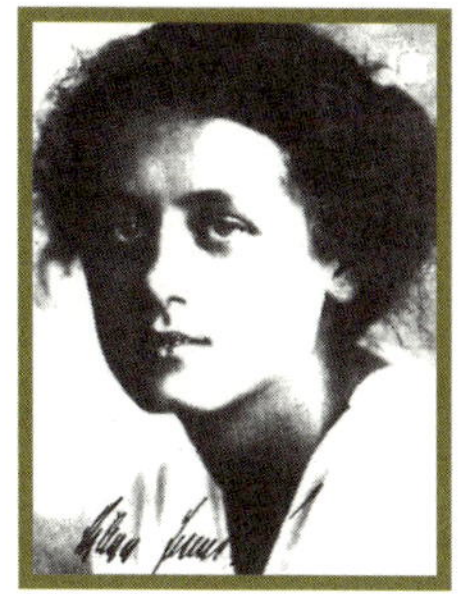

▶ 문학적 감수성이 예민했던 여인 밀레나. 그녀에 대한 사랑과 문학적 고민을 담은 카프카의 편지는 부치지 못한 채 그가 죽은 뒤 침대에서 발견되었다.

그녀는 대학에서 음악과 의학을 전공했다. 카프카의 표현을 빌리자면 '살아있는 불덩이'라고 말한 것처럼 지적이고 뜨거운 감성을 가진 그녀는 괴팍한 행동으로 항상 화제를 뿌린 여인이었다. 카프카의 친구 오스카 폴락의 부인이기도 했던 밀레나와 카프카가 만난 것은 그의 작품을 체코어로 번역하는 일을 밀레나가 하면서 시작됐다. 문학적 감수성이 예민했던 그녀는 그 일을 계기로 카프카의 문학을 가장 잘 이해하는 정신적인 동반자가 되었지만 그들의 사랑은 이루어질 수 없었다.

밀레나 역시도 카프카를 만나면서 위로를 얻었다. 남편 오스카 폴락은 가정생활에는 무관심한 남자였고 다른 여인들과 바람을 피는데 열중하는 남자였다. 결국 이혼을 한 밀레나, 하지만 두 사람이 합쳐지기에는 여러 가지 맞지 않는 것이 많았다. 우선 밀레나는 카프카보다 열세 살이나 연상이었고, 카프카가 유대인이란 신분 또한 프라하의 체코계 명문가 출신인 그녀가 감당하기 어려운 것이었다.

그의 삶은 어느 한 곳에 발붙일 데 없는 고독한 인물의 대표였고, 일찍이 헤르만 헤세가 말했듯이 현대문학에서 소외된 사람들의 대변자임에 틀림없었다. 그의 인생과 사상이 그러했고, 작가로서의 출현, 그 이후의 활동이 그러했다.

세상에 모든 소외 받은 자들은 카프카의 삶에서 위로를 받을 수 있다. 그만큼 세상에 철저하게 소외된 사람도 없으니까.

다행히 카프카에게는 친구 막스 브로트가 있었다. 카프카는 자기가 죽고 나면 모든 원고를 불태워 달라고 친구에게 유언으로 남겼지만 친구는 그 유언을 실천하지 않았고 그래서 우린 그의 작품을 얻게 된 것이다.

카프카는 어린 시절부터 혼자였다. 카프카의 아버지는 돈에만 몰입한 사람이다. 어머니 역시 아버지의 사업을 도와야 하는 처지였고, 그래서 카프카는 유모와 가정교사 손에 키워졌다. 그리고 동생들이 태어났지만 연이어 죽음을 목격해야 했다. 내성적인 카프카에게 아버지는 항상 자신의 인생에 드리워진 부담스런 그늘이었다.

아들을 강하게 키우기 위해 내성적인 그를 학대하다시피 키운 아버지, 추운 겨울 날, 내복만 입혀 발코니 밖으로 내몰던 아버지는 항상 카프카가 하고 싶은 일을 못하게 하는 장애물이었다.

결국 문학적 감수성이 아버지에 의해 철저하게 배재된 그는 보험회사 직원으로 14년 동안 직장생활을 하며 틈틈이 글을 썼다. 그는 글을 쓰기 위해 시간을 쪼개야 했다. 오전 8시부터 오후 2시까지 보험회사 일을 마치고 귀가해서 3시부터 저녁 7시 반까지 잠을 잤다. 그리고 한 시간 가량 산책을 한 뒤 가족들과 저녁식사를 한 다음 밤 11시경 쓰기 시작해 새벽 2시나 3시까지 글을 썼다.

그러나 그의 글은 많은 위대한 작가들의 불행한 전철을 밟고 있었다. 너무 내면의 고독함을 갖고 있어 그런 것일까? 누구도 그의 책을 출판해 주지 않았으며 그는 철저하게 그가 살던 시대, 가족과 사회, 심지어 신에게까지 소외되었던 것이다. 그리고 결국 죽음에 이르러 그는 자신의 전부였던 원고를 불태워 달라고 친구에게 부탁한 것이다. 그것은 그 누구에게도 인정받지 못한 글이지만 그 누구에게도 강요하고 싶지 않다는 지식인의 아집이 있었던 것은 아닐까?

내 원고를 모두 불태워 달라.

프란츠 카프카(Franz Kafka)는 1883년 7월 3일 프라하에서 태어났다. 프라하의 음울한 분위기와 카프카는 너무도 잘 닮아 있었다. 그의 부친 헤르만 카프카는 프라하 사회에서 비교적 성공한 사업가로 독일 사회에 뿌리를 내리기 위해 자식들을 독일 학교에 보냈다. 하지만 카프카는 현실 괴리감에서 오는 소외감으로 자기 번민에 빠지면서 스스로 탈출을 시도하지만 번번이 좌절을 겪게 된다. 그는 대학시절 작가에 대한 희망과 현실의 불일치에서 오는 균열을 극도로 맛보며 지낸다. 뮌헨대학에서 독문학을 공부하려 하였으나 그는 다시 프라하로 돌아올 수밖에 없었다.

그의 아버지는 '쓸모없는' 독문학 공부를 위해 생활비를 지급하길 거부했다. 그는 법학을 전공함으로써 그의 부친에게 진 빚을 갚았으나, 글쓰는 직업에 대한 좌절감이 엄습해 오고 있는 것을 느낄 수 있었다. 카프카는 생전에 작가로서의 명성을 얻지 못했고, 또 완전히 작가가 되어 본 적도 없었다.

출세지향적인 삶을 강요한 아버지의 지시로 카프카는 대학에서 법률학을 전공하였고, 법학 박사학위를 취득한 다음에는 평생 동안 보험회사에 고용되어 평범한 샐러리맨 생활을 하였다. 카프카의 불행은 아버지와 세상과의 불화가 그 출발이었다.

1914년에 『유형지에서』와 1916년에는 단편집 『시골 의사』를 탈고하였다. 1917년 9월, 폐결핵이라는 진단을 받아, 여러 곳으로 요양을 겸하여 전전하였고, 그 동안에 장편소설 『성城』, 『배고픈 예술가』를 비롯한 단편을 많이 썼다. 1924년 4월 빈 교외의 킬링 요양원에 들어가, 6월 3일 그곳에서 죽었고, 1주일 후 프라하의 유대인 묘지에 안장되었다. 사르트르와 카뮈에 의해 실존주의 문학의 선구자로 높이 평가받은 카프카 문학은, 무엇보다 인간 운명의 부조리, 인간 존재의 불안을 날카롭게 풍자하여 현대 인간의 존재론적 고민을 상징적으로 잘 표현한 작가란 평가를 받고 있다.

그러나 그는 평생 다른 사람이 인정 해 주지 않는 글을 쓰면서 고독하게 지냈다. 그는 죽으며 가장 친한 친구 막스 브로트에게 "내 서랍에 있는 원고를 모두 불태워 달라"는 유언을 남긴 채 41세의 카프카는 요절하였다. 카프카는 가정에서는 폭군적인 아버지로부터 학대당하고, 학교에서는 취미에 맞지 않는 법률학을 공부했으며, 직장과 사회로부터는 예술가로 인정도 받지 못했으며 독일인에게는 유대인이라 경멸당했고, 유대인들에게도 무신론자라고 외면당했던 어느 한 곳도 그를 인정해 주지 않는 불행한 인물이었다.

카프카는 세 번의 약혼과 파혼을 거듭했다. 그의 첫사랑 펠리체 바우어라는 여성 역시 5백 통이 넘는 사랑의 편지를 나누었지만 끝내 사랑의 결실을 맺지 못했다. 처음에는 카프카가 결혼생활에 대한 자신감이 없어 헤어졌지만 두 번째 파혼은 자신이 폐결핵이 걸렸다는 사실을 알고 카프카는 그녀와 헤어지기로 결심하였다.

펠리체와 헤어진 뒤 그는 체코 여성인 밀레나를 알게 된다. 개방적이고 활달한 이 기혼녀 밀레나, 그에 비해 소극적인 사랑으로 그녀에게 용감하게 다가가지 못하고 거리를 유지했던 카프카, 두 사람은 아무런 약속 없이 헤어진다. 그런데 카프카가 죽고 부치지 못한 편지들이 그의 침대에서 한 무더기 발견되었는데, 그것이 밀레나에게 쓴 편지들이었다. 자신의 문학을 가장 잘 이해해 준 여인에게 그는 죽는 순간까지 몰래 편지를 쓰면서 고독한 자신의 마음을 위로했던 것이다.

그러나 그녀 역시 나치의 학살을 피하지 못하고 수용소에서 숨을 거두었다. 또한 카프카의 여동생들도 모두 유대인 학살로 희생을 당했다. 아마도 카프카가 살았다면

그도 역시 같은 운명이었을 것이니 차라리 잘됐다고 해야
하나?

– 별이 빛나는 밤

최근 10년간 세계에서 가장 많이 복제된 미술품, 다른 말로하면 사람들의 관심을 가장 많이 받는 미술품이라고 말할 수도 있는 고흐의 '별이 빛나는 밤' 은 1889년 유화 작품으로 고갱과 다투고 자기 귀를 자른 고흐가 생레미 정신병원에서 삶의 마지막 1년을 정신병과 싸우며 그린 작품이다.

아래에 위치한 고요한 마을과 위에 위치한 화려하고 역동적인 밤하늘 그리고 이 둘을 연결하며 변화를 주는 삼나무로 구성된 이 그림은 두껍고 회오리치는 듯한 역동적인 필치로 조용하면서도 생동감 있는 밤을 표현하고 있다.

살아 있는
자는 누구나
용서를

– 빈센트 반 고흐

빈센트 반 고흐는 가스등에 불을 켜고 그동안 심혈을 기울이던 자화상에 가까이 가 보았다.

"이 귀가 잘못됐다고? 이 귀가 이대로 좋다는 것은 하늘에 하나님이 계신 것과 같이 진실이다. 고갱은 이 귀가 이대로서 잘 된 것임을 알지 못한다. 그러나 고갱은 아무튼 위대한 예술가다. 나 같은 건 아무 것도 아니다. 내 그림을 좋아하는 사람은 아무도 없다. 난 엉터리 화가다. 나는 미치광이다. 고갱은 복 받은 사람이고 나는 저주받은 사람이 아닌가. 이 귀는 형제 살해의 표시가 아닐까? 이걸 잘라 버리지 않으면 안돼. 이 귀는 이 그림에서 떼어 버려야 해. 이놈을 없애 버리지 않으면 안돼.”

빈센트는 나이프를 쥐고 자화상 앞으로 갔다. 바야흐로 나이프의 날 끝이 캔버스에 닿으려 했을 때 어떤 생각이 그의 머리에 떠올랐다. 그는 거울을 가져와서 자기의 귀를 자화상의 귀에 가까이 비쳐 보았다.

“같다!”

그는 큰 소리로 외쳤다.

“고갱, 같단 말이야! 고갱은 어딜 갔어? 고갱, 조금도 틀리지 않지 않아? 이 귀는 꼭 실물대로 그려진 거야. 잘 보란 말이야. 넌 여기 와서 패배의 쓴맛을 보기 싫으냐? 비겁한 놈. 네 놈은 도망을 쳤지? 고갱, 여기 나타나지 못해?”

그러면서 빈센트는 집안을 마구 뛰어다녔다.

“고갱, 고갱 나오래도 왜 안 나와? 이걸 보란 말이야, 조금도 틀림없어. 네가 말한 건 거짓말이다. 네 눈으로 보란 말이야. 오냐, 네가 나올 용기가 없으면 내가 가서 끌고 올 테다. 고갱! 하하, 넌 지는 게 싫어서 도망을 쳤구나. 당연히 너는 창녀들이 있는 곳에 있겠지. 이본느한테라도 가 있겠지. 네놈은 기껏해야 그런 데가 어울리는 놈이다. 하지만 너는 나에게 계산을 다 하질 않았어. 약삭빠른 이 기주의자! 네놈에게 증거물을 줄 테다!”

　그리고는 고흐는 날카로운 나이프를 귓불에다 대고 싹둑 귀를 도려냈다. 피가 여기 저기 튀고 있었고 그는 미친 사람처럼 소리치고 있었다.

　"자! 봐라!"

　그는 혀 꼬부라진 소리로 중얼대면서 도려낸 귀를 자화상에 대 보았다.

　"꼭 같다. 같은 이랑이다. 어디가 다르냐? 빈틈없이 같지 않느냐?"

　그는 새빨간 더운피가 상처에서 뺨을 타고 흘러내리는 것도 관계치 않고 도려낸 귀를 캔버스의 조각에 싸고 다시 신문지로 쌌다. 그리고는 떨리는 손으로 그걸 집어 들고 비틀거리며 집을 나섰다.

　새벽 먼동이 트고 있을 때, 술집이 즐비한 골목을 고흐는 들어서고 있었다. 그리고 단골 술집의 문을 두드렸다. 밤을 꼬박 새운 여자들은 이미 자기들 방에 들어갔고 두서너 패의 남녀가 여기저기 앉아 있었고 피아노를 치는 사람은 아무 키나 두들기고 있었다. 현관에서 경비를 서는 사내에게 고흐는 종이로 둘둘 만 신문지 뭉치를 건네면서 말했다.

　"이것을 고갱 씨에게 전해 주었으면 합니다."

　한 손에 수건으로 상처를 감싸고 나타난 고흐는 무덤덤한 표정의 사내에게 그 꾸러미를 건넸다. 새벽에 무서운 모습으로 나타난 고흐를 보고 당황한 사내는 살롱의 여주인을 급히 찾았다. 그 사이 고흐는 이미 살롱 문을 나서고 있었다.

"고갱 씨 돌아가실 때 드리구려. 지금 이본느하고 한참 재미를 보고 있으니까……"

술집 여주인은 경비가 건네주는 신문지 뭉치를 다시 건네며 심드렁한 표정으로 말을 받았다.

"반 고흐 씨가 급히 전해 달라고 했는데요."

"그래, 그럼 내가 그를 불러오지."

여주인은 귀찮다는 듯이 일어나 나갔다. 잠시 후 고갱과 이본느가 같이 나왔다. 고갱은 짙은 털이 난 가슴을 내 보이며 잠옷 바람으로 "무슨 일이오?"하고 하품을 하며 물었다.

"반 고흐 씨가 이 꾸러미를 보내 왔어요."

"뭐 별거 아닐 거야."

"반 고흐 씨는 무서운 꼴을 하고 있었습니다. 간신히 서 있는 정도였어요. 푸른 모자 아래 피가 배어 있는 게 보였어요. 이 꾸러미를 받아 들다가 내 손에까지 피가 묻었답니다."

"빈센트가 피를 흘렸다고요?"

이본느가 물었다.

"그렇소. 내가 그를 보고 대체 어찌 된 일이냐고 물으려는데 도망치듯 가버리는군요."

고갱은 피 묻은 종이 꾸러미를 폈다. 그 속에서 빈센트의 귀가 피에 엉겨 붙어 있었다.

"망할 놈!"

고갱이 소리쳤다.

"그것 뭐예요?"

이본느가 호기심에 다가오며 물었다.

"귀야"

고갱은 그것을 불빛에 비춰 보며 말했다.

"어머! 이게 어떻게 된 거예요?"

모두가 아연실색을 했다. 주위에 있던 한 여자는 손으로 얼굴을 감싸고 소리를 질렀다.

"빈센트의 귀야. 넌 몇 번이나 이 귀에 키스를 했겠지. 이본느! 그렇지만 이건 그다지 맛이 있을 것 같지 않은데."

고갱의 말에 이본느가 울음을 터트렸다.

"가엾어라, 어쩜……빈센트가……"

"이거야말로 미친놈의 짓이다."

고갱이 짜증나는 말투로 말했다.

"그이를 구해 줘야 하지 않아요, 고갱?"

이본느는 훌쩍이며 말했다.

"나보고 어떻게 하라고? 물을 떠와, 난 손을 씻어야겠다."

고갱이 명령하듯 말했다. 여주인이 대야에 물을 떠왔다. "큰일 났어요. 우리가 이러고 있는 동안 고흐는 계속 피를 흘릴 거예요. 어서 가 봐요." 경비가 소리를 질렀다.

"아무튼 옷이나 입고 가야 하지 않아?"

고갱은 여전히 짜증나는 투로 말을 하고 있었다.

"경찰에서 문제가 될 거야."

누군가 이런 말을 했다.

"뭐 경찰?"

여주인이 걱정스런 얼굴로 말했다. 고갱이 빈센트 고흐와 함께 살던 황색 벽돌집을 찾아왔을 때는 아직 이른 아침이건만 집 앞길은 사람들로 빽빽이 메워져 있었다.

"당신은 대체 이 친구를 어떻게 했기에 이런 일이 생겼소?"

누군가 고갱의 소매를 잡아당기며 물었다. 고갱은 그 말에 대답도 하지 않고 집안으로 들어갔다.

"이 집 미치광이 화가가 죽었단 말이오."

다른 한 사람이 고갱의 앞을 막아서며 대들었다.

"내 말이 들리지 않소? 고흐 씨가 죽었다니까."

고갱은 뒤도 돌아보지 않았다.

빈센트의 침실에는 몇 사람의 경찰과 몸집이 뚱뚱한 경위와 그리고 우편배달부 루우랑이 있었다.

"아, 저 분이 왔군요."

루우랑이 화난 소리로 말했다. 루우랑은 우편배달부로 고흐와 아주 친한 친구였다. 동생 테오에게 보낸 고흐의 편지를 인용해 보면 '요즘 난 노란색과 파란색 제복을 입은 우체부 초상화를 열심히 그리고 있다. 그는 소크라테스처럼 코는 없는 듯 낮고 튀어나온 이마에다 대머리이고, 회색빛 작은 눈에 통통한 빨간 뺨을 갖고 있는 인정 많은 사내야. 그가 오늘 자기 아내가 아들을 낳았다고 즐거워하고 있구나. 나에게 편지라도 오면 그는 나보다 더 좋아한다.' 라며 루우랑 우체부의 인상을 편지에 밝히기도 했다.

"당신은 이 불쌍한 고흐 씨에게 어떻게 했기에 이런 일이 생겼소? 봐요. 이 사람은 죽어가고 있어요."

루우랑은 고갱에게 빈센트의 침대를 가리켰다. 빈센트는 머리에 붕대를 감고 침대 위에 누워서 혼수상태에 빠져 있었다.

"죽었어요?"

고갱이 놀라 소리를 질렀다.

"아뇨, 출혈이 심해서 쇠약해진 거지만 죽을 지도 모릅니다. 그리고 고갱 씨는 내가 묻는 말에 성실히 답변해 주어야 합니다."

경위는 고갱에게 말했다.

"네, 좋아요. 조서를 작성하지요. 경찰이란 양반들은

언제나 힘이 되는 것은 아니지만 조서들은 곧잘 작성하더군요. 그렇지 않습니까?"

"그런 농담을 할 자리가 아니오."

경위가 위엄을 세우며 대꾸했다.

"그렇소, 나 역시 제 정신으로 하는 말이오."

고갱이 응수했다.

"아니, 이 가엾은 사람을 절망에 빠뜨려 넣고, 그러고도 당신은 태연할 수 있다니, 부끄럽지 않습니까?"

루우랑이 위협적인 태도로 고갱에게 대들었다.

"경위님, 나는 돌아가서 지시를 기다리겠소, 환자가 눈을 뜨고 나를 보면 더 흥분할 테니까요."

고갱은 이렇게 말하고 돌아갔다. 이틀 후 동생 테오가 빈센트의 병상을 찾아왔을 때는 빈센트는 간신히 의식을 회복한 뒤였다.

"테오! 용서해다오. 나는 부끄러워 견딜 수 없다."

"형님! 괜찮아요. 마음을 편안하게 가지면 곧 완쾌 될 겁니다."

"루우랑! 자네에게도 미안하네."

"내게 미안하다고요? 난 그게 무슨 뜻인지 알 수 없어요."

"난 고갱에게도 사과를 해야 해. 불쌍한 고갱에게도……"

"왜요?"

루우랑이 못마땅한 듯이 물었다.

"내가 살아 있으니까. 살아 있는 자는 누구나 용서를 빌어야 하는 거야."

빈센트는 가늘게 웃었다.

"환자는 안정을 하고 있어야 합니다."

의사 레이는 고흐에게 귓속말로 속삭였다. 테오는 나중에 의사와 단 둘이 되었을 때 이런 말을 했다.

"나는 형님이 이렇게 된 걸 보니 참으로 견딜 수 없습니다. 선생님은 물론 내 형이 어떤 인간인지를 모르시겠지만 형은 참을성이 강한 투사입니다. 형님이 그 큰 마음속의 괴로움을 모조리 토로할 수 있는 사람을 만나기만하게 되면 이렇게까지 되지 않았을 겁니다. 형은 예술가입니다. 나는 최근 형의 작품을 보았는데 이 아틀리에로 와서부터 형의 작품은 굉장히 발전했습니다. 선생님, 나는 형을 생각하면 가슴이 찢어지는 것 같아요."

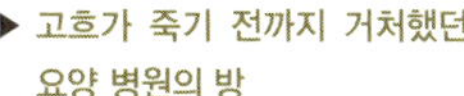
▶ 고흐가 죽기 전까지 거처했던
요양 병원의 방

의사 레이는 테오의 슬픔을 위로하며 말했다.

"당신 형님의 병세는 그다지 절망적이진 않습니다. 너무 걱정하지 않아도 좋습니다. 그야 나쁜 건 사실이지만 절망할 이유도 없으며, 환자의 정신이 일시적으로 불안 상태가 된 겁니다. 아마 형님이 그 건장한 체격을 가진 친구와 교제를 한 것이 잘못이었나 봅니다. 환자에게는 정신 기능 장애의 증후는 보이지 않습니다. 저로서는 차라리 간질이 아닌가 생각되는데요. 그러나 좀 더 자세히 진찰해 보기 전에는 어떤 결정도 내릴 수 없지요. 우리 병원에 입원을 시키세요."

"이런 몸으로 입원시킬 수 있을까요?"

"환자는 현재 정신착란에 빠져 있지만 곧 좋아질 수 있을 겁니다."

테오는 그때 약혼을 했으므로 파리에 돌아가고 싶었고, 돌아가지 않으면 안 되는 여러 가지 다른 사정도 있었다. 또한 언제까지나 빈센트에게 붙어 있을 수도 없었다. 그래서 테오는 의사 레이에게 형을 부탁하고 파리로 돌아갔다. 레이는 고흐를 연민의 눈으로 바라보았고, 자기 귀를 자른 고흐를 마을 사람들이 정신병 환자라고 마을 출입을 막을 때에도 그는 약간의 우울증 이외에 정신병 환자가 아니라고 고흐를 보호했다.

남프랑스 아를르로 이주한 이후로 고흐는 약 1년 반 동안 예술세계에 가장 활력 넘치는 시기를 맞았다. 이 때 그린 작품은 무려 180여점에 달한다. 고흐가 아를르 시기에 주로 그린 작품은 인물화와 풍경화다. 당시 그는 남프랑스의 뜨거운 햇빛 아래 강렬한 색채로 자신의 독특한 그림 세계를 만들어가고 있었다. 하지만 고갱과 같이 살았던 '노란 집'에서 고갱은 고흐의 날카로운 감성에 부담스러워서 두 달 만에 헤어졌다. 고흐는 이 시기 색채에 신경을 많이 쓰고 있었다. 당시 그림을 바라보는 시각차로 인해 다투기도 많이 했던 두 사람은 결국 헤어지기로 했고 귀를 자른 사건은 고갱과 헤어진 그 날 벌어진 일이다.

그런데 왜 고흐는 자신의 귀를 잘라 가면서 고갱과 싸웠을까? 두 사람이 처음 만난 것은 동생 테오가 고갱이 그린 『타이티의 여인』이란 작품을 비싼 가격으로 샀고, 그에 대한 보답으로 고갱이 감사의 인사를 하고 싶다며 고흐가 있는 아를르를 방문하면서 두 사람은 함께 몇 달을 보낸 것이다.

처음 얼마 동안 두 사람은 잘 지냈지만 점차 두 사람 사이 그림을 그리는 기법 차이로 논쟁이 일어났고, 다섯 살이나 많은 고갱은 고흐의 마음에 상처를 주는 말을 자주 했다. 두 사람은 고집이 강하다는 것 말고 같은 것이 전혀 없는 사람들이었다. 그리고 또한 두 사람은 이본느라는 창녀를 놓고 경쟁을 벌이기도 했던 상황이었다.

이 사건 이후 고흐는 생레미 병원에 입원했고 극도의 정신적 불안상태에서도 그림을 계속 그렸다. 1890년 5월 그의 나이 서른일곱 살이 되던 해, 그는 남프랑스 아를르의 꿈을 접고 파리 북쪽 35킬로미터 떨어진 오베르에 도착했다.

아를르에서 온화하고 따뜻한 빛깔은 오베르로 와서 다소 냉기를 머금은 녹색과 파란색으로 대체됐다. 『농가』 『꽃이 핀 밤나무』 등 이때 그린 작품들은 다소 차가운 느낌이 든다.

『까마귀가 나는 밀밭』을 마지막으로 그림을 그리지 못하던 고흐는 1890년 7월 27일 그날 일요일 그는 무언가 깊은 생각을 하고 있었다. 하루 종일 고흐는 보리밭을 서성거리며 "그건 불가능해, 그건 불가능해"를 연신 중얼거렸다. 해가 기울어질 무렵, 발길을 멈춘 고흐는 주머니에서 권총을 꺼내 들어 자기 가슴을 겨냥하여 방아쇠를 당겼다. 그의 호주머니에는 평생 자신을 보살펴 준 동생 테오에게 쓴 편지가 있었다. 그리고 고흐는 이틀 뒤인 7월 29일 결국 숨을 거두었다. 하루를 거의 고통 없이 넘긴 고흐는 이틀 뒤에 동생에게 "부질없는 일, 평생을 두고 슬픔만 계속될 뿐이지"라는 독백을 유언처럼 남기고 숨을 거두었다.

죽어서 인정받은 화가

빈센트 반 고흐(Vincent Van Gogh)는 1853년 3월 30일, 네덜란드 브라반트 지방의 작은 마을에서 검소한 목사의 맏아들로 태어났다. 사실 고흐 위로 형이 있었지만 그는 태어나자마자 죽었다. 그 형의 이름을 그대로 물려받은 고흐는 일요일마다 어머니 손에 이끌려 자기와 생과 사를 바꾼 그 어린아이 무덤을 찾았다. 어머니는 고흐가 그 죽은 아이 대신해서 생긴 것이라고 늘 말했다.

이런 분위기 때문일까, 고흐는 소년 시절부터 고독을 좋아했고 한 가지 일에 열중하는 성격이었다. 1857년 5월 1일, 고흐를 평생 보살펴 주었던 동생 테오Theo가 태어났다. 열여섯 살 때 큰아버지의 소개로 헤이그에서 화상 畵商점원으로 일했으며, 런던, 파리 지점으로 옮겨 다니면서 일을 하였지만 직무태만으로 해고당했다. 그 후 방랑하면서 어학 교사, 전도사, 광부 등 다양한 생활을 체험한 그는 스물일곱 살 때 비로서 방랑 생활을 끝내고 화가의 길로 들어서게 되었다. 이때 동생 테오의 권유가 결정적이었다.

고흐의 인생이 그러하듯, 연애 또한 순탄하지 않았다. 그는 평생 독신으로 살았지만 여자들과 관계는 많았다. 스물여덟 살 때 사촌 여동생 케이에게 구혼했으나 거절당하자 마치 보복이라도 하듯 임신한 창녀 크리스틴과 동거하면서 그녀를 모델로 『슬픔』이란 작품을 그렸다. 그는 창백한 안색의 이 여인을 사랑했지만 그녀는 고흐가 아무리 주어도 부족해 하는 변덕이 심한 여인이었다. 두 사람은 1년 만에 헤어지고 말았다. 그리고 성당 관리인의 집을 작업실로 삼으면서 알게 된 10년 연상의 여인 마르코트에게 청혼했으나 역시 거절당했다.

고흐의 인생은 절망의 연속이었다. 거듭된 사랑의 실패, 가난, 우울증으로 인한 정신질환. 평생 그를 믿고 지켜 준 것은 그의 친 동생 테오뿐이었다. 잠시 그와 함께 있으면서 건강을 회복하기도 한 고흐는 그러나 여기 실린 글처럼 동료 화가 고갱과 살면서 무절제한 생활로 서서히 무너지고 있었다. 그의 대표작, 『자화상』은 여기 실린 내용처럼 이런 사연이 숨어 있었다. 그는 자신의 귀를 자른 뒤 고갱과의 우정도 실패로 끝나고 고독한 투쟁을 거듭하다 결국 권총 자살로 생을 마친다.

그의 불타는 예술가적인 열정은 살아서는 인정받지 못하고 죽어서야 인정받기 시작했다. 그가 죽은 후 3년 뒤에 열린 그의 유작전시회에서 사람들은 그의 독특한 색채에 관심을 갖기 시작했다. 그의 작품은 20세기 입체파 화가들에게 커다란 방향을 제시하였다. 그의 대표작으로는 『빈센트의 방』,『별이 빛나는 밤』,『밤의 카페』,『삼杉나무와 별이 있는 길』,『자화상』 등이 유명하다.

– 밤으로의 긴 여로

1956년 초연된 유진 오닐의 '밤으로의 긴 여로'에는 돈에 대한 과도한 집착
으로 자기 파멸적이 되는 아버지, 마약중독자 어머니, 알콜 중독자 형. 그리
고 병약한 시인 동생이 등장한다. 가족 간의 애정과 증오가 반복되며 서로를
할퀴는 하루 동안의 심리적 갈등을 이해와 연민의 시각으로 담아낸 유진 오
닐의 자전적 작품이다. 이 희곡은 오닐의 유년시절의 기억을 바탕으로 쓴 것
으로 작품에 등장하는 자신의 가족이 상처 입을 것이 걱정되어 자기가 죽고
25년 후에 발표하라고 부탁했지만 사후 얼마 지나지 않아 공연되었다.

13

젊은 날의 광기

– 유진 오닐

1910년 늦봄, 오닐은 갑자기 전부터 내부에서 꿈틀대던 바다에 대한 무한한 동경을 이기지 못하고 보스턴 부두의 신비함에 이끌려 항구 주변을 배회하기 시작했다. 그는 쾌속 범선들이 바다로 나아가는 광경을 쳐다보기도 하고, 태양빛에 그을린 얼굴을 하고 있는 선원들과 이야기를 하면서 자신도 바다 사나이가 되기로 결심했다.

갑자기 그는 노르웨이 범선에 선원으로 승선했다. 그의 아버지도 선원이 된 그를 환영했다. 아버지는 나약한 아들이 선원이 되면 건장한 사내로 살 것이라고 기대했다. 아내 캐슬린 젠킨스(오닐의 첫 번째 아내)를 만나 잠시 사랑을 나누었지만 서로 공통점을 찾지 못한 두 사람은 더 이

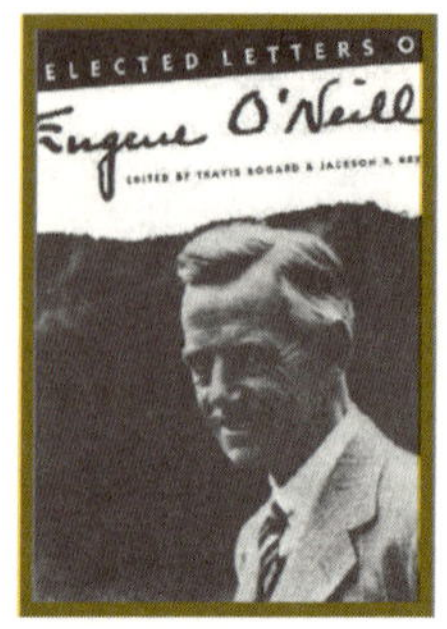

상 부부로 살 수 없는 상황이었다. 아버지 역시 오닐은 아직은 일을 더 해야 한다고 생각했다. 결혼은 그들이 저지른 성급한 결정이라는 것을 증명하고 있었다.

아버지는 아들이 항해를 다녀 온 뒤에는 이혼을 시켜 주리라 생각하였다. 오닐이 바다에 몸을 던진 것은 충동적인 것이 아닌 계획적인 것이었다.

"나는 남성적인 사내가 되고 싶었다."고 오닐은 말한 적이 있지만 그것은 이유의 일부이고 사실은 질식할 것 같은 결혼 생활에서 자유로워지고 싶었다. 그는 발밑에서 갑판이 출렁이는 것을 느끼는 순간 마침내 자기가 본래 있어야 할 곳에 있게 된 것을 깨달았다.

그는 평생 처음으로 자기도 어디에 속하게 되었다는 것을 느꼈다. 바다는 그에게 신선한 황홀감을 주었고 그 후 30년 간 그는 그때의 그 황홀감을 글로 표현하려고 애썼다. 오닐이 탔던 찰스 라신호는 19세기 말 증기선과 경쟁을 해야 했던 최후의 범선으로서 날씬한 클리퍼는 아니었다. 그러나 최고속력 14노트를 낼 수 있는 배였고 오닐은 이런 배를 타야 진정으로 바다의 아름다움을 느낄 수 있다고 생각했다.

그에게 이 배는 선원들이 묘사할 수 있는 최고의 찬사인 '고향'이었다. 그리고 바다는 그에게 생명의 근원을 상징했고 인생의 짐에서 벗어난 최후의 황홀한 자유를 상징해 주었다.

오닐이 선원이 될 결심을 하게 해 준 것은 조셉 콘라드의 소설이었고, 가톨릭의 변절자인 오닐은 그의 소설에서 새로운 시작을 찾을 수 있었다. 오닐은 선원들이 성실하고 충직하며 관대한 사람들이라고 생각했고 사회의 인습이나 전통에 얽매이지 않고 위선을 모르는 그들에게 진정한 애정을 느꼈다.

아버지 제임스 오닐은 가난한 집안 때문에 정식 교육을 받지 못했지만 연극배우로 인정을 받았고, 어머니 메리 엘렌 퀸란은 중산층 계급의 교양 있는 가문에서 훌륭한 교육을 받고 자란 여인으로 수녀가 꿈이었지만 미남 배우인 제임스에 반해 결혼했던 여인이다. 그러나 두 사람의 결혼 생활은 항상 혼란의 연속이었고, 가난은 이들 가정을 항상 위협하는 악마였다. 결국 아버지의 술주정과 어머니의 약물중독으로 집안의 화목함은 일찍부터 찾아볼 수 없었다.

유년 시절 오닐은 부모가 집을 비운 공간에서 혼자 책을 읽으며 비슷한 나이 또래들과의 대화는 무미건조하다고 느낄 정도로 조숙했다.

그렇게 까칠한 성격은 아무하고도 사귀기가 어려워 항상 혼자였다. 그런 모습은 커서도 마찬가지였다. 그래서 건방지다는 오해를 받기 싫어 뒤로 물러앉거나 아니면 무리들과 상관없이 구석진 곳에서 폭음을 하곤 하였다. 그러나 폭음으로 인한 난폭한 행동은 주변 사람들을 곤란하게 했다. 그런 행동들은 그의 자기 중력에 뿌리박힌 지독한 수줍음 때문이었다.

그런데 찰스라신호의 선원들과 부두의 창녀들, 노동자들은 오닐이 경험했던 사람들과 달랐다. 그들은 꾸밈이 없었고 솔직했으며 가식과 위선으로 가득 찬 인간 군상들과는 분명 달랐다. 그래서 그들에게 오해나 상처 받을 염려가 없었고 그들과의 인간관계는 가장 초보적인 수준에서 이루어지고 있었지만 만족스러웠다. 그들과 오닐은 일체감을 느끼기에 충분했다.

그들은 가면을 쓰지 않았고 그 역시 그들에게 가면이 필요치 않았다. 자기보다 교육을 덜 받은 그들에게 자기를 낮출 필요도 없었고 그들이 그를 있는 그대로 받아들이듯이 자기도 그러면 그만이었다. 오닐은 그들에게서 사랑을 느꼈고, 존경심도 함께 느끼기 시작했다.

오닐은 선원들에게서 단순하지만 강한 삶의 힘을 느꼈고 그것이 인생을 얼마나 풍부하게 하는지 알게 되었다. 선원들은 좋은 배, 좋은 침대, 여자와 술, 다시 바다에 나가는 것, 그것만 있으면 모두가 만족이었다.

선원 생활의 규율은 절대적인 명령에 의해 강요되는 것이 아니라 자발적인 것이었다. 그 동기는 배에 대한 충성심이었는데 그 당시 선원들을 진정으로 통제할 수 있었던 것은 이와 같은 배에 대한 사랑이었다.

찰스 라신호의 선원은 35명이었고, 목재를 싣고 부에노스아이레스로 가는 길이었다. 오닐이 바다에 대해서 알고 있는 지식은 주로 책과 선원들의 이야기를 통해서 얻은 것이었지만 그는 자기가 선천적인 뱃사람이라고 생각했다. 육체적인 노동은 건강을 위해 좋았지만 음식은 그렇지가 못했다. 완두콩 수프에 절인 돼지고기가 고작이었다. 물도 매우 귀해 한참 비가 오지 않을 때에는 하루 한 번만 배급받았다.

고기를 저장해 둔 상자는 늘 선장이 지키고 있었는데 순풍이 불면 원하는 만큼 고기를 썰어 갈 수 있었지만 날씨가 나쁘고 배가 별로 전진을 못하면 그렇지가 않았다.

오닐은 선원들이 들려주는 거짓말 같은 이야기를 열심히 들었고 그것은 후에 해양 희곡에서 다시 이용되었다. 여가 시간이라고는 별로 없었는데 혹 짬이 나면 그는 책을 읽거나 글을 썼고 아니면 선원들이 배우는 매듭짓기를 하거나 옷을 수선했다.

선원들은 누구나 트렁크를 가지고 있었다. 트렁크에는

편지. 사진. 가족이나 여자가 준 선물들이 들어 있었다. 그런데 이 트렁크는 동료를 믿고 잠가두지 않는 것이 철칙이다. 만약 잠겨 있는 것이 발견되면 누구나 지나갈 때마다 발길로 차서 결국 열어놓고 말았다.

찰스 라신호는 보스턴에서 부에노스아이레스까지 65일간 항해를 하는데 한 번도 육지를 보지 못하고 갔다. 그러나 오닐은 새벽에 돛대에 올라가 바다와 하늘이 반원으로 맞닿는 곳에 태양이 떠오르는 광경을 보곤 했다. 오닐에게 그때의 아름다운 체험보다 더한 체험은 없었다.

그는 65일간 항해 끝에 임금 10불을 받고 남미에 도착했다. 그 10불을 그는 그곳에서 악명 높은 한 술집에서 하룻밤 사이에 다 날려버렸다. 그 술집에서 오닐은 한 젊은이를 만났는데 그와 함께한 난잡한 경험 때문에 나중에 그의 희곡에 '스미티'라는 인물로 종종 등장하게 된다. 오닐은 폭음을 했고 아내 젠킨스가 떠났다는 소식을 듣고 부에노스아이레스에서 새 인생을 시작하려고 했다. 6주간 미국 전기기구회사에 일을 하였지만 지루함 때문에 집어치우고 나와 월급을 술집에 가서 털어 버렸다.

오닐의 다음 일자리는 정육점이었다. 그가 하는 일은 뒷다리만 자르는 창고에 배당되었다. 옷은 말할 것도 없고 머리카락 속에서도 그 악취를 지울 수 없어 고생하다 창고에 불이 나서 직장을 제 발로 걷어치울 수고를 덜었다.

다음 직장은 재봉틀 공장이었는데 거기서도 결국 해고되었다. 결국 그는 잠은 공원에서 자고 부둣가 싸구려 술집에 종일 쳐 박혀 있는 생활을 하게 된다.

정말 그는 외톨이었다. 전에 철도국에 나가다 이제는 걷어치운 친구가 하나 있었는데 하루는 환전소를 털자고 제의를 해왔다. 그는 사실이지 그걸 심각히 고려해 보았다. 그러나 결국 거절했다. 그것은 무슨 도덕심 때문이 아니라 붙잡힐 것이 거의 확실했기 때문이었다. 며칠 뒤 그 친구는 다른 친구와 그 곳을 털려다 잡혀 감옥으로 갔고 거기서 친구는 죽었다.

당시 부에노스아이레스 공원에 있는 벤치 치고 오닐의 잠자리가 되지 않은 벤치는 없었다. 그러나 공원을 순찰하는 경찰관 때문에 그것도 여의치 않아 부둣가에서 다른 선원들과 주워 온 양철 판으로 만든 작은 방에서 잠을 잤다. 그러다가 오닐은 거의 굶어 죽기 일보 직전에 거리의 여인을 정부 삼고 그 여인을 통해 밥과 술을 얻어먹고 살았다.

그는 옛날부터 전해오는 선원들의 관습에 따라 밥을 얻어먹고 있었다. 즉 배가 고프면 항구에 정박 중인 배로 가서 밧줄에 깡통을 매달아 배 선창에 내려 보낸다. 그러면 뱃사람 간에 서로 존재하는 끈끈한 유대감으로 해서 이 불쌍한 형제에게 그들은 깡통에 밥을 넣어 주곤 했다.

그러나 오닐은 그 시기에 최소한 한 편의 시는 썼고 자기가 보고 듣고 경험한 바를 기록해 놓기 시작했다. 후에 그는 런던에 있는 어느 여인에게 보낸 편지에서 항해는 자료를 수집하는 좋은 수단이었다고 말한 적이 있었다. 정말 오닐의 방황은 좋은 글을 쓰기 위한 자기 훈련이 되었음은 나중에 밝혀진다.

미국인으로서 최초로 해양 희곡분야에 진정한 기여를 한 그의 첫 중요한 단막극『카디프를 향해서 동쪽으로』를 탈고한 것은 선원생활 덕분이었다. 희곡 작가로 인정을 받은 그는 결국 크게 명성을 얻었지만 말년에는 젊은 시절 자신의 육체를 함부로 굴렸던 것이 원인이 되어 10년 동안 심한 병을 앓다 숨을 거두고 말았다. 누군가 그렇게 말하지 않았는가? 노년의 편안함은 젊음의 광기가 끝나서 그렇다고.

그의 인생은 밤으로의 긴 여로였다

유진 오닐(Eugene O'nell)은 1888년 미국 뉴욕의 브로드웨이 43번가 호텔에서 태어났다. 그가 태어나 유년 시절을 보낸 곳이 뉴욕의 호텔 번화가인 이유는 아버지가 유랑극단의 단원이었기 때문이다. 아버지의 공연 때문에 식구들은 호텔에서 기거했다. 어머니는 가톨릭교도로 정숙한 여인이었다. 아버지는 배우로 성공을 거두지만 주사酒邪가 심해졌고, 그의 어머니는 이런 남편 때문에 고통을 겪다가 약물중독에 걸리고 자살을 시도하기도 했다.

유진 오닐은 이런 불안한 가정에서 태어나 1906년 프린스턴 대학에 입학하였으나 1년 만에 퇴학을 당하고 부두 막노동 등, 모든 일에 종사하였다. 1910년부터는 남아메리카 등지를 방랑하다가 화물을 운반하는 배의 선원이 되어 뉴욕으로 돌아왔다.

1912년 폐병으로 새너토리엄에서 요양 중 스트린드베리의 작품을 읽고 근대극의 본질을 깊이 이해하게 되어 극작가를 지망하게 되었으며, 이듬해부터 단막극을 집필하기 시작했다. 1914년 가을 하버드 대학에서 베이커 교수의 지도로 연극을 연구, 1916년 여름 매사추세츠 주州 프로빈스 타운에서 글래스펠여사 등 진보적인 예술가들과 연극단체를 조직하였고, 선원생활의 경험이 바탕이 된 『카디프를 향하여 동쪽으로』를 공연함으로써 극작가로서의 명성을 쌓기 시작했다.

그는 당시의 시대적 사고와는 무관한 인간의 영원한 주제, 내적 자아의 탐색에 집착했다. 그의 대표작인 『느릅나무 밑의 욕망』은 뉴잉글랜드에서 일어난 비극적 사건을 주제로 다루고 있다. 이 작품은 피상적으로 본다면 계모와 아들 간에 일어나는 애정문제를 주요한 줄거리로 하는 근친상간의 주제를 다루고 있지만 내밀한 심리적 묘사는 프로이트 심리학을 가장 극적인 표현으로 극화한 작품이라 평가 받기도 했다. 오닐은 다른 극에서도 아버지와 대립했던 유년 시절의 기억을 표현했으며 윤리에 집착하면서도 복수와 욕망에 사로잡힌 인간의 양면성을 아주 잘 표현한 작가로 평가 받았다.

1936년 노벨 문학상을 받고 평생 퓰리처상을 4번이나 수상한 위대한 작가이지만 그는 1943년부터 1953년까지 거의 10년 동안을 수전증이 심해 글을 쓸 수가 없게 되었고 파킨슨 병에 걸려 고생하다 숨을 거두었다. 유진 오닐은 태어난 곳도 호텔이었고 말년 고독하게 병과 싸우며 숨을 거둔 곳도 호텔이었다.

　오닐의 글에는 그의 비극적인 인생들이 담겨 있다. 3명의 여인과 결혼, 세 명의 자녀 가운데 장남은 40세 자살을 했고, 두 번째 아내 애그니스 볼턴이 낳은 세인은 정서적으로 불안한 아이였고, 역시 같은 여인에게서 낳은 딸 오나는 겨우 열여덟 살에 오닐과 동년배인 쉰두 살의 찰리 채플린과 결혼해 그를 실망시켰다. 결국 두 사람은 부녀 관계를 끊었다. 여배우이자 세 번째 부인 칼로타 몬트레이는 죽을 때까지 그를 지켜 준 여인이었다.

　오닐의 유년시절 기억을 바탕으로 쓴 자전적작품인 『밤으로의 긴 여로』는 그의 사후에 공연되어 큰 인기를 누렸다. 오닐은 이 작품을 마지막 아내 칼로타 몬트레이에게 바치면서 자기가 죽고 25년이 지난 뒤에 발표하라고 부탁했다. 그것은 작품에 등장하는 실존 인물, 즉 그의 가족들이 상처를 입을 것이 걱정된다는 것이 이유였다.

1943년 생텍쥐페리가 직접 그린 삽화와 함께 발표한 어른을 위한 동화인 『어린왕자』에는 길들인다는 것, 즉 관계에 대한 어린왕자와 여우의 대화가 인상적이다.

"나도 너에게는 수없이 많은 다른 여우들과 조금도 다를 바 없는 한 마리 여우에 지나지 않지. 하지만 네가 나를 길들인다면 우리는 서로를 필요로 하게 되는 거야. 너는 내게 이 세상에서 하나밖에 없는 존재가 되는 거야. 난 네게 이 세상에서 하나밖에 없는 존재가 될 거고….."

"이제 좀… 알 것 같아." 어린 왕자가 말했다.

"꽃 한 송이가 있는데 말이야… 그 꽃이 날 길들였나봐….."

1944년 7월 31일 아침, 원래 계획으로는 가브와르 대위와 작전 주임 루르 대위가 그날 출격할 비행기를 지정하기로 되어 있었다. 그런데 아침 7시, 그들은 아직도 일어나지 않고 있었고 시그레가 아침식사를 하고 있을 때 생텍쥐페리는 '이 녀석들, 나를 빼놓고 가려는 구나'라고 말하고 있는 듯이 불쾌한 눈초리를 던지면서 갑자기 나타났다. 시그레는 아직도 그 광경을 기억하고 있다.

시그레는 미소 지으며 말없이 침실로 돌아갔다. 그는 생텍쥐페리가 밤에 충분히 잠자지 않았을 것이라고 생각했다. 시그레는 휴식하고 있는 루르 대위의 부관, 듀리에 중위가 생텍쥐페리 소령에게 경례하고, 날씨에 관해서 잠시 대화를 주고받은 후 차를 타고 생텍쥐페리를 비행장까지 데리고 간 것을 본 인물이다.

듀리에 중위는 얼굴이 길고 독수리 코를 가진 다소 침울한 음성을 가진 인물이다. 그는 생텍쥐페리를 무척 좋아하고 존경까지 하고 있었다. 듀리에 중위는 가브와르와 루르가 없었기 때문에 비행복과 구명조끼를 입혀 주고 호주머니 속에 비상용 식량과 탈출용 도구를 확인하고 구경이 큰 권총을 확인한 뒤, 1만 미터의 고공에서 낙하산으로 뛰어 내릴 때 조종사가 호흡이 가능하도록 하게 하는 조그만 휴대용 산소통도 왼쪽 다리에 매어 주는 일을 했다.

그 일은 그가 가장 중요하게 생각하는 것 중 하나다. 여러 가지 표지가 기입된 표지판에 연필과 고무가 함께 달린 필기판까지 부착한 뒤 생텍쥐페리의 모습은 마치 거대한 괴물과도 같았다. 이제 비행기의 출격준비는 마무리가 된 것이다. 생텍쥐페리는 비행기 조종석에 올라가 앉았다. 듀리에는 낙하산의 벨트나 좌석 고정대, 그리고 그의 비행 헬멧 등을 다시 한 번 확인했다.

듀리에는 왼쪽 날개 위에 몸을 웅크리고 발동기의 시동이나 무전기, 카메라의 조정 상태와 산소의 배출량을 검토하며 지상에서 하늘로 출발하려는 생텍쥐페리와 비행기를 보았다. 생텍쥐페리는 보통 때와 마찬가지로 어떤 일에 몰두해 있는 것 같았다. 듀리에 중위는 휴식 시간에 트

럼프로 재미있는 놀이를 하는 생텍쥐페리의 모습을 기억하는 것 이외 특별한 것을 기억하지 못한다.

그런데 그 날 자신이 마지막으로 그의 몸에 필요한 모든 것을 장착한 인물이란 점이 그의 삶에 큰 부담으로 남아 있게 되었다.

"드레스 다운 6호로부터. 콜 게이트에 활주로 이륙 가능한가?"

출발 전에 관제실로부터 비행 허가를 받기 위한 이 유일한 질문을 생텍쥐페리는 평소보다 다소 부정확하고 이상한 발음으로 전하고 있었다. 그리고 수신기에서는 명료하고 힘찬 소리로 이륙 허가가 울려나왔다.

"좋아! 6호기 오케이, 이륙해도 좋다."

'드레스 다운'이란 말은 '헐벗은 말'을 뜻한다. '헐벗은 말6호'는 4대의 카메라를 단채 '콜 게이트'에게 몇 마디 말을 던지면서 적에게 점령당한 조국의 사진 촬영을 위해서 출발을 기다리고 있었으며 생텍쥐페리는 그의 마지막 여행을 그렇게 준비하고 있었다. 아무도 그가 실종될 것이란 생각을 하지 않은 채.

출발 허가가 나자, 활주로에 있던 듀리에가 기수를 들어 비행 출발을 알렸다. 비행기를 막고 있던 장애물은 제거되고, 조종석의 바람마개가 닫혀 지자, 비행기는 서서히 움직이기 시작했다. 생텍쥐페리의 오른 손은 가속 레버에 올려 있었다. 이윽고 발동기를 회전시키기 위해 버튼을 눌렀다. 근무일지에 의하면 오전9시, 듀리에 기억에 의하면 오전 8시, 생텍쥐페리의 라이트닝 비행기는 그렇게 지상에서 마지막 모습을 보이고 하늘 속으로 사라졌다.

앞쪽에는 어두컴컴한 산들이 활주로 저쪽에 멍하니 떠 있었다. 그 광경은 마치 코르시카의 목동들이 풀을 먹이기 위해서 양들을 끌고 가는 아침의 모습 같았다. 영웅의 죽음을 위해 그 얼마나 멋진 배경인가! 적의 수중에 있는 코르시카 섬이지만 이곳을 지키기 위해 얼마나 많은 군인들이 목숨을 바쳤는가?

나침반을 확고하게 고정한 비행기는 몸을 흔들고 아름다운 비행을 알리고 있었다. 비행기의 아름다움은 이처럼 이륙하려는 자세에서부터 나온다. 비행사 생텍쥐페리는 흥분된 상태에서 브레이크를 조금씩 천천히 풀었다. 가속도가 붙은 비행기는 그의 몸을 하늘로 떠올렸다. 비행기는 바퀴를 속으로 집어넣고 밑의 날개를 제자리에 펼치고 풍금과도 같은 소리를 남기고 하늘로 올라갔다. 바다는 비행기 날개 밑에서 점점 멀어지고 이윽고 창백한 거울로 비쳐졌다. 대리석과도 같은 그 무늬는 점점 원래의 모습에서 다른 모습을 부여하고 있었다.

듀리에 중위는 갑자기 충전기를 충전한 다이나모의 상태를 확인하지 않은 것을 생각해 냈지만 그것은 그리 중요한 일이 아니었다. 그러나 생텍쥐페리가 영원히 사리지고 없는 지금 듀리에는 평생 그것에 대한 죄책감을 안고 살고 있다.

이윽고 비행기 기수는 유럽의 해안을 향하고 있었다. 사진기를 움직이기 위해서는 단추를 하나 누르기만 하면 족했다. 하지만 필름이 다 찍히기 전에 적의 총탄에 사망할 수도 있다. 떠난 지 25분 후 생텍쥐페리는 산소마스크를 하고 봄베를 열 것이다.

최초의 바람은 태평양 바람일 것이다. 프랑스 해안이 멀리 보이면 그는 적의 레이더 추적을 방해하기 위해 어떤 조치를 취하면서 관제소와 무선 교신을 했을 것이다. 그러나 이 날 미국군 기지 어느 곳도 그와 송신한 기록이 없다. 고도 1만 미터 영하 50도의 하늘을 라이트닝 비행기는 시속 6백 킬로미터로 적의 상공에 돌진해 갔다. 두려운 것은 오직 전투기뿐이다. 그들을 기다리며 라이트닝은 지상의 모습을 찍어냈다.

조종사는 10초나 12초마다 백미러를 본다. 전투기는 밑에서부터 라이트닝을 포착할 수는 없다. 적의 전투기는 라이트닝보다 높이 상승하여 위에서부터 공격해야만 한다. 그러나 루르는 이미 그들의 접근을 방해하는 방법을 알고 있었다. 라이트닝이 비행하는 고도에서는 발동기에서 나오는 수증기를 분출하고 그것이 얼음의 띠로 변한다.

보통 1백 미터 내지 2백 미터만 낮아도 이러한 현상을 일어나지 않는다. 그래서 루르는 조종사들에게 추적을 할 수 없는 이 경계를 날도록 권한다.

그래서 라이트닝은 항상 15초 마다 백미러로 상대 전투기들을 감시하게 되어 있다. 정확한 고도만이 안전을 보장한다. 사실 1만 미터의 고도에서 라이트닝 비행기는 무적이다. 전투기나 대공포화보다 위험한 것은 산소 흡입기의 고장인 것이다. 생텍쥐페리의 실종에 대한 어떤 원인도 정확히 알려진 것은 없다. 오히려 사람들은 그를 신화 속 인물로 생각하길 좋아한다.

1939년 12월 3일, 생텍쥐페리가 처음으로 이곳 비행대에 온 이래, 가브와르는 한 번도 그의 이륙에 관련을 갖지 않은 적이 없었는데 이상하리만큼 그날은 생텍쥐페리가 그를 기다려주지 않았다. 무엇 때문에 그는 그리도 서둘렀을까? 하늘로 올라가는 마지막 시간이 정해져 있었던 것은 아닐까?

그렇지만 생텍쥐페리 실종 사건 이후 가브와르에게 달라붙어 떠나지 않는 하나의 회환이 있다. 그것은 상륙작전의 비밀을 전하고, 생텍쥐페리를 작전에서 멀리 하라는 지시를 마스트 장군에게 받고서도 그것을 일찍 실천하지 않은 것에 대한 후회였다.

그러나 이 신중한 후회에도 불구하고 간단히 실행하

기는 어려운 것이, 생텍쥐페리는 사람들이 자신의 비행에 간섭한다면 당장에 자기에 대한 음모가 진행된다는 것에 분개하고, 광분했을 것이다. 그는 항상 동료들에게 말하길 하늘을 나는 조종사로 하늘에서 죽기를 소망했던 것이다.

그가 스무 살에 공군에 입대하여 스물세 살에 사고로 두개골이 파괴되는 큰 부상을 당했어도 그는 비행을 포기하지 않았다. 서른여덟 살에도 비행기사고로 죽음 직전까지 간 사고가 있었지만 그는 다음 해 다시 비행기에 올라탔다. 그런데 그 마지막 비행에서 그는 돌아오지 않은 것이다.

그가 그것이 마지막 비행이라는 것을 알고 떠난 여행이었을까? 아무도 그것에 대해 명확히 아는 것은 없다. 그러나 그의 소원대로 그는 하늘로 영원히 사라진 것이다. 누구도 그 다음 그를 지상에서 본 사람이 없다. 그의 실종 사건에 대한 마지막 조사서에는 주목을 끌 만한 몇 가지 기록들이 있다.

"정찰비행대의 동료 사이에서 경작이라는 말은 쟁기의 날이 대지의 지층을 벗기고 파헤쳐 고랑을 만들 듯이 하는 그들의 직무를 정의 내리기 위해 쓰이는 명사이다. 조종사는 하나와 다른 하나의 촬영 사이에 틈을 두고 카메라를 골라서 셔터를 누른다. 항로를 올바르게 정하고 일정한 속도로 편차를 수정하면서 직선 코스로 하늘을 경작한다. 하나의 촬영이 끝날 적마다 조종석의 계기판 앞에 신호의 램프가 켜지고, 리시버에 잡음이 들어온다. 하늘 밭 끝까지 오면 다음 고랑의 입구를 찾기 위해서 크로노미터는 1백80도로 감긴다. 조종사가 이 작업에 주의를 집중하는 동안 작전 주임 루르 대위는 그들에게 고랑의 끝 부분에서 하늘 전체가 바라다 보이는 역방향의 4분의 3 회전으로 비행기 방향을 수정하도록 권하고 있다."

이 기록에서 그의 실종에 단서가 될 만한 것을 굳이 찾자면 생텍쥐페리 역시 이러한 고도에서 가장 위험한 것은 적의 전투기공격보다는 산소 흡입기의 고장이다. 전투기는 공격을 시작하기 전에 많은 얼음의 지대를, 얼음의 띠를 끌고 가기 때문에 눈치 챌 수 있다. 만약 적기가 나타나면 보조탱크를 떨어뜨리고 가속레버를 조금씩 누르면 되는 것이다.

▶ 비행기 조종간을 잡고 있는 생텍쥐페리의 모습

라이트닝은 전투기가 쫓아 올 수 없을 만한 속력을 낼 수 있다. 게다가 당시 프랑스 상공에는 독일 전투기의 모습을 거의 볼 수 없었다. 생텍쥐페리가 적에게 격추되었다는 정황상 근거가 될 만한 것은 당시에 하나도 없었다. 공식 보고에는 그 날 공중전이 있었다는 기록은 없다.

몇 주일 전에 루르 대위는 맑은 하늘을 항공하였다. 그때 그는 갑자기 검은 구름이 주의를 덮는 것을 보았다. 루르는 하늘이 이렇게 갑자기 악화될 리가 없다고 생각하였다. 루르는 그 검은 구름이 의심되었지만 그렇다고 그것이 생텍쥐페리를 어떻게 했다는 명확한 증거는 없다.

어떤 조종사는 산소가 없어졌기 때문에 똑같은 지점을 15번이나 왔다 갔다 하고, 그리고 한 시간 동안이나 지상에 닿을락 말락 하는 상태로 비행하다 겨우 헛소리를 지르면서 돌아온 적도 있다.

물론 산소의 압력을 나타내는 압력계가 호흡할 적마다 지느러미처럼 열렸다 닫혔다 하는 것이 보이기는 하지만 잘 훈련된 조종사라도 사고를 경험할 수 있다. 의식을 잃어버린 순간에 손이 조종 핸들을 압박하면 라이트닝 비행기는 급강하 하고, 다시 정신을 차려 기수를 올려도 또 급강하 한다. 호흡이 가능한 공기의 층에 이르면 조종사는 의식을 회복하고 공기 제동기를 끄집어내어 상태를 회복시킨다. 위험한 것은 고도 수정이 이루어지지 않을 때 갑자기 조종사는 혼수상태에 빠지고 불과 몇 초 만에 산자락과 충돌하는 일이 생긴다.

수많은 훈련으로 조종사는 이런 위험한 상태에서 스스로 위기를 탈출하는 훈련을 반복하게 된다. 하지만 그 날

기류의 심한 변화로 라이트닝 비행기가 추락했거나 어느 곳에 불시착했다는 증거는 어디에도 찾아 볼 수 없다.

보르고 기지는 불안과 초조가 엄습했다. 생텍쥐페리는 겨우 8시간 운항할 수 있는 기름 만 가지고 출격한 것이다. 가브와르가 비행장을 여기저기 큰 걸음으로 걷고 있었다. 그의 불안한 모습은 점차 기지 전체로 전파됐다. 하늘에는 생텍쥐페리의 그림자도 없었다. 13시, 가브와르는 레이더 실에 전화를 걸어보았지만 거시서는 그의 비행기를 확인할 수 없다고 한다.

코르시카의 다른 기지에도 전화를 걸어 본다. 기지 사령실은 긴장한다. 16시 30분, 비행기의 기름은 다 떨어졌을 것이고 생텍쥐페리는 이제 하늘에 있지는 않을 것이다. 그때까지 가브와르는 수많은 비행기 사고를 경험했다. 그러나 아무도 기대하지 않은 경우에도 조종사가 기적적으로 살아 돌아 온 경우가 종종 있었다. 특히 생텍쥐페리는 이미 몇 차례 그런 경험을 하지 않았는가.

▶ 아내와 지도를 보고 있는 모습

아마도 포로가 된 것일까?

이윽고 전쟁은 끝났지만 사라진 생텍쥐페리는 돌아오지 않았다. 마지막 희망은 그가 아마도 스위스 사보아 지방의 어느 숲 속을 불시착했을 가능성이 있다는 희미한 보고서가 전부다. 아니면 저공비행으로 날다가 마르세이유 연안 근처에서 사고 때문에 바다 속에 추락했을 가능성도 있다는 것이 보고서 끝을 장식하고 있다.

그러나 생텍쥐페리의 실종에 관한 의문은 지난 2008년 3월 2차 세계대전 당시 독일 공군 조종사였던 호르스트 리페르트가 자신이 생텍쥐페리가 타고 있던 비행기를 격추했다고 프랑스의 한 언론을 통해 고백함으로써 밝혀진다.

"나는 제발 그가 아니길 바랐다. 우리 시대의 모든 젊은이들이 그러했듯이 나도 그의 책에 빠져있었기 때문이다."

생텍쥐페리가 실종된 다음날 아침 보르고 공군기지는 보복 공격이 시작되었다. 아군의 전투기들은 이날 적기를 무수히 격추시키고 돌아왔다. 그날 밤, 가브와르 중대의 조종사들은 아가씨들을 찾아 해안에서 댄스파티를 벌였다.

항공대에서는 언제나 전우들의 죽음을 슬퍼할 때에는 그들이 사랑했던 것, 즉 술과 여자들로 죽은 친구를 생각하는 버릇이 있었다. 그날 그들은 많은 술을 마시고 많은 여자들을 상대했다. 그의 전우들은 그를 그렇게 떠나보냈고 생텍쥐페리는 그가 그토록 갈구했던 하늘 속으로 사라졌으며 그의 흔적은 그의 작품 속에서나 찾을 수 있다.

"내가 죽은 것처럼 보일거야. 하지만 그게 아니야."

이런 말을 남기며 사라진 '어린왕자'처럼 그도 하늘 속으로 사라진 것이다.

하늘로 사라진 어린왕자

앙트완느 마리 로제 드 생텍쥐페리(Antoine Marie Roger de Saint-Exupery)는 1900년 6월 29일 프랑스 제3의 도시 리옹에서 태어났다. 그는 백작의 아들로 비교적 순탄하게 유년시절을 보냈다. 4살 때 아버지가 돌아가신 후에는 리옹을 떠나 그리 멀지 않는 생 모리스 드 레앙의 숙모 집과 라 모르에 있는 할머니 집에서 어린 시절을 보냈는데 이곳에서의 생활이 그에게 많은 영감을 갖게 해주었다.

이때부터 그는 기계장비에 강한 집착을 갖기 시작하여

어린 나이에도 불구하고 혼자 기차여행을 즐겼다. 열두 살에 유명한 비행사 베드린느와 함께 앙베리외 비행장에서 처음으로 비행기를 탔다. 그가 14세 되던 해, 제1차 세계대전이 일어났다. 어머니는 앙베리외 종합병원에서 간호사로 일했으며 어려운 생활 속에서 생텍쥐페리는 중학교에 진학하지만 학교에 적응을 하지 못했다. 그는 결국 스위스로 가서 마리아회 수도자들이 운영하는 국제적 시설의 중학교에 입학하여 17세까지 공부를 했으며 그 곳에서 그는 발자크, 보들레르, 도스토예프스키 등의 작품을 탐독하였으며 친구들과 문학에 대해서 토론을 하곤 했다.

이 학교에서의 생활은 그에게 오랫동안 많은 영향을 미쳤다. 그러나 17세 되던 해, 동생 프랑소와가 병이 들어서 건강을 회복하지 못하고 죽게 된다. 동생의 죽음으로 그는 슬픔의 실체에 대해서 강하게 체험을 하게 된다. 동생의 죽음은 『어린왕자』의 모티브가 되었다. 대학입학 자격시험에 합격한 후, 보쉬에 고등학교와 생 루이 고등학교에서 해군사관학교 입학시험 준비를 하였으나, 구술시험에서 실패하고 난 뒤, 미술학교 건축과에 들어가 15개월 동안 공부하였다.

그가 『어린왕자』의 삽화를 직접 그릴 정도의 미술 실력을 가진 것도 미술에 재능이 있어 가능했다. 생텍쥐페리는 그 후 군에 입대하여 스트라스부르의 제2전투기 연대에서

군 복무를 하였는데, 처음에는 수리 공장에 배속되었다가
나중에는 조종사가 되었다. 그는 모르코의 카사블랑카에
파견되어 1922년까지 머무르며 육군 비행 조종 생도가 되
어 마침내 조종사 면허를 취득하였고 예비역 육군 소위로
도 승진했다. 그러나 얼마 지나지 않아 심각한 비행 사고
를 일으켜 두개골이 파열되는 중상을 입기도 했다.

이 사고로 약혼녀와 파혼을 당하기도 하지만 비행에
대한 꿈을 버리지 않았다. 제대 후에 회사원이 되었으
나 그는 기회가 있을 때마다 비행기 조종간을 잡았으며
1925년에는 잡지에 처음으로 『비행사』라는 중편소설을
발표한 이후 1928년 『남방 우편기』를 집필하였고 다음 해
에는 『야간비행』을 집필했다. 1934년 에어프랑스 사에 입
사하여 홍보업무를 하다 이듬해 파리와 사이공간의 비행
기록 경신을 위해 비행을 시도하다 리비아 사막에 불시착
하였고 닷새 동안의 사투 끝에 기적적으로 구조되었다.

1938년 뉴욕과 남미 대륙 최남단까지의 장거리 시험
비행 도중 콰테말라공항에서 이륙하던 중 추락, 며칠 동
안 의식 불명이 될 정도로 중상을 입고 스위스와 남프랑
스 등지에서 요양하면서 『인간의 대지』를 집필했다. 1943
년 5월 4일, 북아프리카 우즈다 기지에서 신형 비행기 라
이트닝기의 조종 훈련을 받고 소령으로 진급되었다.

『어린왕자』는 생텍쥐페리가 43세 되던 해 뉴욕에서 쓴

글이다. 당시 제2차 세계대전으로 미국에 망명을 한 상태였기에 그는 고독했고, 어린왕자가 곧 자신의 분신과도 같은 모습으로 등장을 하게 된다. 어른을 위한 동화로 씌어졌지만 동화처럼 단순하지도 않으며 인간관계와 존재의 가치에 대한 깊이 있는 사색을 포함하고 있는 작품이다.

사랑과 진리를 찾는 순례자였던 생텍쥐페리의 구도 여행은 1944년 7월31일 코르시카 기지를 출발한 그의 비행기가 다시는 돌아오지 않고 하늘 속으로 사라진 것으로 마감을 했다.

– 잃어버린 시간을 찾아서

시간에 의해 과거는 잊혀지지만 사라지는 것이 아니라 무의식의 세계에 존재하고 사소한 계기로 연상에 의해 다시 살아난다. 예술은 무의식적인 기억의 환기를 통해 시간을 고정시키고 영원에 도달하도록 하는 것이고 글을 쓴다는 것도 사라져 버릴 실재에 생명을 불어넣는 것이다.

1913년에서 1927년에 걸쳐 발표된 잃어버린 시간을 찾아서는 이런 예술의 정의에 정면으로 접근한 소설로서 파리의 부르주아 출신 마르셀(화자인 나)이 마들렌 과자를 홍차에 찍어먹다가 그 맛에 의해 연상된 과거를 추억하며 시작한다.

창밖을 내다보는 일조차 두려웠다.

– 마르셀 프루스트

"당신이 나에게 해준 게 뭐야? 도대체 날 어떻게 대해 왔냐 말이야! 이런 투정은 항상 자식들이 어머니에게 쏟아 놓는 말이다. 사실 우린 나이를 먹어갈수록 단지 성가시다는 이유로 아니면 거의 신경질 적인 부담감 때문에 사랑하는 어머니의 가슴을 헤집어 놓고 해서 그녀들에게 영원한 고통을 안겨주는 잔인한 자식들이다."

프루스트의 이 글은 어머니가 돌아가신 지 얼마 안 되어 「피가로」지에 기고한 글의 한 부분인데 갑자기 발광하여 아버지를 죽이게 된 감수성이 예민한 어느 청년의 이야기를 말하면서 그는 분명 자신의 경험을 반추했을 것이다. 이 글에서 그는 부모에 대한 과도한 집착이 살인을 부른 그 청년을 때론 비난하고 때론 두둔하면서 자신의 감정을 너무 잘 드러냈다고 사람들은 보고 있었다. 그는 그 글을 쓸 때 어머니에 대한 지나친 애정과 죽음에 대한 히스테리로 고통스럽게 살고 있었으며 스스로 어머니 죽음이 자신에게 책임이 있다는 깊은 죄책감까지 느끼고 있었다.

어머니가 죽고 나자 프루스트는 선량함과 양심 그리고 희생 위에 세워진 세계와의 접촉을 다시는 실생활에서 누릴 수가 없다는 사실을 깨달았다. 항상 어머니 품속에서만 안주하며 살았던 작은 생명은 혼자 거친 환경에서 살아야 한다는 두려움에 떨어야 했으며 그는 생존을 위해 안으로 침잠하기를 갈구했다.

의사의 집안에서 태어난 그는 다른 아이들보다 유복하게 자랐다. 그 때문일까? 어머니에 대한 집착은 성장기 다른 아이들보다 심했다. 어머니는 그에게 신앙과도 같은

▶ 프루스트는 9살부터 심해진 천식으로 어머니의 도움 없이는 생활하기 힘들었다. 그런데 34살에 어머니가 돌아가시자, 이 늙은 어린아이는 은둔의 삶을 살며 한 편의 소설을 완성한다.

존재이고 신적인 존재였다. 어머니의 죽음은 새로운 신앙으로의 도피가 필요했던 것이다. 그것이 문학인 셈이다.

프루스트는 운둔을 무기로 펜을 집어 들어 심리주의 최고 문학을 이루어냈다. 한 작가가 하나의 작품을 20년 넘게 죽음과도 같은 침묵 속에서 관찰하고 예리하게 묘사하기란 얼마나 힘든가? 그러나 그는 어머니가 죽자 평생을, 아니 생의 거의 마지막 시간까지, 면도질한 뺨이 푸르다 못해 창백하기까지 한 얼굴에 담요를 둘러쓰고 유령처럼 자정의 시계소리에 맞춰 파리의 어느 집 혹은 어느 호텔에 출몰하면서 글을 썼다.

그렇게 하여 마르셀 프루스트는 정말 과거 속에서만 살게 된 것이다. 1905년부터 1911년 사이에 프루스트는 그의 소설의 바탕을 형성하기 시작했다. 이 무렵 그에게 무슨 일이 일어나고 있었는지에 대한 암시를 그의 편지 곳곳에서 발견할 수 있다. 「피가로」지에도 그가 책으로 엮어낸 부분들이 수필 형식으로 게재된 적이 있다.

1909년에 마르셀은 소설의 첫 2백 페이지를 한 친구에게 읽어주었고, 여러 사람에게 자신의 글을 보여준 다음 책을 몇 권으로 나누는 것이 바람직하다는 조언을 받았다. 그런 뒤 질병과 알 수 없는 신비의 두터운 장막 뒤에서 프루스트는 조용히 자기 세계의 무대를 열었다. 1905년 무렵부터 이미 그에게는 과거와 현재를 희생시킬 충분한 힘

을 가지고 있었다. 양친의 죽음이나, 그의 사상의 성숙
외에도 돌연한 환각의 경험들조차도 그로 하여금 일에 몰
두할 수 있게 했을 것이다.

그는 매우 초조했다. 과연 책을 완성할 수 있도록 충분
히 오래 살아 있을 것인가? 그는 그의 두뇌가 여러 가지
값비싸고 다채로운 광물이 방대하게 매장되어 있는 지층
임을 알았다. 그러나 그것을 모두 개발해 낼 시간이 충분
히 허용되어 있는지가 문제였다. 그가 써야만 했던 소설
은 아주 긴 것이었다. 수백, 아니 수천의 밤이 필요할 지
도 알 수 없고 『아라비안나이트』만큼이나 길게 되는지도
몰랐다. 그는 책을 완성하는데 단호한 결심과 무한한 용
기가 필요했다. 고질적인 천식은 자신이 기거하는 방을
코르크 마개처럼 밀폐시키고 완전히 안으로 침잠했다.

"나는 아홉 살 때부터 아프다는 이유로 게으름과 방탕
함이 가득한 생활을 살아왔다. 나의 어머니는 탁월한 감
수성으로 나의 문학적 감수성을 키워 주었고, 나는 아무
런 고통도 지불하지 않고 그 달콤한 과실을 따먹었다."

어디에선가 그는 게으름 덕분에 하잘 것 없는 작은 성
취들을 피할 수 있었고, 병이 있었기 때문에 게으름에 의
한 허송세월을 막을 수 있었다고 고백했다. 그것은 사실

이다. 그가 초기에 방탕생활을 경험하지 않았더라면, 일찍 작품에 손을 대었을 것이고, 그랬더라면 잠깐 사이에 인기를 얻었다가 곧 잊혀 버리는 손쉬운 작품도 남겼을 것이다. 또한 병은 그를 집안에 붙들어 놓고 친구들과 어울리는 시간을 줄였다. 그는 고독한, 최대한 고독한 시간을 많이 가진 덕분에 위대한 작품을 완성한 것이다.

프루스트는 어머니가 죽은 아파트에서 15개월 동안 그대로 머물렀다. 그러다가 1906년이 끝나갈 무렵 호스망 102번가에 있는 삼촌 집에 옮겨갔다. 그 집엔 삼촌의 미망인만이 살고 있었는데 프루스트는 마담 카튀스에게 보낸 편지에 다음과 같이 쓰고 있다.

"난 아무래도 어머니가 전혀 알지 못하는 낯선 집으로 훌쩍 옮겨 버릴 순 없어요. 그래서 전에 삼촌 집이었던 아파트에 일 년 동안 잠시 기거하기로 한 거예요. 가끔 어머니와 여기서 저녁을 먹곤 했었죠. 내가 쓰는 방은 바로 내가 삼촌의 임종을 지킨 방이에요. 그러나 이런 추억들에도 불구하고 금박을 입힌 처마나 살구빛 벽돌, 이웃에서 피워대는 먼지며 끊임없는 소음, 심지어는 창문 앞을 가리고 있는 나무들조차도 나로 하여금 그렇게 기꺼이 옮겨올 만한 적당한 곳은 아니었구나 하는 생각을 하게 한답니다."

마르셀에게는 이런 삶은 추방이자 비극이었다. 그는 언제나 그랬듯이 친한 친구들을 불러내어 자문을 구했다. 마담 카튀스에게도 수십 통의 편지를 보냈다. 이 중년의 사내는 그녀에게 과거 어머니에게 했던 세세한 물음을 반복하고 있었다.

"어머니 방에서 나온 그 가구는 먼지가 너무 많지 않습니까? 작은 거실에 두는 것이 좋을지, 아니면 아버지 서재에서 나온 가구가 더 낫다고 생각하시는지요?"

융단걸이가 새로운 벽에 비해 너무 컸을 땐, 접어 두어야 할지 아니면 잘라 버려야 할지 따위를 시시콜콜 물어댔다. 그러나 무엇보다 그녀가 하지 않으면 안 되었던 것은 소음으로부터 프루스트를 안전하게 보호해주는 일이었다. 만약 작업을 해야 할 경우 프루스트가 항상 낮으로 잠을 자고 자정이면 깨어나는 것을 아는 터에 이웃에게 낮에 소리를 내면 안 되는 이유를 설명해야 했다. 때문에 또 마담 카튀스는 이웃사람들을 찾아가서 일이 있더라도 저녁 8시부터 자정 안으로 해치우도록 부탁했고, 가능한 소리를 내지 말 것을 간청했지만 제대로 지켜지기 힘든 일이었다. 이웃 사람들은 그때가 가족 모두 즐거운 한때를 보내는 시간이라 부어라 마셔라 한참 판을 벌일 시간이었기 때문이다. 프루스트와 이웃사람들의 불편한 관계의 중재자로 아파트 관리인이 나섰지만 어쩔 도리 없는 일이었다.

마침내 그는 방의 모든 벽과 창을 코르크로 봉하는 자구책을 마련해냈다. 이렇게 해서 벽을 통한 외부로부터의 소음을 차단시키고, 그의 작업을 계속해 갔다. 방안에는 치료를 위한 훈증의 누런 소용돌이가 가득 차서 냄새가 코를 찌르고 있었다. 이곳을 방문한 사람은 자리옷을 걸치고 창백하다 못해 푸르뎅뎅하게 부은 프루스트를 볼 수 있었다. 이런 프루스트를 어떤 친구는 이렇게 묘사했다.

"이빨 뒤, 아니면 입술이나 목구멍 뒤에 지각이 자리 잡고 있는 듯한 기묘한 음성으로 그는 방심한 듯, 신중하고도 몽롱하게 띄엄띄엄 중얼거렸다. 그의 놀라운 눈동자는 방안의 가구나 사물, 잡동사니에 신체적으로 밀착된 것 같았다. 마치 그는 온몸이 땀구멍으로 방안에서 순간순간마다 모든 숨구멍을 열고 숨 쉬는 것 같았다. 그의 얼굴에 분명해 보이는 엑스타시는 물질적 대상으로부터 보이지 않는 메시지를 받고 있는 매개체 같았다. 그의 시선이 머무르는 곳마다, 자기 작품에 대한 감탄을 보였기 때문에 연거푸 토해내는 한숨이 결코 허풍처럼 생각되지 않았다."

이런 회상에서 우리는 그의 작품 속의 구절들이 얼마나 체험과 기억, 그리고 절대적 직관으로 단련 된 것인가를 이해 할 수 있을 것이다. 그는 그를 찾아오는 사람들과 앞서 언급한 친구처럼 대화를 나누었다. 그는 열성스러우면서도 쉽사리 버리지 않는 세밀한 태도로 질문을 제시했고, 만약 상대방이 우물거리는 듯한 인상이면, 언제나 화제의 주제를 되돌려 시작했다.

그는 다양한 관심사를 여러 전문가들과 상의했다. 음악은 레이놀드 한, 미술은 장 루이 보도와, 원예는 도데 일가였다. 매사에 그는 정확한 기술적 용어를 구사할 것을 고집하였고, 음악가와 화가, 혹은 의사가 생각하는 입장에서 책을 읽고, 몇 년 동안은 음악. 미술. 원예. 의학을 열심히 공부하여 자신의 글에 반영했다.

한편 그는 작품을 쓰는 중에 정확한 묘사를 위해 만나는 여인들에게 20년 전에 부인네들이 걸쳤던 옷이나 모자를 보여 줄 것을 요청하기도 했다. 그럴 때 상대 여인은 "마르셀씨, 그건 벌써 20년이나 됐어요. 더 이상 갖고 있질 않답니다."하면 "마담, 그건 믿기 힘든데요. 아니 사실은 저에게 그것을 보여 주고 싶지 않으신 거죠. 날 약 올리려고 그러죠. 실망했습니다."하면서 화를 내기도 했다.

어떤 날은 밤이 깊어 잠든 지 오래 된 사람의 집을 방문하여 기어코 잠자는 아가씨를 깨워 만나 줄 것을 고집

하기도 했다. 이것은 그가 그리려는 여인의 인상을 선명히 받기 위한 의도였다. 그는 건강이 허락해 주는 한 과거의 풍경을 추적하여 여행을 했지만, 발병이 잦아지자 한 여름내 한 번도 창밖을 내다보는 일조차 없이 소파에 가로누워 그의 상상 속에 떠도는 끝없는 여행을 즐기기도 하였다.

그리고 증세가 좀 나아지자 그는 외출을 감행했다. 집필을 위해 호텔에 투숙할 때도 그는 반드시 방을 3개 빌렸다. (시끄러운 이웃을 피할 수 있도록) 방은 반드시 기분 좋게 아늑해야 했고 그의 머리 위를 걸어 다니는 발자국 소리가 들리지 않도록 자리 잡아야했다.

그는 종일 틀어박혀 방문객이나 인물들에 대한 흥미 있는 정보를 주는 호텔 하인과 이야기하거나 글을 쓰거나 하면서 지냈다. 그의 적인 햇빛이 물러가 마침내 거꾸러지면 그는 우산을 들고 아래층으로 내려와, 어둠이 덮일 무렵 컴컴한 둥지에서 피어나는 야화처럼 프론트에 머물고 있었다. 그리고는 식당의 큰 테이블에 앉아 쌀쌀하고도 매력적인 여주인과 환담하거나, 아니면 그와 이야기를 나누는 사람들에게 샴페인을 권하곤 했다.

양친이 살아 있을 때처럼 집에서 즐길 수는 없었지만 가끔 프루스트는 레스토랑 같은 데서 정말 즐거운 식사 시간을 보내곤 했다. 특히 리츠는 그 독특한 맑은 분위기로 그를 사로잡았다. 또 항상 그의 글을 기꺼이 받아 주었던 「피가로」지의 편집장 카메트를 저녁식사에 초대하곤 했는데, 그건 바로 마담 스트로스에게 긴 편지를 쓰거나 요셉 레이나하 가브리엘 포레 같은 자기 손님들에게 일일이 전화를 걸 구실이 되곤 했다. 그는 작품의 완성도를 위해 특히 리츠의 집에서 친구들을 자주 만났는데, 외부 세계에 대한 정보를 입수하기 위해 갑작스런 행동들을 자주하였다. 그러나 그 몇 년 동안의 그의 진짜 생활은 잡동사니 더미 속에서 누워 글을 쓰던 자신의 밀폐된 공간에서 이루어졌다.

사람들이 '잡동사니'라고 부른 것은 바로 프루스트의 과거를 기억할 수 있는 노트와 사진들이었다. 그는 글을 쓰기 위해 어떤 것도 버리지 않았다. 훗날 세계에서 가장 훌륭한 책을 만들어낸 프루스트의 초기 단편들도 그 당시에는 아무렇게나 처박아 두어 형편없이 찢어지고 좀이 먹었던 것이다.

"정말 울고 싶도록 부끄러워요. 이 귀중한 페이지들이 한낱 레이스 조각만큼도 안돼 버렸으니……"하며 프루스트 부인 프랑소와가 그에게 말했지만 프루스트는 아무 것도 아니라고 그녀를 위로했다. 그는 그 단편들은 하나의 작품, 최후의 작품을 만들기 위한 준비 자료에 불과하다고 생각했기 때문이다.

그는 그 작품을 위해 목숨을 건 투쟁을 했고, 그 투쟁의 시작이 어머니의 죽음에서 시작된 것이었다.

『잃어버린 시간을 찾아서』는 프루스트 자신이 주인공이며 화자였다. 권수로는 7권인 이 대작을 위해 프루스트는 평생 부모님이 물려 준 유산을 다 바치며 결국 대단원의 막을 끝맺었다. 프루스트는 인간의 심층 의식 속에 파묻혀 있던 이러한 자아의 소생, 즉 무의식적인 기억만이 영원한 진실성을 갖는 것이라고 보았다.

유령의 집에서 집필에 몰두한 작가

마르셀 프루스트(Marcel Proust)는 파리 근처 오퇴유에서 출생했다. 그의 대표작 『잃어버린 시간을 찾아서』는 그가 거의 평생을 공 들여 만든 작품으로 20세기 전반기 최고의 소설로 꼽힌다. 아버지 아드리언 프루스트박사는 보스 지방 출신인 위생학의 대가로 파리대학 의학부 교수였으며, 어머니 잔은 알자스 출신의 유대계 부르주아 집안 규수였다. 섬세한 신경과 풍부한 교양을 갖춘 모자간의 마음의 교류는 프루스트의 정신생활에 큰 영향을 끼쳤다. 철학자 베르그송은 외가 쪽으로 친척이 된다.

그는 유복한 가정환경 덕분에 고등학교를 졸업하고 파리대학 법학부에 진학, 틈틈이 문학적 재능을 발휘하여

시나 에세이 단편소설 등을 쓰기도 했다. 1905년 가장 사랑하는 어머니를 여의고 한 때 정신병 요양소에 들어갔던 일도 있는 프루스트는 어머니의 죽음이 준 슬픔과 불안의식, 그리고 불규칙한 정신발작은 나중에 그의 대작,『잃어버린 시간을 찾아서』를 낳는 중요한 주제가 된다. 마르셀 프루스트가 어머니와 함께 요양지 에비앙에 갔을 적에 어머니는 심한 요독증 발작을 일으켰다. 어머니가 죽은 후 마르셀은 '시간'을 잃은 것처럼 느껴졌다.

프루스트는 38세 때부터 외부 세계와 단절에 들어갔다. 미세한 먼지와 꽃가루에도 천식 발작을 일으켰고 바깥의 작은 소음도 견디지 못하는 민감한 신경을 지닌 탓에, 그는 이중 창문과 사방에 코르크를 두른 방에서 여생을 보내며 작품 집필에만 몰두했다.『잃어버린 시간을 찾아서』는 그의 필생의 역작으로 총 7권의 3천 페이지가 넘는 대작이다. 제 1권은 1911년경에 대체로 완성을 보았으나 출판사를 구하지 못하여 1913년이 되어 가까스로 자비출판 되었다. 제1차 세계대전의 영향으로 제 2권은 1918년 발간되었고 그 이듬해 프루스트는 콩쿠르 상을 수상하게 된다.

그 후 프루스트는 코르크로 둘러싼 방 안에서 죽음과 대결하면서『잃어버린 시간을 찾아서』의 완성을 위한 수도사와 같은 생활을 계속했다. 이 소설은 특이한 문체, 잔인할 만큼 정밀한 관찰, 거의 병적이라고도 할 만큼 집요하고 정확한 심리분석으로 평론가들에게 현대 문학의 새로운 길을 개척한 작품으로 평가받고 있다. 프루스트의 『잃어버린 시간을 찾아서』는 지난날의 회상을 통해 삶을 묘사한 독특한 작품으로 미학과 철학, 과학, 교양 모든 부분이 심도 있게 다루어진 20세기 심리주의 문학의 최고 걸작으로 꼽힌다.

– 등대로

헤브라이즈 섬에서 여름을 보내는 램지가 사람들과 손님들의 이야기로 시작되는 이 소설은 10년 후에 전쟁을 겪고 살아남은 자들이 다시 모여 10년 전에 못간 등대로 가는 모습 속에서 사람들의 심리를 그리고 있다.
다른 버지니아 울프의 소설처럼 특별한 스토리가 중심이 아니라 사람들의 생각이 중심이 되는 소설로서 가부장적인 사회의 현실이 드러나고 있다.

버지니아 울프 나이 스물두 살, 그녀는 그토록 소원했던 아버지가 돌아가시자 삶의 구원을 얻었다고 생각했다. 아버지로 대표되는 견고한 남자라는 장벽들이 서서히 허물어지는 희열을 느꼈다. 그 기쁨은 아버지 죽음에 기뻐했다는 죄책감으로 또 다른 정신발작으로 나타났다. 얼마 동안 버지니아 가족들은 아버지의 죽음으로 어둡고 칙칙했던 하이드 파크 게이트 분위기가 다소 활기를 찾은 듯했다. 하지만 이내 다시 죽음의 저주가 시작되었다.

원래 열 명의 버지니아 가족은 어머니의 죽음을 시작으로 오빠 토비의 죽음, 아버지 레슬리의 죽음, 그리고 연이은 자매들의 죽음으로 저주 받은 흉가로 변해 있었다. 그래서 큰 집을 지키는 사람은 버지니아와 애드리언 달랑 두 사람이었다. 바네사는 결혼을 해서 분가를 했고, 로라는 정신병원에 감금됐다. 이런 우울한 분위기를 가득 안고 있던 버지니아는 정신질환으로 견디기 힘들었던 삶의 끈을 놓기 위해 자살을 감행하고 말았다. 그녀를 고통 속으로 몰아넣은 우울증은 거의 40년 동안 그녀를 괴롭혔다. 결국 그녀는 남들은 죽음이 두려울 나이 예순 살에 자살을 하고 만다.

“가장 소중한 분, 저는 다시 미쳐가고 있습니다. 이번에는 제가 이 괴로움을 도저히 헤쳐 나갈 수 없을 것 같아요. 귀에는 소리가 들려오기 시작하고 정신을 집중시킬 수가 없습니다. 그래서 제가 해야 할 최선의 일을 하려고 합니다. 당신은 제게 더할 수 없이 지극한 행복을 안겨주었습니다. 당신은 인간으로서 할 수 있는 모든 일을 나에게 해 주었어요. 이 무서운 병이 나에게 찾아오기 전까지, 우리보다 더 행복한 사람들은 없었을 것입니다. 저는 더 이상 병마와 싸울 기력이 없습니다.

제가 당신의 인생을 망쳤고, 제가 아니었다면 당신은 당신의 일을 충실하게 했을 거라고 생각합니다. 당신이 알고 있듯 저는 이 글조차도 완전하게 쓸 수가 없군요. 또한 이제 글을 읽을 수도 없어요. 제가 말하고 싶은 것은 제 생애의 모든 행복은 당신이 가져다 주셨다는 것입니다. 당신은 완전한 인내로 저를 보살펴주었고 더할 나위 없이 자비로웠어요. 누구든 다 그것을 알고 있다고 말하고 싶어요. 저를 구원할 수 있는 사람이 있다면 그것은 당신일 거예요. 당신의 변함없는 사랑 외에는 모든 것이 제게서 떠나 버렸어요. 저는 더 이상 당신의 생애를 망치게 할 수는 없어요. 그동안 너무 고마워요. 당신이 있어 정말 행복했습니다. – "버지니아"

버지니아는 이 편지를 거실의 벽난로 위에 놓고 집을 빠져나갔다. 그리고 지팡이를 짚고는 풀이 돋아나는 강변을 따라 걸었다. 1941년 3월 28일, 영국은 오랜만에 안개가 끼지 않은 맑은 아침이었다. 봄날치고는 약간 쌀쌀한 느낌을 주었다. 우즈강 언덕에서 물가를 바로보던 한 여인이 갑자기 모자를 벗어 땅에 떨어뜨린 뒤 지팡이 옆에 가지런히 놓았다. 그리고 코트 주머니에 크고 작은 돌멩이를 주워 담더니만 강을 향해 걸어갔다. 이른 아침이라 그녀를 본 사람은 없었다. 강 한가운데로 걸어가는 여인의 모습은 점점 줄어들었다.

3주일 뒤, 강가의 풀밭에서 놀던 아이들이 한 여자 시체를 발견했다. 코트에 돌멩이가 가득한 상태였다. 우즈강으로 걸어 들어간 그녀는 영국의 여류소설가이자 비평가이며 철학자인 버지니아 울프였다. 그녀의 돌연하고도 비극적인 죽음은 일반인들에게 큰 충격을 주었다.

그녀는 런던에서 태어났지만 어렸을 때부터 바다를 좋아했다. 여름철마다 바다가 보이는 별장에서 지낸 탓이다. 결국 바다를 좋아했던 여인은 강에서 삶의 종지부를 찍었다.

사후에서야 남편은 그녀의 많은 친구들마저 여태 감히 생각할 수 없었던 그녀의 생활 여러 면을 공개하였다. 버지니아에 대한 남편의 기록은 그녀의 전 생애에 걸쳐 치밀하게 작성되었다. 남편은 의사와 간호사 노릇을 충실히 했고 그런 남편에 대한 버지니아의 사랑과 감사는 평생 일관되었다. 1941년 겨울이 끝났을 때 그녀가 우즈 강으로 걸어 들어가 스스로의 인생을 마감한 이유도, 자신에게 이 세상에서 가질 수 있는 모든 행복을 안겨준 남편이 자신에 의해 파멸되는 것을 더 이상 견딜 수 없다는 것에 비롯된 것이다.

그녀는 만성적인 우울증이 주기적 발작을 일으켰는데, 그런 것이 처음 시작된 것은 앞서 말한 것처럼 아버지의 죽음에서 시작됐다. 그러나 그때는 그렇게 심한 상태는 아니었고 대수롭지 않게 넘어갔다. 그러나 시간이 흘러 그녀가 문학작품에 깊이 몰입할 때마다 신경쇠약 증세는 더욱 심해졌고 결혼 생활조차 힘들게 만들었다.

그런 심각한 우울증에도 불구하고 생애의 4분의 3을 명랑하고 사교적으로, 그리고 뛰어나게 말짱한 정신으로 지냈던 그녀는 자신의 정신적 불안과 우울증세가 심각해지자 더욱 초조해 하였고 비참한 모습을 보이지 않게 하기 위해 자살을 선택한 것이다. 1941년 3월 28일, 새 소설을 완성하고 나서 지칠 대로 지치고 자기가 해놓은 일에 만족을 못하였던(작품을 완성할 때면 그녀는 늘 그랬지만) 그녀는 정신이상에 대한 공포가 더욱 확대되는 것을 느꼈다. 전쟁이 주는 긴장은 그것을 더욱 가중시켰다.

폭격으로 울프 부부의 런던 집과 서재는 완전히 파괴되어 그들은 남쪽 구릉지대의 동쪽 끝에 있는 어느 초옥草屋으로 옮겨갔다. 이 지방에도 독일 폭격기들이 영국해협 건너에서부터 내습하여 왔다. 소이탄들이 빈번히 떨어졌다. 이웃주민들은 구급치료가 필요할 때에도 그것을 받을 길이 없었다. 버지니아 울프는 이 모든 것을 겉보기에는 태연하게 견디어냈다. 이른 봄까지. 그러던 늦은 3월의 어느 날 아침 그녀는 전에도 가끔 그러던 식으로 그 구릉지대를 건너 우즈 강으로 걸어 들어갔다. 그리고 그녀가 죽은 뒤 사람들이 그녀의 산책용 지팡이를 발견하였다.

그녀는 병과 싸웠던 것이며, 이제 더 이상 싸울 수는 없었다. 그녀의 남편이 그녀에게 다정하고 안락하게 잘 대해 주었으나 그녀로서는 목숨을 구걸하며 남편의 삶을 더 이상 망칠 수가 없었던 것이다. 그것은 상징적인 종식이었다.

평생토록 그녀는 시간의 흐름과 경험과의 관계라는 문제에 매혹되어 있었다. 그녀의 소설들에는 흐르는 물의 사상들과 생명의 유동을 나타내는 다른 표상들로 충만해 있다.

그녀의 작품에 감명을 받는 사람들은 누구나 가벼운 충격을 오래 느꼈다. 그 충격은 세심한 주의를 요하는 독서를 통해서만 느낄 수 있다. 그래서 다소 고급스럽고 사치스럽게도 느껴진다. 버지니아 울프의 자살의 직접적 동기는 심각한 우울증 질환인 것 같다. 하지만 아직도 풀리지 않는 숙제는 많다. 전쟁의 공포와 남성 중심적 사회에 대한 보이지 않는 정신적 폭력에 대항하다 결국 버지니아 울프는 나이 예순이란 자살하기 적절하지 않은 완숙한 나이에 삶을 마감한 것이다.

▶ 『파도』의 마지막 한 문장은 그녀의 비극적인 종말을 예고한 듯하다. "그대를 향해 정복되지도 않은 채, 굴복되지도 않은 채 내 자신을 내 던지나니, 오라, 죽음이여!"

평생 우울증에 시달렸던 작가

버지니아 울프(Virginia Woolf)는 1915년 1월 25일 런던에서 태어났다. 아버지는 『영국 인명사전』을 펴낸 문예 비평가 레슬리 스테판으로 작가이자 편집자다. 그는 가부장적인 엄격한 모습이었고, 어머니 줄리아는 반대로 아이들에게 다정다감한 미인이었다. 두 사람은 재혼을 한 사이였으며 버지니아 울프는 2남 2녀의 셋째로 태어나 경제적으로 여유로운 환경에서 수준 높은 교육을 받고 자랐다. 그러나 그녀는 옥스퍼드나 케임브리지 등 명문 사학에서는 교육을 받을 수가 없었다. 실력은 충분했지만 이들 대학에서는 여성입학을 금지하고 있었다. 집에서 문학 공부를 하던 그녀는 훗날 케임브리지 대학에서 문학 강연을 요청했을 때 단호하게 거절했다. 여성이란 이유만으로 입학이 거부되었다는 것에 대한 보복차원이었다.

울프의 어린 시절 행복은 어머니가 사망하자 산산조각 나고 말았다. 그녀는 어머니의 죽음이 '가장 끔찍한 재앙'이라고 술회한 적 있다. 그녀가 평생 껴안고 살았던 신경질환도 이때 받은 충격 때문인 것으로 알려졌다. 울프는 섹스에 대해 매우 엄격했는데, 실제로 울프는 남편과 결혼하고 나서 불감증에 걸려 있다는 사실을 알았다고 고백한 적 있다. 오빠 토비마저 장티푸스에 걸려 사망하자 울프는 심한 정신적 충격을 받게 된다.

1910년 여성 해방운동에 참가, 화가이자 비평가인 로저 프라이와 후기 인상파전을 개최하여 일대 선풍을 일으킨다. 2년 뒤, 문학 클럽 멤버이면서 오빠 토비의 친구인 레너드가 울프에게 청혼을 하고 두 사람은 결혼을 했다. 레너드는 이후 울프 작품의 평론가로서 지속적인 후원자로 활동한다. 1914년 세계 1차 대전의 발발은 울프의 병을 더욱 약화시키는 계기가 된다. 그는 1915년에는 소설 『출항』을 발표하였으며 두 번째 작품을 집필할 즈음 우울증이 재발하였다. 1918년 전쟁도 끝나고 영국에서 여성참정법안이 통과되면서 울프는 더욱 폭넓은 소설들을 발표해 나간다. 하지만 그녀는 끝내 자신의 정신질환을 극복하지 못하고 60세 나이, 아직 겨울의 차가운 기운이 남아 있는 강을 걸어 들어가 다시는 나오지 않았다.

그녀의 대표작『등대로』는 '의식의 흐름' 기법을 사용해 인간 심리의 깊은 곳까지 추구하며 시간과 진실에 대한 새로운 관념을 제시한 작품이란 호평을 받고 있다.

– 내가 뜯는 이 빵은

내가 뜯는 이 빵은 전에 귀리였다.

이국 땅 나무에 매달렸던 이 포도주가 그 열매 속에 뛰어들었다.

낮에는 사람이 밤에는 바람이 그 곡식을 쓰러뜨렸고, 그 포도의 기쁨을 파괴했다.

한 때 이 포도주 속에서 여름 피가 덩굴을 장식한 살 속으로 쳐들어갔고,

한 때 이 빵 속에서 귀리는 바람 속에서 즐거웠는데,

인간은 태양을 부수고, 바람을 끌어내렸다.

네가 쪼개는 이 살, 네가 혈관 속에서 황량하게 만드는 이 피는

관능의 뿌리와 수액에서 자란, 귀리였고, 포도였다.

내 포도주를 네가 마시고, 내 빵을 네가 물어뜯는다.

17
서른과 **마흔**의
경계 사이에
죽다.

– 딜런 토마스

아버지와 아들은 종종 맥주를 마시며 몇 시간을 함께 보내면서 부자 사이 정을 나누었다. 딜런의 시집 『18 Poems』는 평론가들 사이에 논쟁을 불러 일으켰고 두 사람은 이를 즐기고 있었다. 신문들은 또 한 사람의 저항시인이 탄생했다고 호들갑을 떨었다. 두 사람은 체스를 하면서 맥주를 마시고 그렇게 몇 시간을 함께 하면서도 아무런 말을 하지 않을 때가 많았다. 침묵은 묘한 긴장감 속의 편안함이라고 할까? 그러나 두 사람은 알고 있었다. 이 시간이 두 사람에게는 가장 행복한 시간이라는 것을.

딜런 토마스가 시로 세상에 이름이 알려지자 그의 아버지는 자신의 잃어버린 꿈이 아들을 통해 실현됐다는 것에 대단히 만족했다. 아버지는 말년에 아들의 시를 낭송하며 아들과 맥주를 마시는 것이 유일한 기쁨이었다. 하지만 그의 아버지는 말년에 그것을 오래 하지 못했다.

설암舌癌에 걸려 몇 년을 고생하다 죽었기 때문이다. 아버지가 죽기 직전 딜런은 생계를 위해 미국으로 건너갔다. 그리고 얼마 뒤 아버지의 죽음 소식을 듣는다. 그는 아버지의 죽음을 안타까워하며 다음과 같은 자신의 시를 낭독하며 술을 마셨다.

"그 좋은 밤 속으로 온순히 들어가지 마세요. 늙은 나이는 날 저물 때 불사르고 몸부림쳐야 하지요. 빛의 소멸에 분노하기를, (……) 죽음에 다다른 슬픔에 찬 이들은 먼눈도 유성처럼 불타고 명랑할 수 있음을 깨닫고 빛의 소멸에 분노, 또 분노하지요. 그리고 당신 내 아버지, 그 높은 슬픔에서 이제 제발 나를 저주, 축복해주세요. 그 좋은 밤 속으로 온순히 들어가지 마세요. 빛의 소멸에 분노, 또 분노하기를."

팝 가수 밥 딜런이 가장 좋아하는 이 시는 아버지의 죽음을 예감했던 과거 어느 날에 쓴 글인데 아버지에게 보여주지 않은 시를 그가 죽자 겨우 세상에 발표한 것이다. 세상에 둘도 없이 가장 좋아하고 가장 사랑했던 아버지,

딜런 토마스가 그런 아버지가 죽음 속으로 사라지는 것을 안타까워하며 지은 시다.

딜런 토마스는 마흔 살까지만 살고 싶다고 주위 사람들에게 말하곤 했다. 딜런 토마스가 세상에서 의식을 갖고 보낸 마지막 밤은 그의 생명이 서른아홉에서 마흔 사이 경계선에 머물러 있었다. 마치 그의 죽음을 위로 하듯 미국에서 아주 영향력 있는 작가와 예술가들이 대거 참석해서 파티를 하고 있었다.

1953년 11월 1일, 자정이 지난 한밤중의 파티에서 그는 여러 사람이 있는 가운데 난데없이 "저기 쥐가 지나간다"라고 말했다. 그러나 쥐를 본 사람은 아무도 없었다. 시인 하워드 모스의 아파트에서 있었던 그 파티의 흥이 고조 될 무렵 하워드는 딜런에게 시낭송을 부탁했다. 딜런은 그가 가장 좋아하는 예이츠의 후기 시와 오든의 「1939년 9월 1일」을 낭독했다. 이것이 딜런이 대중들 앞에서 한 마지막 시낭송이었다.

윌리엄 포크너, 등이 참석했으며 한 시간 이상 계속되었던 시낭송이 끝난 후, 딜런은 하워드와 함께 아파트의 테라스에 나와 탐스럽게 피어오른 장미꽃을 들여다보고 있었다. 어둠 속에서 그는 너무나 가까이 장미꽃에 접근했기에 장미 가시에 눈동자를 긁혔다. 눈을 끔벅이며 욕을 바가지로 퍼붓고 장미꽃 근처에서 물러났으며 다행히 고통은 계속되지 않았다. 딜런은 다시 방으로 돌아와 새벽 5시까지 술을 마셨다. 그는 늘 이런 식으로 폭음을 했다.

호텔에 들어와 몇 시간 눈을 붙였지만 깨어난 후에는 숙취와 긁힌 눈동자의 아픔 때문에 침대에서 일어날 수 없었다. 그 날 저녁이 되어서야 아픔이 멈췄다. 그날 파티가 그의 생애 마지막 파티였다. 그곳에서 딜런은 바로 곁에 앉아 있는 윌리엄 포크너를 발견하고 가서 인사를 나누었다. 윌리엄 포크너는 스콧 피츠제럴드와 함께 20세기 미국문학을 지탱한 인물이다.

딜런은 리즈에게 포크너와 애기 나눌 수 있는 날을 학수고대했다고 전해 달라고 했다. 윌리엄 포크너는 역시 대가다운 면모가 있어 그런지 따뜻한 미소를 그에게 보냈다. 딜런은 다시 포크너의 아내에게 그림을 그려 달라고 했다. 그날은 선거 날이었다. 딜런은 여러 작가들과 술을 마시고 있었다. 이런 자리에는 으레 상업적인 목적을 띠고 나타난 자들이 있었다. 그들은 파리처럼 이리저리 날아다니다 먹이가 보이면 슬쩍 앉아 혀로 상대를 핥다가 사라지곤 하는 기자들이었다. 딜런은 그런 인간들을 무척 싫어했다. 딜런은 그들을 보다가 몹시 피로하였고, 침울하였다. 다행히 시간이 지나자 낮잠을 잔 덕분인지 좀 개운하다는 느낌을 받았다. 딜런은 다시 리즈와 함께 라마에 라우양의 아파트로 갔다. 그는 그곳에서 약간의 술을

▶ 딜런 토마스가 팬들에게 사인하는 모습.
그는 항상 담배를 물고 살았다.

마셨을 뿐이다. 나중에 그들은 조각가 후랭크 넬슨을 방문할 예정이었지만 딜런은 가고 싶지 않다고 해서 그에게 양해를 구하고 호텔로 돌아왔다. 딜런은 정신적으로나 육체적으로 몹시 지쳐 있어서 말조차 하기 힘들어 곧장 잠자리에 들었다. 그는 침대에 누워 있다가 간헐적으로 눈을 뜨면서 그의 아내 캐들린과의 불행한 삶을 리즈에게 눈물을 흘리면서 털어 놓았다. 그러면서 그는 죽고 싶다고 말했다.

"에덴동산에 가서 죽고 싶어 영원히……"

그리고 그는 "리즈! 내가 내 아이들을 얼마나 아끼는지 잘 알지. 그 애들을 다시 못 볼까봐 겁나, 아이들이 불쌍해."라고 중얼거렸다. 딜런은 그의 아버지를 닮아 그런지 아이들을 정말 좋아했다. 리즈는 그가 죽을 이유가 없다고 말하면서 딜런을 위로했다. 그러자 딜런은 걷잡을 수 없는 슬픔으로 울음을 터뜨렸다. 새벽 두시에 그는 벌떡 잠자리에서 일어났다. 그리고는 눈을 부릅뜨고 "술을 마셔야겠어."라고 말했다. "바깥에 나가서 한잔 마시고 와야겠어. 삼십 분 후에 돌아올게."라고 말하고 그를 붙잡으려는 리즈의 노력도 아랑곳없이 딜런은 나가버렸다.

리즈는 딜런이 나가고 한 시간 반을 초조하게 기다렸다. 딜런이 방문을 열고 들어서며 "단숨에 위스키를 스트레이트로 열여덟 잔이나 마셨어. 내 평생에 이것이 최고의 기록이야."라고 무릎을 꿇고 그 자리에 벌렁 나자빠져 버렸다. 그는 "당신을 사랑해 그런데 나는 왜 이렇게 고독할까." 이렇게 중얼거리면서 잠이 들었다.

딜런은 아침에 일어나서 숨이 가쁘다고 말했다. 딜런은 바깥으로 나가서 공기를 쐬어야겠다고 말하고 나갔지만 리즈는 다시 걱정이 몰려왔다. 그는 아마도 술집으로 갔을 것이다. 리즈의 예상대로 딜런은 아침부터 술을 파는 곳에서 맥주 두 잔을 마셨다. 트럭 운전수들과 담소를 나누고 있었지만 몸이 아픈 모양인지 더 이상 오래 지체하지 않았고 호텔로 돌아 왔다. 리즈는 딜런의 상태가 좋지 않자 의사를 불렀다. 의사는 삼십분 후에 도착했다. 의사는 그의 고통을 덜어 주는 약을 먹였지만 그것은 임시방편일 뿐이었다. 딜런은 오후 내내 자다 깨다 하면서

▶ 그의 아내 캐들린과 즐거운 한 때. 그러나 딜런이 죽기 몇 년 동안 두 사람은 별거 생활을 했다.

심한 구토를 했다. 다시 의사가 왔다. 의사는 딜런에게 곧 치료를 받아야 한다고 말했지만 딜런은 약속이 있다고 거절했다. 그는 알고 있었다. 자신이 그토록 소원했던 마흔 나이에 죽는 것, 그때가 지금인 것을.

다시 한 번 극심한 구토가 있은 다음, 딜런은 깊은 잠이 들었다. 자다가 깨어나서 다시 구토를 계속했다. 얼굴이 땀으로 범벅이 된 딜런은 마구 아우성쳤고, 헛소리를 지껄여댔다. 그리고 리즈가 그의 얼굴을 들여다봤을 때 그는 파랗게 질려 있었다. 의사가 와서 딜런을 앰뷸런스에 태워 병원에 입원시켰다. 병원에 입원한 그는 흰 천을 덮고 산소마스크를 쓴 채 의식을 잃고 있었다. 얼굴 표정은 잔잔하기만 했다. 며칠 동안 혼수상태가 계속된 후 그는 죽었다. 산소마스크를 떼어놓고 그의 병실에는 밤새 그의 마지막을 보고 있던 리즈가 의자에 앉아 넋을 잃고 있었다. 그의 아내는 그가 죽은 뒤 한참 뒤에 나타났지만 별로 슬픈 표정이 아니었다.

딜런의 표정 역시 고통은 없었다. 마치 그가 그토록 사랑한 고향으로 간 것처럼, 그는 죽기 전까지 웨일즈 펀힐 농장에서 보낸 날들을 기억하고 시로 썼다. 그가 가장 좋아했던 시는 유년 시절을 노래한 「펀힐 농장」이란 시다.

그 옛날 능금나무 밑 흥겹던 집, 나 어리고 태평하고 푸른 풀 푸른 푸르게 즐겁게 놀던 시절. 골짜기 위에 빛나던 별, 아! 그 시절로 달려가고 싶다. (중략) 태양은 꼭 그 젊은 시절처럼 떠 있고, 시간은 나더러 그때로 돌아가 놀라고 하네. 황금빛처럼 놀라고 하네.

평생 바람처럼 살다간 시인

딜런 토마스(Dylan Thomas)는 1914년 10월 27일 영국의 웨일즈 지방에서 태어났다. 그가 공부한 것은 고향에서 아버지가 세운 문법학교에서 배운 것이 전부다. 그러나 어린 시절부터 탁월한 시적 재능을 발휘한 딜런 토마스는 외가外家로 가는 그 멋진 시골 길을 종종 시로 옮겼다. 그는 평생을 웨일즈의 아름다운 자연을 노래한 시인이었다. 딜런은 학교를 졸업한 뒤 지방 신문사에서 기자로 생활을 했으며 1936년 스물두 살 되던 해, 런던으로 무대를 옮겨 그 해 첫 시집『18 Poems』를 발표했다.

당시 런던 문단에서는 이 천재적인 작가의 탄생에 주목하고 있었다. 1930년대 영국의 시단에 혜성같이 출현한 딜런은 광상곡狂想曲같은 정열과 미성의 낭송으로 많은 독자들의 사랑을 받았으나 차가운 반어적 시풍이 풍미하던 시절이라 평론가들에게 불신을 사기도 했다. 1940년대 2차 대전이 끝나고 전쟁에 대한 휴유증으로 인한 문단의 히스테리와 선전주의에 대한 반동 때문에 그는 설자리가 좁았다.

딜런은 1936년 봄에 캐들린 맥나마라라는 댄서를 만났다. 두 사람은 서로 사랑했고 1년 만에 결혼을 했다. 두 사람은 잉글랜드 남서부 펜잰스에서 살면서 두 명의 아들과 딸 한 명을 키우고 있었다. 기후도 온화하고 아름다운 이곳은 휴양지로도 유명하다. 하지만 딜런은 늘어나는 식구들을 부양해야 하는 책임감으로 생활전선에 뛰어들어 기자 생활도 하면서 BBC 방송에 극본과 영화대본 쓰는 일을 열심히 했지만 형편은 좋지 못했다.

딜런의 영혼은 자유스러움이 천성이었는데, 결혼은 정신을 억압하게 하고 중압감을 심화시켰다. 그래서 그는 매일 폭음과 무질서한 생활을 반복했고, 캐들린과의 사랑

도 금이 갔고 결국 별거에 들어갔다. 한편 2차 세계대전
이 일어났지만 폐병을 앓고 있었고 그로 인해 군 면제를
받았다. 영국에서 그는 좋은 대학도 나오지 않았고, 문단
에서 친한 사람도 없었다. 영국은 오히려 그에게는 낯선
나라였다. 이방인처럼 그는 웨일즈의 자연을 노래했고 영
국 사람들은 외면했다. 오히려 미국에서 그의 시가 인기
를 끌고 있었다. 미국에서는 시낭송이 유행이었는데, 딜
런 토마스의 시가 미국인들에게 어필하고 있었다.

그의 시는 주문을 외는 듯한 자기 최면적 마력을 지니
고 있었으며 시낭송하기에 좋은 시였다. 미국 포크 음악
의 대부大父 밥 딜런은 몽환적인 그의 시를 좋아한 나머
지 이름까지 딜런으로 바꾸었다. 1948년 그는 돈 많고 예
술을 사랑하는 마가렛 테일러라는 여인을 만났다. 그녀의
도움으로 그는 안정적인 생활을 하였고 바다가 보이는 아
담한 작업실도 갖게 되었다.

딜런은 보트하우스에서 4년 동안 열심히 시를 썼다.
1953년 미국을 돌면서 시낭송 공연을 하던 그는 과다한
음주 흡연 때문에 폐렴까지 겹쳐 며칠 동안 혼수상태로
있다가 결국 숨을 거두었다. 그때 나이 40세, 1953년 11
월 9일 뉴욕의 한 호텔에서 천재 시인 딜런 토마스는 생
을 마쳤다. 이 글은 그의 죽음 직전 모습을 스케치 한 것
이다. 당시 그의 여비서 리즈 레이텔의 수발을 받던 딜런

은 죽기 일주일 전에도 새벽까지 계속해서 술을 마셨다.
그는 정말 마흔까지만 살겠다고 한 약속을 지키기 위해
자신의 몸을 죽음으로 내 몰았는가?

던컨의 무용은 먼저 인공적인 기법의 고전발레에 의문을 품고 자연스러움을 중시하였다. 그래서 그녀는 토우 슈즈를 벗고 맨발로 춤을 추었다. 중세에 묶여 있던 전통무용과 달리 고대 그리스정신을 부활시켰기 때문에 타이즈를 벗고 그리스풍의 옷을 입었다.

또한 음악에 종속된 무용에서 음악과 무용의 관계를 다시 세움으로써 그때까지 무용의 대상이 될 수 없었던 음악을 무용에 도입하였다. 그 결과 무용을 소수의 전문가에게서 대중으로 인도하였다. 그래서 던컨의 무용이 즉흥적이고 일정한 체계가 없어 그대로 계승되지 않음에도 불구하고 현대무용의 선구라고 불린다.

첫사랑의 실패가 춤에 대한 열정으로

- 이사도라 던컨

그녀에게 오히려 관심을 받는 남자는 키가 크고 쾌활한 샤를르 누프라, 또는 미남인 쟈크 보니가 아니라 오히려 왜소하고 창백한 앙드레 보니에였다. 그는 창백하고도 둥근 얼굴에 안경을 쓰고 있었다. 그러나 그의 마음씨는 비단결처럼 곱다. 그것을 그녀는 알고 있었다. 많은 연애 사건을 일으킨 던컨이지만 보니에와 나눈 처음 로맨스는 생각만 해도 가슴이 뛰는 흥미로운 사건이었다.

앙드레 보니에는 그 당시 그의 최초의 저서 『페트랄크』와 『시몽드』를 집필 중에 있었는데 매일처럼 그녀를 찾아왔다. 그래서 그녀는 그를 통해 프랑스 정통 문학의 족보를 알게 되었다. 그는 많은 것을 알고 있었고, 알고 있는 많은 것을 던컨에게 말하려고 했다.당시 그녀는 불어에 관심이 많았고, 어지간한 것은 읽고 쓰고 하였다. 앙드레 보니에는 던컨의 연습실에서 오후 한나절과 저녁 내내 큰 소리로 책을 읽어 주곤 했다. 더할 나위 없이 낭랑한 그의 목소리는 절묘한 억양을 지니고 있었다. 앙드레 보니에는 던컨에게 몰리에르, 플로베르, 데오필, 고티에, 모파상 등을 읽어 주었으며 그 작가들의 작품에 대한 비평과 주인공에 대한 개인적 견해, 그리고 자신이 그 작품을 읽고 어떤 작품을 구상하는지 말해 주었다.

특별한 이유가 없는 날이면 매일 오후에 스튜디오 문이 조심스럽게 열리고 앙드레 보니에 얼굴이 보였다. 그는 들어서는 모습도 엉거주춤 했지만 언제나 새로운 저서나 잡지들을 한 아름 안고 있었다. 던컨의 어머니는 이 남자에 대한 그녀의 열광을 이해하지 못했다. 그도 그럴 것이 앞에서도 말했듯이 조금 키가 작고 뚱뚱한 데다 작은 눈을 하고 있었으므로 누가 보더라도 두 사람은 어울리는 연인이 아니었다.

그러나 앙드레 보니에는 지적인 면이 빛나는 사내였고 던컨은 그런 모습을 좋아했다. 두 사람은 저녁 시간에 외출을 하였는데, 센 강을 돌아오는 산책을 주로 즐겼다. 두 사람은 걸으면서 예술적 삶을 이야기 했다. 앙드레 보니에가 문학에 대한 열정을 이야기 하면 던컨은 조심스럽게 무용에 대한 그녀의 생각을 이야기했다. 그러나 주로 가슴에 있는 말은 보니에가 더 많이 하는 편이었다.

두 사람이 좋아하는 도보 여행은 노트르담을 바라보기 위해 시테 섬으로 내려가는 길이었다. 보니에는 건물 정면에 조각된 모든 조상造像들을 전부 알고 있었고, 이 석상들의 역사를 모두 던컨에게 설명해 주었다. 그렇게 이야기하다 보면 어느새 두 사람은 집까지 다 왔고, 보니에는 자기 팔이 지긋하게 던컨의 가슴을 누르고 있음을 느끼곤 수줍어했다. 일요일에도 그들은 역시 기차를 타고 멀리 교외로 나가곤 했다. 보니에의 저서 중에는 숲 속에서 두 사람의 산책을 묘사한 장면이 있다.

"얼마나 자주 나는 보도로 내려가 그녀 앞에서 춤추기를 즐겼던가! 마치 웃음으로 거품 이는 님프나 숲의 정령과도 같이 그녀에게 손짓하면서."

앙드레 보니에는 자신의 문학적 대상들을 아주 솔직히 던컨에게 말하고 미래의 문학적 포부도 소상하게 말하곤 했다. 그렇지만 확실히 그의 문학은 베스트셀러 작품하고는 거리가 먼 것이었다. 그러나 던컨은 앙드레 보니에라는 작가의 이름은 문학사에 영원히 남아 있을 것이라 확신했다.

앙드레 보니에는 두 차례에 걸쳐 격렬한 흥분을 나타낸 적이 있었다. 하나는 오스카 와일드의 죽음이었다. 그는 하얗게 질린 얼굴로 던컨에게 자신의 끔찍한 절망상태를 설명하려고 하였지만 너무 떨린 나머지 설명하지 못하고 말았다. 그러나 던컨은 솔직히 오스카 와일드에 관해 막연하게 들은 적은 있지만 그 작가에 대해 아는 것이 거의 없었다.

던컨은 겨우 몇 편의 그 작가 시를 읽은 것 같고, 그것은 당연히 제목도 기억나지 않는 시들이었다. 던컨이 문득 왜 오스카 와일드가 감옥에 들어가게 됐느냐고 물었을 때 그는 목덜미까지 빨갛게 돼서는 대답을 하지 못했다. 오스카 와일드는 동성애 혐의로 감옥을 갔고, 출옥 한 뒤 영국을 떠나 파리로 건너온 영국 작가였다.

보니에는 던컨의 이런 어이없는 질문에 갑자기 그녀의 손을 잡고 그저 떨뿐 아무 말이 없었다. 그는 오랫동안 던컨의 주위를 머물다 이렇게 속삭이면서 헤어졌다.

"당신은 나의 유일한 벗이오."

그렇게 떠난 그는 한참 동안 연락도 없이 나타나지도 않았다. 그게 그의 특징이었다. 무언가 좋지 않은 마음의 상처를 받은 다음에는 그렇게 얼마 동안 연락이 두절되는 것이었다.

어느 날인가는 아침에 하얗게 질린 안색을 하고서 그

는 흥분하고 있는 이유가 무엇인지를 그녀에게 털어놓지 않고서 다만 굳어진 얼굴로 앞만 응시하면서 침묵을 지키고 있었다.

그리고 떠나가면서 하도 의미심장한 몸짓으로 그녀 이마에 키스했기 때문에 던컨은 이 남자가 전쟁터에 끌려가는 병사 같다는 인상을 받았다. 그리고 사흘 뒤에 나타나 어떤 사내와 목숨을 건 결투를 신청했고, 상대는 깊은 상처를 입고 병원에 있으며, 자신은 무사히 살아 돌아왔노라고 말하는 것이었다. 던컨은 왜 결투를 했는지 물어보지 않았다. 그것이 무관심하고는 다른 일종의 상대에 대한 배려였다, 그는 대게 오후 5시나 6시에 나타나서는 던컨에게 책을 읽어 주었고 기분이 좋으면 그녀와 함께 센 강 주위를 산책했다.

그는 보고 싶으면 언제든지 던컨을 찾아 왔지만 그가 올 때까지 던컨은 그저 기다릴 뿐이었다. 어느 날, 두 사람은 사거리 십자로에 서 있었다. 그리고 앙드레 보니에는 오른편을 '행운', 왼편을 '평화',라고 이름 붙였다. 그리고 앞으로 똑바로 뻗은 길을 '불멸'이라고 이름 지었다. 던컨은 보니에에게 물었다. "우린 어디에 있는 거죠?"

"사랑"

그는 낮은 음성으로 대답했다. "그럼 전 여기에 남아 있겠어요."

던컨은 기뻐서 부르짖었다. 하지만 그는 다만 이렇게
말했다.

"우린 이곳에 남아 있을 수 없어."

그리고는 일어나서 앞으로 똑바로 뻗은 '불멸'의 길로
성급히 내려가는 것이었다. 던컨은 너무 당황했다. 너무
강한 충격이라 그 자리에서 꼼짝 않고 오랫동안 서 있었다.

"왜, 당신은 나를 떠나려는 거죠?"

그러나 그 질문에 답은 없었다. 두 사람은 던컨의 숙
소까지 오는 동안 아무 말도 하지 않았다. 그러더니 스튜
디오 앞에서 갑자기 그 사내는 뒤도 돌아보지 않고 가 버
렸다. 그리고 또 얼마 동안 연락도 없다가 우연히 나타나
데이트를 하곤 했다. 이런 이상한 만남이 두 사람 사이에
약 1년 동안 이어졌다.

어느 날 저녁 던컨은 어머니와 레이몬드(이사도라의 남
동생)를 오페라에 보내고 아무도 몰래 은밀히 샴페인 한
병을 사 두었다. 저녁 때 그녀는 조그만 테이블 위에다
꽃과 샴페인과 술잔 두 개를 준비해 두고 속이 비치는 투
명한 튜틱을 걸치고 머리는 온통 장미꽃으로 치장 하고선
흡사 이집트의 무녀 타이스라도 된 기분으로 앙드레 보니
에를 기다렸다.

그는 도착해서 굉장히 놀란 것같이 보였다. 그리고 아
주 당황한 표정이었다. 그는 샴페인을 겨우 입에 대고 말

▶ 춤을 추는 이사도라 던컨. 그리스 여신 같은
튜닉을 입고 맨발로 자유롭게 춤을 추어 유럽
사람들을 열광시켰다.

앉을 뿐 일체 다른 행동을 하지 못했다. 던컨은 긴장한
그를 위해 춤을 한 곡 추었다. 그러나 그는 꼭 넋 나간 사
람처럼 보였다. 그리고 그는 그날 저녁 끝내야만 하는 굉
장한 분량의 원고를 써야 한다고 말하고는 훌쩍 가버리는
것이었다. 던컨은 그날 밤 홀로 샴페인을 마시면서 비통
하게 울었다. 그날 못생긴 애인에게 받은 수모를 던컨은
다른 사내들은 만나면서 풀어버렸다. 주로 잘 생기고 멋
진 사내들을 골라가면서.

던컨의 이상한 변화를 듣게 되었는지 앙드레 보니에는
그녀를 호텔로 초대를 했다. 두 사람은 저녁 식사가 끝
난 후 호텔 방으로 들어갔다. 숙박계에 부부라고 기입하
고 그들은 마치 부부처럼 침대에 누웠다. 던컨은 떨렸으
나 행복했고 마침내 사랑이 무엇인지를 알게 된 기분이었
다. 던컨은 남자의 팔에 안겨 있는 자신을 발견하고 행복
해 했으며 격렬한 애무의 폭풍 뒤 오는 가는 떨림이 너무
흐뭇했다. 그녀의 심장은 쿵쿵 고동치고 신경의 세포들은

공기 중에 떠다니는 모든 감성 입자들을 빨아들이는 듯
했다. 그때 그는 갑자기 침대에서 일어나 무릎을 꿇었다.

"오 당신은 왜 내게 말하지 않았소? 무슨 죄를 나에게
저지르게 하려고, 옷을 입어요. 당장."

그리고 그는 애원하는 던컨의 말을 무시하고 코트를
서둘러 입혀주고 마차를 태워 그녀를 돌려보냈다. 던컨은
계속 생각했다. '그가 한 잘못이 무엇일까? 왜 용서를 빈
것이지.' 그리고 그는 얼마 안 있어 미국으로 떠났다. 그
리고 수년 뒤에 던컨은 보니에를 만났다. 그때 그는 던컨
에게 물었다.

"나를 용서해 주었죠?"

던컨은 반문했다.

"무엇을 요?"

"……."

이것이 이사도라 던컨이 처음 경험한 사랑이다. 당시
그녀에게 사랑은 청춘의 모험이었고, 또한 새로운 문으로
들어가는 통과절차였다. 그렇지만 이해할 수 없는 상대로
인해 통과절차는 해프닝으로 끝나고 말았다. 그러나 이
충격은 천성이 감성적이었던 던컨의 본질에 결정적인 영
향을 미쳤다.

즉 그녀는 모든 삶을 예술에다 던짐으로써 사랑이 유
보시켰던 온갖 환희를 예술에 걸었던 것이다. 그리고 첫

사랑 실패 뒤에 끊임없이 접근하는 남자들을 모두 마다하지 않고 그들에게 최선을 다해 대해 주었다. 예술의 열정만큼 사랑에도 정열을 다 바쳤다.

그녀는 한순간도 사랑하지 않은 적이 없었고, 그런 열정은 그녀가 갖고 있던 아주 소중한 것을 빼앗아가기도 했다. 그리고 결국 그녀의 종말은 너무도 허무하게 끝나고 말았다.

빨간 스카프에 휘감겨 죽다.

때로는 속살이 훤히 들여다보이거나 갈기갈기 찢겨진 옷으로 춤을 추는 여류 무용가 이사도라 던컨을 언론에서는 누드댄서라고 혹평했다. 이사도라 던컨(Isadora Duncan)은 미국 샌프란시스코의 가난한 집안에서 태어났다. 1898년 가족들과 함께 무용으로 성공하겠다는 포부를 안고 유럽으로 떠났을 때, 그들은 사람들이 타는 배가 아닌 화물칸에 몸을 실었다. 그녀의 새로운 무용은 유럽 사람들을 매혹시켰다. 그녀에 대한 평가는 고전발레의 규범을 깨뜨린 혁신적인 현대무용가라는 찬사였다.

그런데 비교적 얌전한 처녀였던 그녀의 영혼에 성욕의 불씨를 지핀 사람은 헝가리 출신 미남배우 오스카 베레기였다. 헝가리 공연 중에 그들은 밤만 되면 도나우 강 기

슭의 작은 시골집으로 달려가 육체적 욕망의 허기를 달랬
다. 그리고 독일 공연에서는 무대장치가 고든 크레이그와
사랑에 빠졌고, 때로는 공연 당일 행방을 감춰 공연이 취
소되기도 했다. 크레이그와의 밀월행각은 오래 가지 않았
다. 다음은 바람둥이 재벌 2세 파리스 싱거를 만나, 호사
로운 애정 행각을 벌였다.

던컨은 싱거와 아들 딸 하나씩을 낳았는데, 두 사람이
헤어지게 된 동기는 두 아이가 예기치 못한 사건으로 죽
은 데서 비롯되었다. 언덕에 주차하고 있던 그녀의 차가
뒤로 미끄러져 센 강에 빠지면서 차안에 타고 있던 두 아
이가 익사한 것이었다. 아이들의 죽음은 그녀에게 5년 동
안 혼자 지내게 했다.

그녀와 사랑을 나눈 사내 가운데 빼놓을 수 없는 사람
이 바로 러시아 천재 시인 예세닌이다. 세르게이 예세닌
은 러시아의 빈농 집안 출신으로 20세기 초 러시아 감성
주의 시인으로 대표적인 인물이었다.

그러나 두 사람의 광적이고 너무 뜨거운 사랑은 결국
다 타버려 3년간의 뜨거운 결혼생활은 잿더미로 남고 예
세닌은 정신병원에서 퇴원하고 얼마 있다 자살을 한다.
그는 죽기 직전 잉크를 대신해서 자신의 팔뚝을 칼로 베
고 흐르는 피로 죽기 직전 시를 유언처럼 남겼다.

초록빛 저녁이 다가오면, 나는 재킷을 벗고 내 몸을 옷소매로 묶어 창문 십자가에 매달아 놓으리라.

이 글은 그가 10년 전에 쓴 시 한 구절이었다.

▶ 던컨의 분신과도 같았던 딸 디드로(왼쪽)와 아들 페트릭(오른쪽)

던컨을 상대한 남자는 무려 30여명에 달한 것으로 알려진다. 던컨이 그처럼 무절제하고 방탕한 삶을 살았던 것은 끊임없이 끓어오르는 예술적 완성도에 대한 욕구 불만과 그토록 사랑했던 아이들을 잃은 슬픔 때문이었다. 그러나 던컨 역시 너무도 갑작스러운 죽음을 맞이한다. 1927년 9월 14일 저녁 9시, 그녀는 공연장으로 가기 위해 집을 나서며 늘 하던 것처럼 빨간 스카프를 길게 늘이며 차에 올라탔다.

당시 던컨은 유난히도 스카프를 좋아했다. 그런데 차가 달리기 시작하자 바람에 휘날리던 스카프가 자동차 뒷바퀴에 휘감겨 그녀는 그만 그 자리에서 목뼈가 부려져 죽고 만 것이다. 그녀는 그토록 가슴 아프게 먼저 보낸 두 아이 곁에 함께 묻혔다.

– 루 살로메

17세에 유부남인 목사로부터 받은 청혼, 철학자 프리드리히 니체와 같은 시대의 철학자 파울 레와의 삼각관계 그리고 레의 자살, 문헌학자 프리드리히 칼 안드레아스 교수와 우정관계로 한정한 결혼, 라이너 마리아 릴케와의 열정적인 사랑, 프로이트와 학문적 교류를 하며 그의 문하생, 타우크스박사와의 사랑 그리고 또 그의 자살.

루 살로메하면 항상 붙어 다니는 세계적인 지성과의 염문들이다. 그래서 루 살로메를 '하인베르크의 마녀'라고 부르기도 한다. 세계적인 지성들과 사랑하고 때로는 그들을 파멸의 길로 이끈 그녀는 팜므 파탈이었을까? 사랑과 성에 구속되지 않는 자유인이었을까?

루 살로메라는 여인만큼 세계 역사에서 가장 위대한 남자들과 깊은 관계를 가진 여인이 또 있을까? 그녀는 '신은 죽었다고'고 선언했던 현대 철학의 최고 거인 프리드리히 니체를 유혹했고 그의 청혼을 거절했으며, 독일 문단의 최고 시인 라이너 마리아 릴케와 사랑을 나누었고, 그리고 정신분석학으로 심리학에서 최고의 권위를 누린 지그문트 프로이트와 정신적 교감을 나눈 여인이었다. 19세기 말과 20세기 초를 살다간 이 러시아 여인은 당시 철학과 문학, 심리학의 대가들을 자신의 정신 속에 프리즘시켜 위대한 철학과 예술작품을 남기게 했다. 하지만 그녀는 항상 안개 속에 가려진 여인이며 심하게는 '러시아

마녀'라고 불리기도 했다.

"제발 내게 그런 편지를 쓰지 마세요. 내가 당신을 얼마나 존경하고 사랑하는지 당신은 알 것입니다. 이제 와서 난 당신을 전혀 비난하고 싶지 않습니다. 정직해야 할 때 당신은 내게 정직하게 굴지 않은 것 말고 당신은 나에게 잘 못한 것이 없습니다. 조심하세요. 내가 지금 당신을 그리워하는 것은 당신에게는 고통일 것입니다.

하지만 당신도 그 못된 성격을 그대로 드러낸다면 누가 당신 같은 여자를 만나겠어요?...... 당신은 나 말고도 다른 모든 사람에게 상처를 주었어요. 그러니 당신도 상처를 받는 것은 당연합니다. 이 점을 잘 상기 해 보세요. 사랑조차 할 줄 모르는 당신의 그 못된 이기주의와 아무런 감정을 느끼지 못하는 그 암담한 성격, 그건 사람에게 나타날 수 있는 가장 혐오스런 성격이고 가장 끔찍한 죄악입니다. 잘 가요. 루! 나의 사랑. 다시는 당신을 만나지 않을 겁니다. 그런 행동을 하는 당신을 나는 영원히 기억하고 간직할 것입니다. 당신이 나에게 줄 수 없었던 것을 다른 사람에게 주세요. 특히 나의 친구 레에게 주세요."

이 분노에 찬 편지는 사랑을 거절당한 니체가 루 살로메에게 쓴 편지다. 당시 니체는 서른일곱이고 루 살로메는 스물두 살이었다. 그런데 루 살로메는 이 편지를 받고 정말로 파울 레와 동거에 들어갔다. 나중에 니체는 자신의 일기에서 "만약 내가 루와 '차라투스트라' 사이 선택의 기회가 있었다면 당연히 루를 선택했을 것이다."라고 고백한 적이 있었다. 그처럼 루 살로메에게 버림받은 충격은 니체에게는 대단한 것이었다.

두 사람을 엮어 준 인물은 니체보다 4살 어린 파울 레였다. 파울 레는 루 살로메를 보고 첫 눈에 반해 버렸다. 정신적으로나 육체적으로 쇠약했던 스물두 살의 루 살로메가 요양 차 이탈리아 로마에서 니체를 만난 것이다. 한 여인을 놓고 두 명의 유명한 유럽의 철학자들이 동시에 뜨거운 연정을 품게 된 것이다.

파울 레는 잘 생긴 얼굴은 아니었지만 아주 명석하고 부유한 유대계 지주의 아들이었다. 그는 자기 혐오증에 시달리는 인물이었지만 남들 앞에서는 사람들을 자주 웃기는 유머 감각까지 갖고 있었다. 그가 루 살로메를 만났을 때는 도박으로 가진 돈을 다 날리고 택시비까지 빌려 다녀야만 했던 처지였다.

세 사람이 만난 것은 페미니즘으로 한창 유럽에서 이름을 얻고 있던 말비다 폰 마이젠부크의 집에서다. 파울 레는 몇 차례 루 살로메에게 러브콜을 했지만 그녀의 반응은 냉담했다. 이에 애가 탄 파울 레는 니체에게 구조

요청을 한 것이다. 레는 니체에게 "러시아의 멋진 여인이 당신을 보고 싶어 한다."라며 그를 초청하는 편지를 쓴 것이다.

당시 니체는 스위스 바젤 대학을 건강을 이유로 그만두고 경제적으로 곤궁하던 처지였다. 또한 바그너와도 결별을 통보한 상황이었으며 형편없는 하숙집을 전전하면서 스위스에서 고통스런 나날들을 보내고 있었다. "나는 얼어붙은 손가락으로 도수 높은 두꺼운 안경을 종이 위에 바짝 대고, 흐린 눈으로 나 자신도 알아보기 힘든 글을 몇 시간 동안이고 쓰고 있었다." 이처럼 니체는 당시 자신의 비참한 생활을 그의 일기에 적어 놓았다.

루 살로메가 로마의 성 베드로 성당에 딸린 부속 건물 작은 방에서 파울 레와 철학공부를 하고 있을 때, 불쑥 나타난 사람이 바로 니체였다. 이때 파울 레와 루 살로메는 신의 부재를 증명하는 글을 쓰고 있었다. "우리가 여기서 만나게 해 준 것은 어느 별의 도움일까요?" 이 말이 니체의 입에서 나왔을 때 루 살로메는 우스꽝스런 그의 모습을 보고 웃음을 참느라고 혼이 났다. 그의 과장된 말투와 그의 섬세하고 가녀린 모습은 어딘지 어울리지 않는다고 루는 생각했다.

그런데 우리를 더욱 혼란스럽게 하는 것은 파울 레의 행동이었다. 파울 레는 억지로 니체와 루 살로메를 엮어

주려고 했다. 자신이 갖지 못하는 소중한 보석을 친구에게 주고 싶은 갸륵한 우정일까? 아니면 그렇게라도 해서 사랑하는 여인을 가까이 하려는 가련한 연민일까?

파울 레는 니체에게 루 살로메가 좋아하고 있으며 결혼까지 생각하고 있다고 편지를 쓴 것이다. 그것은 명백한 거짓말이었다. 이 편지에 자신감을 얻은 니체는 루 살로메를 보자마자 청혼을 한 것이다. 루 살로메는 결혼하자고 덤벼대는 니체를 보고 어이없다는 표정을 지었다.

루 살로메는 만약 자기가 결혼을 한다면 러시아 정부가 자신에게 지급하는 생계수당이 더 이상 나오지 않을 것이란 이유로 거절했다. 거절의 이유치고는 설득력이 떨어진 핑계였지만 그 이야기조차 사실이 아니었다. 그러나 상처 입은 니체의 영혼은 집요하게 애정을 구걸하였고 유명한 철학자로서의 명예는 물론 한 남자로서의 자존심도 엉망이 되어 갔다.

루 살로메는 니체가 자신의 몸을 사랑한다는 것이 싫었다. 정신적 교류를 원하고 있던 그녀에게 이 허약한 남자와 도대체 어떻게 사랑을 나눌 지 암담했다. 지적이고 감성적인 루는 실연으로 가슴 아파하는 니체와 단둘이 만나 진지한 대화를 했다. 니체는 자신의 사상을 자세하게 이야기했다. 니체의 말에 점점 빠져 들어가던 루 살로메는 그만 실수를 저지르고 말았다. 울창한 숲에서 산책을 하면서 니체의 말을 듣던 루 살로메는 그의 입술에 키스를 해주었다. 그녀가 한 실수는 그것이 위대한 철학자에 대한 경의를 표한 키스라는 사실을 밝히지 않은 것이다. 그러나 그것은 니체를 흥분하게 만들었다. "당신 덕분에 나는 이제 다른 세상을 얻었소." 니체는 자기 사랑을 확신했지만, 루 살로메는 그것이 아니었다.

니체의 사랑의 마음에 불을 지른 일이 있은 뒤, 루 살로메는 "내가 당신과 결혼하는 일은 결코 없을 거예요."라고 단호하게 거절했다. 이 단호하고 명확한 거절은 니체에게 더 큰 상처였다. 그는 사랑을 아주 비참하게 거절당한 뒤 앞의 편지처럼 루 살로메를 혐오하는 지경까지 이르렀다. 그는 자신이 그동안 쌓은 명성조차 한순간에 허물어 버린 여자가 루 살로메라고 친구들에게 편지를 쓰기도 했다. 그리고 이제 그의 절친한 친구 파울 레까지 만나지 않겠다고 다짐했다.

니체는 헤어지는 순간 실수를 더 추가했다. 니체를 평생 감시하였고, 니체의 사후 보통의 남매사이가 아닌 묘한 관계였다는 소문까지 돌던 여동생 엘리자베트를 부른 것이다. 엘리자베트는 루 살로메를 '더러운 러시아 여자!'라고 표현했다. 엘리자베트는 입에 담기 끔찍한 거짓말로 오빠의 환상을 깨기 위해 노력했다. "그녀는 가짜 가슴을 달고 다니는 성불구자!"라는 말까지 했다. 이 말이 결정

▶ 니체와 파울 레가 수레를 끌고 그 뒤에 루 살로메가 채찍을 들고 있는 모습의 사진으로 사람들은 이 사진을 보고 루 살로메가 니체를 조롱하고 갖고 놀았다고 추측한다.

적이었고 두 사람은 평생 다시 보지 않았다.

스위스에서 가장 멋진 루체른에서 세 사람이 찍은 사진 한 장은 이상한 그림을 연출하고 있다. 니체와 파울 레가 짐수레를 끌고 그 뒤에 루 살로메가 채찍을 휘두르고 있는 사진은 누가 연출했는지 정확하게 알려진 것은 없지만 당시 세 사람의 관계와 내면의 풍경을 잘 묘사하고 있다. 루 살로메와 헤어진 니체는 그녀에 대한 애증을 가슴에 담고 좌절 속에서 그의 최대 역작力作인 『차라투스트라는 이렇게 말했다』라는 원고를 쓰기 시작했고 광기어린 철학자는 무서운 속도로 이 대작을 순식간에 완성했다. 만약 루 살로메가 니체의 사랑을 받아 들여 두 사람이 뜨거운 관계로 발전했다면 니체는 이 글을 쓰지 않았을 것이다. 니체는 이후에도 그녀에게 당한 모욕감과 실연의 아픔을 지닌 채 대작들을 완성했다. 그래서 니체를 철학

자로 온전히 완성시킨 사람은 루 살로메라고 말하는 사람
도 있다.

1897년 4월, 독일 뮌헨에서 루 살로메는 스물두 살의
청년 릴케를 만난다. 당시 루 살로메는 서른일곱 살, 하
지만 그녀는 니체와는 사뭇 다르게 릴케에게 푹 빠졌고,
오히려 릴케를 유연한 몸짓으로 사랑의 무대에 끌어들였
다. 릴케가 루를 보고 첫눈에 반한 것은 그의 모성에 대
한 그리움 때문이다. 그는 어머니를 아주 경멸했다. 릴케
의 어머니는 평범한 시선으로 보면 이해하기 힘든 여인이
었다. 어린 딸을 잃어버렸다는 이유로 릴케에게 여자아이
옷을 입히면서 키웠고, 나중에 애인과 함께 자식을 버리
고 떠나 버린 여인이다.

릴케를 처음 본 루 살로메는 그 청년의 얼굴에서 소름
이 돋을 만큼 강한 전율을 느낀다. 평생 남편과도 성적
접촉을 하지 않고 서로 간에 아무런 간섭을 하지 않는다
는 조건으로 결혼했던 이 여인은 릴케만은 몸과 마음을
다 바쳐 사랑하고 만다. 루 살로메는 "지난 몇 년 동안 내
가 당신의 아내였던 것은 바로 당신이 나에게 최초로 실
재 존재하는 남자였기 때문이에요."라는 편지를 릴케에
게 보낸 것을 보아도 두 사람의 관계는 루 살로메에게 특
별했다. 두 사람은 약 4년 동안 뮌헨의 아름다운 별장에
서 동거를 했다.

그러나 사랑에 빠지면 누구나 더 많은 것을 소유하고자 한다. 육체를 소유하면 모든 것을 소유한 것 같지만 정신마저 완전히 소유하기란 애초 불가능 한 일, 릴케는 마치 어머니에게 떼를 쓰는 아이처럼 루 살로메에게 복종하고 때로는 질투를 느끼며 4년 동안 혼란스런 나날들을 보냈다. 루 살로메는 이런 릴케의 열정이 여간 부담스러운 것이 아니었다.

1900년 4월, 두 사람이 만난 지 꼭 4년을 기념해서 루 살로메는 남편 안드레아스와의 러시아 여행길에 릴케도 동행하자고 제안했다. 릴케는 그 여행에서 톨스토이를 만나기도 했으며 루 살로메와 릴케의 애정은 더욱 뜨거워졌다. 그런데 두 사람이 여행에서 돌아오자 갑자기 다른 길을 가버린 것이다.

마치 서로 예고라도 한 이별처럼. 릴케는 갑자기 젊은 조각가 클라라와 결혼해 버렸다. 그리고 두 사람 사이에 곧바로 아이가 생겼다. 그리고 그의 시와 산문집이 인기를 얻고 유명한 시인으로 성장한 것이다. 릴케가 루와 왜 헤어졌는지 아무도 모른다. 그러나 완전한 결별은 아니었다. 두 사람은 틈틈이 그리고 아주 오랫동안 서로에 대한 감정을 담은 편지들을 주고받았다. 릴케는 죽는 순간까지 루 살로메를 찾았다고 한다.

1923년 8월 5일, 지그문트 프로이트가 루 살로메에게 보낸 편지가 있어 소개한다. 두 사람은 1915년 11월 18일, 프로이트가 루 살로메에게 보낸 편지를 시작으로 많은 서신 교환을 했다. 두 사람이 처음 만난 것은 1911년 9월 21일에 있었던 국제 정신분석학회 모임 자리였다고 알려져 있다. 루 살로메의 나이 50세였고, 프로이트 나이 55세였다.

그녀는 이미 정신분석학에 대한 깊이 있는 공부를 하고 있었고, 그 학문의 대가를 만나기 위해 일부러 바이마르까지 온 것이다. 나이 오십을 넘긴 루 살로메이지만 그녀의 광채는 식지 않았다. "나는 루가 비범한 여인이라는 것을 곧바로 알아차릴 수 있었다." 이런 글에서 보듯이 프로이트는 이미 니체와 릴케의 염문설로 유럽 전체를 시끄럽게 했던 루 살로메에 대해 관심을 갖고 있었던 것 같다.

루 살로메는 프로이트를 만나던 그 시절 인생에서 가장 힘든 시기를 거치고 있었다. 그녀를 평생 힘들게 했던 어머니가 세상을 떠났고, 아주 절친한 친구가 죽었으며 오빠 알렉산드르가 자살을 했다. 프로이트는 처음에는 '친애하는 루 선생!'이라고 호칭했다가 나중에는 '몹시 사랑하는 루에게'로 다정한 사이를 표현한다. 1915년 편지에는 루 살로메의 원고 「항문적인 것과 성적인 것」에 대한 글을 잘 보았다는 내용이고 이 편지에서 프로이트는 루 살로메의 직관력이 매우 섬세하다고 칭찬한다. 그리고 자기 아들이 1차 세계대전 전선에 배치되었다는 극히 사적인 소식까지 루 살로메에게 전하고 있다. 그런 점을 미루어 두 사람의 친밀한 관계는 이미 그 이전부터 있어 온 듯하다.

"사랑하는 루에게, 당신이 정신분석 작업에 매일 열 시간씩 매달린다니 정말 걱정이오. 당신은 건강을 잘 챙겨야 합니다. 그렇게 공부에 매진한다는 것은 거의 자살행위나 다름없어요. 그리고 내가 기록한 글들을 다른 사람에게 전하지 말아요. 그것은 나에게 도움이 되지 않으니까." (1923년 8월 5일)

"보고 싶은 루에게. 어느 날 조용히 죽기는커녕, 이렇게 한창 일할 나이에 끔찍한 병에 걸려 수술을 받고 있소. 그렇게 힘들게 번 돈을 다 써버리고 나니 불안하오. (……) 내일은 로맹 롤랑이란 전기 작가와 만남이 있는데, 취소해야겠어요. 하지만 연락할 길이 없네. (……) 당신 생각이 간절하오. 당신 남편에게도 안부를 보냅니다." (1924년 5월 13일)

"사랑하는 선생님께! 벌써부터 선생님께 편지를 쓰고 싶었는데, 문득 신문 머리기사에 토마스 만 선생의 글을 읽고 이렇게 펜을 듭니다. 그의 글이 좀 지나치게 말이 많고 완곡한 표현이 가득 찬 것이기는 하지만 그렇다고 무가치한 글은 아닙니다. 그는 선생님을 신비주의에 경도된 사상가로 그려놓았습니다. 바로 그런 점에서 저는 토마스만의 예리한 통찰력을 칭찬하지 않을 수 없습니다. (……) 아! 선생님이 어디에 있든지, 언제든지 다시 뵙기를 소원합니다. 선생님의 루가!" (1929년 7월 14일)

프로이트 박사의 제자인 타우스크 박사와 루 살로메가 교재를 한 사실은 나중에 밝혀진다. 타우스크 박사 나이 서른다섯이었고, 루 살로메 나이 쉰 살이었다. 하지만 정열적인 밀월을 뒤로 하고 루 살로메가 남편에게 돌아가 버리자 타우스크 박사는 7년 뒤 결혼식 날짜를 받아 놓고 갑자기 자살을 해 버린다. 과거 파울 레가 그녀와 헤어진 뒤 절벽으로 떨어져 자살을 한 사건과 너무도 흡사했다. 그녀는 정말 악마의 기운을 갖고 있는 여인인가?

루 살로메는 말년을 힘들게 보냈다. 1929년 남편 안드레아스가 죽었다. 두 사람은 섹스를 하지 않는다는 조건으로 결혼했기에 남편은 웅크린 성욕을 하녀들에게 풀었고, 하녀가 낳은 아들이 하나 있었다. 건강이 좋지 않은 루 살로메는 그 아이를 양육해야 했다. 그녀는 또한 유방암으로 가슴을 절제해야했다. 수술을 받고 루 살로메는 가짜 가슴을 달고 다닌다고 비난한 니체의 여동생 말을 기억하며 그녀의 저주를 무서워했다. 루 살로메는 1936년 요독증으로 고생을 하다가 1937년 2월 5일 잠을 자다가 숨을 거두었다. 그녀가 죽고 프로이트는 친구들에게 "나는 그녀를 몹시 사랑했소. 그러나 이상하게도 성적인 매력은 전혀 느끼지 못했소."라고 그녀를 추억했다.

뜨겁게 불꽃처럼 살다간 여인

루 살로메의 깊은 눈매와 넓은 이마, 그리고 섬세한 감성이 독일을 대표하는 젊은 시인 릴케를 만났을 때, 사람들은 그 두 사람이 너무나 강렬한 전율들로 인해 산화하지 않을까 걱정했다. 사람들은 만약 두 사람이 더 많은 사랑의 시간을 가졌다면 두 사람의 뜨거운 사랑의 열정으로 인해 모두 비극을 맞았을 것이라고 추측하기도 한다.

루 살로메(Lou Salome)는 1861년 2월 12일 러시아 수도 페테르부르크에서 장군 구스타프 폰 살로메와 어머니 루이즈 사이 5남 1녀 중 외동딸로 태어났다. 루 살로메는 아버지 관사에서 동화 속의 공주처럼 화려하고 평온한 어

린 시절을 보냈다. 그녀는 페테르부르크의 뒷골목에 가난
한 사람들이 있다는 사실을 전혀 알지 못했다.

그녀의 생애 첫 전환점은 17세에 찾아왔다. 네덜란드
출신 루터교 목사 핸릭 길로트 목사를 만난 것이다. 살로
메는 그에게서 철학과 논리학, 형이상학, 문학 등을 배웠
고 사춘기 소녀는 목사의 따뜻한 가르침에 학문 세계로
몰입했다. 그런데 루의 아름다움에 빠진 목사는 그녀에게
청혼을 했다. 길로트 목사는 이미 루 살로메와 비슷한 나
이의 딸을 둔 기혼 남성이었다.

이때 충격을 받은 루 살로메는 러시아를 떠나 스위스
유학길에 올랐다. 스위스 취리히 대학에서 철학도 파울
레와 만난 그녀는 여성운동가로 이름이 높았던 말비다 집
에서 거처하면서 레의 친구 니체를 만난 것이다. 그녀는
이 두 명의 철학자들과 미묘한 관계에 빠져들었고, 결국
니체의 청혼을 거절했으며 파울 레와는 잠깐 동안 동거를
하다가 베를린으로 떠나버렸다. 그녀는 베를린에서 스물
셋 나이에 첫 소설을 발표했으며 이 소설에서 그녀는 '신
과의 오랜 투쟁'을 펼쳤던 자신의 자전적 이야기를 발표
했다. 베를린에서 그녀는 대학교수 41세의 칼 안드레아스
를 만났으며 그는 루 살로메에 청혼을 했다가 거절당하자
칼로 자신의 가슴을 찔렀고, 놀란 살로메는 결국 결혼을
승낙하고 만다.

  그러나 루 살로메와 안드레아스의 결혼생활은 평탄하지 않았으며 안드레아스는 살로메의 이혼 요구에 두 사람 사이 아무런 간섭을 하지 않는다는 조건으로 결혼생활을 지속했다. 루 살로메와 안드레아스의 결혼은 43년 동안 이어졌고 그동안 살로메는 언제든지 다른 사람과 사랑에 빠졌고 자유로운 생활을 누렸다.

  릴케와 4년 동안 뜨거운 사랑을 나누었던 루 살로메, 릴케는 그녀와 헤어진 뒤 독일문단에서 이름을 날리기 시작했다. 그리고 중년 이후 루 살로메의 관심은 심리학과 정신분석학에 매료되어 있었고, 자연히 그 분야의 최고 석학인 프로이트 박사를 만나 교제를 하기 시작했다. 두 사람은 선생과 제자 관계 이상은 아니었지만 간혹 두 사람이 나눈 편지를 보면 그 이상의 관계는 아니었을까?라는 추측을 낳게 한다.

  1937년 2월 5일, 히틀러가 독일을 휩쓸고 있을 때 루 살로메는 숨을 거두었다. 화장을 해서 정원에 뿌려달라는 그녀의 유언은 이루어지지 못했다. 독일의 법에는 사람의 재를 뿌리는 일은 금지되어 있기 때문이다. 또한 그녀의 글과 책들은 모두 나치 정부에 의해 압수되었다.

- 가을날

주여, 때가 되었습니다. 여름은 참으로 위대했습니다.

해시계 위에 당신의 그림자를 드리우시고

들판 위엔 바람을 놓아 주십시오. 마지막 열매들이 영글도록 명하시어,

그들에게 이틀만 더 남극의 따뜻한 날을 베푸시고,

완성으로 이끄시어 무거운 포도송이에 마지막 단 맛을 넣어 주십시오.

지금 집이 없는 사람은 더는 짓지 않습니다.

지금 혼자인 사람은 오래도록 혼자로 남아서

깨어나, 읽고, 긴 편지를 쓸 것입니다. 그러다가 나뭇잎 떨어져 뒹굴면

가로수 길을 이리저리 불안스레 헤매일 것입니다.

점쟁이를
경악시킨 시인의
얼굴

- 라이너 마리아 릴케

　루 살로메를 들뜨게 했던 것은 릴케의 문학적 재능 때문 만이었을까? 이런 흥미로운 질문에 다른 대답을 할 수 있는 근거들이 있어 흥미를 끈다. 이 자료들을 보면 릴케가 루 살로메를 들뜨게 했던 것은 그의 탁월한 외모 때문일 것이란 말이 설득력 있게 들린다. 릴케의 얼굴을 보면 한없이 철학적이고 사색적이다. 평범한 여자들은 그 근엄하고 엄숙한 모습에 두렵기까지 하지만 루 역시 비범한 여인이 아닌가? 그럼 루 살로메를 들뜨게 했던 릴케의 모습을 찬찬히 감상해 볼 필요가 있다.

　루 살로메와 헤어지고 얼마 뒤인 1902년 릴케는 무기력한 소시민적 생활에서 탈출하기 위해 아내 클라라의 스

승인 오귀스트 로댕의 전기 집필을 위해 파리로 삶의 터
전을 옮겼다. 그의 파리 등장은 퇴폐적이고 낭만적인 것
들로 가득 찬 도시를 갑자기 엄숙하게 만들었다.

살롱 주변을 맴돌던 릴케를 본 많은 여인들은 처음에
는 너무도 진지해 거북했지만 차츰 색다른 맛을 느끼고
있었다. 1910년 그는 3주 동안 키펜베르크의 집에서 머
무른 적이 있었는데 당시 키펜베르크 부인은 손님으로 와
있던 릴케에 대한 인상을 다음과 같이 쓰고 있다.

"그의 몸매는 그다지 크지 않으면서 날씬한 편이었다.
얼굴은 모가 나면서도 갸름한 편이었고 머리카락은 약간
갈색이 바란 빛이었다. 그리고 눈은 어린아이의 눈같이
푸르고 맑았다. 나는 이 눈이 그의 얼굴에서 중심이 되는
지점에 자리 잡은 것으로 알았는데, 실제로는 그렇지 않
다는 것을 어느 날 알고 몹시 놀랐다. 그의 코는 상당히
길쭉한 편이었고 단단해 보였는데, 그것은 값비싼 사냥개
의 코를 연상케 했다. 그리고 그 밑에는 중국인의 수염을
생각나게 하는 엷은 갈색의 수염이 입가를 둘러싸고 있
었다. 표정이나 안색은 항상 순간순간 변하곤 했는데, 그
래서 그런지 나는 그에게는 여러 개의 얼굴이 있다고 여
겨질 정도였다. 눈빛 또한 마음의 충동에 따라 빛을 바꿔
어두워졌다 밝아졌다 하였다. 기억에는 목소리 또한 다양

▶ 릴케의 모습을 보면 여러 형태의 빛깔과 표정들이
다양한 느낌으로 다가온다.

하고 무궁한 색채들이 여러 빛깔을 띠고 있다고 보았다.
간혹 내가 그의 목소리에서 보랏빛 부드러운 것을 연상한
것은 그의 독특한 분위기 때문이리라.”

한편 사람의 얼굴생김을 연구하는 카스너 박사는 그의
탄생 60주년 기념 자료집에 다음과 같이 릴케의 용모를
묘사하는 글을 썼다.

“고뇌의 그림자라고는 비치지도 않는 젊디젊은 그야말
로 음악적인 이마, 그러나 이 이마도 보기처럼 넓은 것은
아닌 것이다. 그리고 단정하고 깨끗한 눈썹, 더 없이 파
란 눈동자, 그것은 종종 프랑스의 귀족에서 예컨대 17세
기의 부르봉 가家(프랑스의 대표적인 귀족) 등에서 볼 수 있
는 파란 눈동자이며, 어린이의 눈인 동시에 투시자의 눈

이기도 한 것이다. 그리고 그 밑에는 보기 흉한 코가 길쭉하니 자리 잡고 있다. 이 코는 이렇다 할 기품 같은 것은 없으나 대신 냄새를 맡는 데는 예리하게 생긴 것이다. 그가 아무도 흉내 내지 못할 솜씨로 시를 낭독할 때면, 그 숨소리와 말의 폭풍 속에서 이 코는 심하게 부풀어 올랐다 내렸다 한다. 그리고 그의 얼굴은 입에서 끝나고 있다. 이 입은 강의 하구를 방불케 하는데, 그 밑에는 이제 턱다운 턱이 없는 것이다."

이 두 가지의 인물 스케치에서 우리가 많은 것을 더 보탤 수는 없을 것이다. 그러나 우리는 카스너의 표현을 빌면, 그의 얼굴에서 우린 신비함을 인정하지 않을 수 없을 것이다. 그리고 또한 시인의 미소는 무겁던 그 모습을 마치 소년의 모습처럼 한없이 선량한 사람으로 변화시킨다는 것에 놀라지 않을 수 없다. 그를 자세히 관찰한 사람은 얼굴의 상부와 하부의 현저한 차이에 놀랄 것이다.

그의 얼굴의 상부는 넓고 아주 발달해 있어서 카스너가 말하고 있듯이 '투시하는 사람'임을 나타내고 있는 데 반해, 하부는 관능적이라고까지 말할 수는 없다 하더라도 대식가大食家다운 모습을 보이고 있어서 얼굴 반은 짐승을 얼굴 반은 사람 형상을 하고 있는 것은 아닌가 생각할 정도다. 얼굴 상부의 여유 있고 빛나는 이마에는 시인 릴케의 정신성이 새겨져 있고, 하부에는 온갖 사물을 향한 그의 관능성이 나타나 있다.

결코 돌발적인 행동을 하는 법 없는 릴케는 내면세계에만 틀어박혀 세상에 보이지 않는 그 무엇을 노래한 영원한 시인이었다. 그의 용모를 본 모든 사람들은 스스로 주눅이 들지 않을 수 없는 분위기였다. 한스 카로사는 그를 찾아온 릴케를 보고, 과거 언젠가 숲 속의 한 마리 커다란 새가 죽어 있던 장면이 겹쳐졌다고 기술하고 있다. 너무 과장된 표현인지 모르지만 어쨌든 그를 본 사람들 대개는 현실세계와 어울리지 않는 릴케 특유의 몽환적인 얼굴에 감탄들을 하곤 했다. 그의 신화적인 이미지 평가는 다음 기묘한 일화에서 더욱 증가되고 있다.

한번은 그의 경제적 후원자 탁시스 후작부인의 친구인 파리 살롱가의 유명한 여류 시인이었던 노와이유 (1876~1933) 백작부인이 탁시스 후작부인에게 릴케를 꼭 한번 만나보고 싶다는 희망을 표명하기에 탁시스 부인은 1908년 12월 13일에 두 사람을 초대한 적이 있었다. 노와이유 부인은 두 사람을 꽤 오랫동안 기다리게 한 뒤에 몸에 꽉 끼는 복장을 하고 나타났는데, 그러한 복장 탓이었는지 노와이유 백작부인의 모습은 깃털 장식이 달린 커다란 모자 하나를 뒤집어 쓴 이집트의 조상鳥像을 닮은 듯한 느낌을 주고 있었다.

릴케는 백작부인의 그런 모습을 보고는 백작부인의 시를 그날부터 애독하였고, 그녀에게 갑자기 푹 빠져 버렸다. 약 반 년 동안 두 사람 사이의 연애행각은 잘 알려지지 않았지만 차분하고 내면의 고독함을 즐겨했던 릴케와 달리 노와이유 부인은 무척이나 진보적이고 적극적이며 일탈의 행동을 즐겨 했던 부인으로 알려져 있었다. 릴케는 얼마 동안 그녀에게 푹 빠져 있다가 정신을 차리고 그녀에게 이별의 편지를 보냈다.

"제가 당신을 계속 만나게 된다면 그것은 나라는 존재가 종말을 맞게 될지 모릅니다. 저는 부인의 노예가 되어 버려 나중에는 단지 부인의 생애를 통해 살아가는 일밖에 하지 못하는 아주 허약한 노예가 될 것이니 말입니다."

릴케는 그와 가깝게 된 모든 사람들한테, 특히 여성들을 강력하게 흡인하고 있었지만 때로는 그를 혼란스럽게 하는 여인과는 거리를 유지했다. 그는 파리에서 혼란스런 것을 정리하기 위해 북아프리카를 여행하기도 했다. 그리고 대표적인 산문 『말테의 수기』를 완성했다. 그러나 프랑스 파리의 살롱가에서 릴케는 귀족 여인들의 우상과도 같은 존재였다. 릴케에 관한 논문을 쓴 카스너는 '청각적인 얼굴형'에 속하는 니체와 비교하면서 릴케는 '시각적인

얼굴형'의 인간이었음을 말하며, 릴케에 대해 이렇게 적
고 있다.

"릴케는 내가 생전에 만난 사람들 중에서 틀림없이 가
장 매력 넘치는 사람이었다. 그는 시인의 천성을 가장 완
벽하게 유지한 사람이었다."

릴케가 다른 사람들을 매혹시키는 힘을 지녔다는 것에
대해서 상징주의 시인 샤를 뒤보스라는 사람은, 릴케가
지녔던 예절감각을 들고 있다. 또 몽상과 신비의 소설을
주로 썼던 에드몽 잘루는 릴케의 그 세련된 태도가 다른
사람들을 끌어들이는 힘이었다고 분석하기도 했다. 릴케
는 누구에게 편지를 쓸 때는, 그 상대에게 해당하는 정해
진 일정한 편지지를 썼으며, 다른 편지지를 써야만 할 때
는 그 변명을 했다고 한다. 그리고 누구에게 자기 저서를
보낸다던가, 선물을 보낼 때는 받을 사람의 기호에 맞는
예쁜 빛깔의 리본으로 정성껏 포장해서 보내곤 했다. 편
지 쓰는 솜씨 또한 훌륭했던 그는 놀랄 만큼 훌륭한 언변
으로 사람들을 어리둥절하게 하곤 했다. 그것은 그의 이
미지와는 전혀 다른 것이었다.
그러나 그는 자기 의견을 억지로 강요하는 그러한 짓은
하지 않고, 될 수 있는 한 그늘 속에 머물러 타인에게 자

기 의사를 투영시켜 표현하게 했다. 그렇다고 그가 인내
와 겸양의 미덕을 소유한 무슨 도덕군자라는 것은 아니다.

카스너는 릴케에게는 시민적인 데가 전혀 없었다고 말
하고 있다. 그는 릴케가 독일 작가 중에서 가장 비시민적
인 인물이었다고 강조하고 있다. 그러면서 그는 릴케처럼
위대한 시인이 『햄릿』을 모른다고 말할 때 놀랐지만 그의
솔직함을 엿볼 수 있었다고 말했다. 시인은 누구를 통해
학습되어지는 것이 아닌 천성으로 자기 세계에 갇혀 있는
인물이니 그럴 수 있었다.

그것 뿐 아니라 어떤 사람은 릴케가 『파우스트』를 읽
은 적이 없는 것 같은 느낌을 받은 일이 있고, 그가 여러
번 이탈이아에 머물러 있었음에도 불구하고 희랍의 고대
작품들을 언급한 것을 본적이 없다고도 말했다. 하지만
그는 무명작가의 작품이라든가, 일견 의미가 없는 듯한
사람들 가운데서 미지의 풍요함을 발견해 내는 남다른 재
능을 가지고 있었다. 그는 자기 내심의 법칙을 따라 살았
기 때문에 일체의 획일주의를 거부하고 있었던 것이다.

이상과 같은 것만으로는 릴케를 충분히 설명한 것이
되지 않을 것이다. 그럼 더욱 놀라운 일화를 소개할 차례
다. 역시 키펜베르그가 말한 내용인데, 그는 릴케와 무슨
일 때문에 여자 점쟁이 집을 찾아 간 적이 있었다고 한다.
그런데 그가 방으로 들어서자 여자 점쟁이는 망연자실하

여 손으로 얼굴을 가리며, 이런 사람은 아직껏 본적이 없는 사람이라고 외치더라는 것이다.

그렇지 사람들의 얼굴은 다 다르니까. 하지만 그런 수준의 말이 아닌 것은 분명했다. 그녀는 릴케에게서 발산되는 그 어떤 눈에 보이지 않는, 규명할 수 없는 힘에 대해서 말하는 것이었다. 릴케에게는 이 대지에서 생겨난 것으로는 여겨지지 않는 일종의 신비로운 분위기가 서려 있었던 것이다. 릴케는 사람들이 알고 있는 이 세상, 즉 물질과 기계가 정신을 지배하고 있는 그런 세상에서 살고 있는 사람의 모습이 아닌, 이 세상과 다소 동떨어진, 시간 밖에서 과거와 미래가 공존하는 몽상의 세계에 존재하는 그런 인물로 생각하는 이들도 있다. 릴케는 현실의 경계를 넘어 알 수 없는 미지의 세계를 지칭하는 많은 시를 발표하고 있어 이런 그들의 생각을 뒷받침하고 있다. 다음은 릴케가 키펜베르그 백작 저택에서 지낼 때의 이야기이다.

"어느 날 산책에서 돌아온 릴케는 외투를 벗으면서 몇 줄의 시구를 읊었는데, 그것이 아무래도 자기 시같이 여겨지지가 않았다. 그는 다소 불안해져서 다시 외투를 입고 나가려다가 뒤쪽 난롯가를 돌아다보았더니, 거기에는 여태껏 아무도 없었는데 갑자기 고풍스런 낯선 옷을 입은 한 사나이가 앉아 있는 것이 보였다. 그 사나이는 한 손에 누렇게 퇴색한 원고지를 들고 있었는데, 릴케와 시선이 마주치자 고개를 끄덕여 보이더니 그 원고지에 쓰인 시를 낭독해 주는 것이었는데, 그 시 가운데 릴케가 방금 읊었던 시구가 들어 있었다. 이상하게 여겨 나중에 릴케가『詩연감』을 뒤져보았더니, 바로 그 시가 1923년도 발표된 작자 미상의 시로 나와 있었다."

보이지 않는 것을 포착하는 능력, 미래와 과거 속에, 또 죽음과 삶속에 똑같이 몰입하는 것을 그에게 가능하게 한 이 촉각, 이러한 것이 릴케를 독자적인 시인으로 만들고 있는 한 요소는 아닐까? 이에 대해 몽상과 신비로운 글로 유명했던 프랑스 소설가 에드몽 잘루란 인물이 릴케에 관한 평전을 쓰면서 "그는 하나의 다른 세계를 나에게 보여 주었는데, 이것이야말로 특별한 세계였다. 나는 일종의 기적에 의해 거기에 들어가는 것이 허용되었던 것으로 여겨진다. 그럼으로 나는 그를 타고난 시인임에 틀림없다고 생각한다." 라고 술회한 것을 상기할 필요가 있다. 그는 시인 릴케에 대해 다음과 같이 분석했다.

"시라는 것은 상상력의 한 형식도 아니고, 특별히 개인의 능력과 재능의 소산도 아닌 바에야 우주의 진리, 세계의 촉감, 번뜩이는 섬광을 느끼고 반응하는 것이 아닌가. 그런 것을 통해 보면 릴케는 현존하지만 존재하지 않는 미지의 신적인 존재일지 모른다."

두 시대를 동시에 살던 시인

라이너 마리아 릴케(Rainer Maria Rilke)는 프라하에서 태어났다. 철도회사에 근무하는 아버지와 고급관리의 딸인 어머니 사이에서 태어난 릴케는 아홉 살에 양친이 이혼하는 바람에 불우한 어린 시절을 보내야 했다. 군인 출신

▶ 항상 언제나 진지하고 강렬한 눈빛의 릴케

의 아버지와 명문 귀족 출신의 개성이 강하고 신경질적인 어머니의 관계가 13년의 나이 차이만큼 원만치 못했으며 어머니는 릴케를 여자 옷을 입혀 여자아이처럼 키웠다.

하지만 아버지는 이 같은 아내의 자녀 교육을 못마땅하게 여겼고, 마침내 몸이 허약한 그를 군사학교에 보내버렸으나 허약한 체질로 인해 1년 만에 쫓겨났다. 1895년 프라하대학 문학부에 입학하여 문학수업을 받았고 1897년 루 안드레아스 살로메를 알게 되어 시인으로 성장하는 계기가 되었다.

릴케는 풍기는 외모가 범상한 모습은 아니었다. 긴 얼굴, 큰 코, 움푹한 턱, 차분하면서도 깊은 내면을 나타내는 고요한 눈빛은 대하는 사람에게 뭔가 신비감을 주는 그런 분위기의 인물이었다. 그의 주변에는 항상 지적인 미모와 예술적인 감성을 겸한 여자들이 끊임없이 따라다녔다.

1899년과 1900년에 걸쳐서 루 살로메와 그녀의 남편, 그리고 릴케는 함께 러시아를 여행했다. 이 이상한 동반 여행이 릴케에게는 새로운 삶의 계기가 되었다. 루 살로메는 릴케의 시 정신을 높이 흠모하였고 한때 니체의 연인이기도 했던 그녀는 "나는 릴케의 아내였다."고 고백할 정도로 그를 사랑했다.1900년 8월 말 살로메와 러시아 여행에서 돌아오고 바로 릴케는 갑자기 다른 여자, 여류조각가 클라라 베스트호프와 결혼을 했다. 1902년 8월 릴케는 파리로 가서 조각가 로댕의 비서가 되어 그의 집에 기거하기도 했다. 제1차 세계대전 후인 1919년 6월, 스위스의 어느 문학 단체의 초청을 받아 스위스로 갔다가 그대로 거기서 거주하였으며 만년에는 셰르 근처의 산중에 있는 뮈조트의 성관城館에서 고독한 생활을 하였다. 릴케는 1926년 가을 어느 날 그를 찾아 온 여자 친구를 위해 장미꽃을 꺾다가 가시에 찔린 것이 화근이 되어 패혈증으로 고생하다 그 해 12월 29일 51세의 일기로 생애를 마쳤다. 그는 죽으면서도 살로메를 찾았다고 한다.

본문의 글은 릴케의 얼굴을 보면 진지하고 심각한, 좀 처럼 웃음을 모르는 얼굴 표정, 그런 모습을 젊은 시절 그를 가까이 한 친구들의 글을 통해 다양한 모습으로 스케치 한 것이다.

– 인간희극

인간희극은 처음부터 발자크가 계획 하에 집필한 것이 아니라 1829년부터 쓴 소설을 1833년에 묶기로 계획하고 이후에 소설을 인간희극 속에 재구성한 것으로 약 90편에 등장인물이 2,000명에 이른다.

프랑스혁명에 의한 제1공화정, 나폴레옹의 제정 그리고 왕정복고와 7월 왕정이라는 시대를 달리하는 프랑스 사회상을 풍속연구, 철학적 연구, 분석적 연구의 세 부문으로 나뉘고 풍속연구는 사생활의 정경, 지방생활의 정경, 파리생활의 정경, 정치생활의 정경, 군대생활의 정경, 전원생활의 정경으로 구성하여 작중 인물들이 시간적 공간적으로 서로 관련되어 하나의 완전한 역사를 이루도록 하였다.

발자크 문학세계와 삶에 가장 큰 영향을 준 여자인 가브리엘 드 베르니 부인을 그가 처음 만난 것은 그의 나이 스물두 살인 1821년이었다. 정열적이면서도 모성적이던 그녀는 발자크를 따스하게 감싸듯 돌보고 그의 천재성을 보살펴 키웠으며, 발자크가 그 때까지 맛보지 못했고 다시는 맛보지 못할 사랑과 감동을 경험하게 했다. 발자크의 작품이 수많은 여성들의 가슴속에 사랑을 싹트게 했어도, 드 베르니 부인이 아니었더라면 정작 그의 마음속에서는 결코 사랑이 현실적으로 여물지 못했을는지도 모른다.

발자크가 처음 그녀를 만났을 때 베르니 부인은 그보

다 나이가 두 배나 많았다. 베르니 부인은 독일계 음악가와 루이 16세의 왕비 마리 앙뜨와네뜨의 침모였던 어머니 사이에 태어났고, 그래서 어릴 적 이름은 루이즈 앙뜨와네뜨 로우레였다. 그녀는 어려서 궁정생활에 익숙해 몸가짐도 세련되었다. 결혼은 열여섯 살에 베르니 공작과 했다.

그들은 아이를 아홉이나 낳았지만 부부 사이는 그렇게 화목하지 못했고 한동안 별거를 하기도 했다. 발자크가 베르니 부인을 만난 것은 빌레빠리시스에서였다. 그는 부인의 아이들을 위한 가정교사로 들어갔다가 그들의 어머니에게 사랑을 느낀 것이다.

여자는 자기의 나이가 마흔다섯이라는 것을 숨기지 않았고 걸핏하면 발자크의 터무니없는 야망이나 세련되지 못한 몸가짐을 놀려대곤 했다. 그러나 그녀는 이제 스물두 살에 지나지 않는 발자크의 뛰어난 지성이 다른 약점을 충분히 상쇄할 수도 있음을 알았다. 발자크는 그녀를 영혼으로 좋아하다 어느 덧 육체까지 욕심내는 대담함을 보이고 있었다.

그녀는 황홀할 만큼 아름답지는 않았어도 따스함과 평온함, 그리고 친절함을 몸에 지니고 있는 여자였다. 발자크는 사랑의 달콤함을 이 여자에게서 얻고 싶어했다. 그래서 그는 사랑이 무언지 잘 모르면서도 사랑에 빠졌다.

반면에 그녀는 이 철부지를 가지고 때로는 장난치고 귀여워하면서도 그의 구애를 만끽했다.

두 사람은 이루어질 수 없는 사랑을 하고 있었고 그녀는 결코 발자크에게 사랑의 달콤함을 가져다 줄 것처럼 보이지 않았다. 하지만 발자크는 자신이 없으면서도 날이 갈수록 사랑하는 자신의 감정을 드러내고 표현하기에 이르렀다. 하지만 사랑의 감정에 대한 보답은 철저한 상처뿐이었다.

베르니 부인은 발자크 또래의 아들을 잃은 일이 있었기 때문에 잃어버린 아들에 대한 연민을 발자크를 통해 느끼고 있었고, 어느덧 두 사람 사이에는 연민과 사랑의 감정이 교차하고 있었다. 1821년 가을에서 다음해 봄 사이에 발자크는 처음으로 그녀에게 사랑을 고백하는 편지를 썼다.

"당신에게서 멀리 있는 이 영혼은 하늘을 날아 항상 당신 곁에 있고 당신의 마음을 기꺼이 나누고 당신을 갈구하며, 젊음처럼 사랑을 꽃피웁니다. 내가 이룩할 모든 위대한 영광은 당신의 이름으로 이루어질 것이며, 당신을 생각하고 있노라면 당신은 나를 보호하는 신처럼 여겨집니다."

그러나 드 베르니 부인은 그의 한숨과, 옷차림과 편지를 보고 웃어대기만 했다. 그래도 발자크는 포기하지 않았다.

"불행한 자를 괴롭혀 자비로운 마음이 즐거움을 얻은 경우를 저는 아직 보지 못했습니다. 당신은 나를 비웃고 조롱하고 어리다고 놀리지만 그러나 나는 참고 기다립니다. 그때 당신은 저에게 용서를 빌겠지요."

베르니 부인은 발자크의 어리광 같은 사랑을 거절하며 자기의 나이가 발자크의 어머니보다 한 살 위이며, 그래서 결코 두 사람은 사랑이란 이름으로 관계 될 수 없다며 이렇게 답장을 보냈다.

"마흔다섯에 아직도 내가 아름답다면, 난 벌써 젊음의 달콤함을 맛보려고 나섰을 거야. 하지만 아니다."

발자크는 가슴 속에 사랑의 불덩이를 숨기고 있는 수줍고, 어리석은 연인과 같다고 고백하고, 루소의『고백록』에 나오는 주인공이 자기와 같다고 말했다. 루소가 어머니이면서도 정부情婦이기도 했던 바랑부인에게 매달린 것처럼 자신도 그렇다고 생각했다. 그는 그녀와의 사랑이 근친상간의 죄라고는 생각되지 않지만 그러나 당시 시대적 상황에서는 파격적인 것이었다.

"내 눈길이 당신에 닿는 순간 나는 온통 흥분에 감싸입니다. 마흔다섯 해라는 당신이 살아온 시간은 나에게 존재하지 않고, 내가 당신의 나이를 의식하게 되는 순간에 오히려 내 정열의 힘이 더욱 강해질 뿐입니다. 따라서 내가 당신을 사랑하지 않았더라면 우스꽝스러워 보였을 당신의 나이는 오히려 우리를 더 굳게 맺어 줍니다. 당신의 아름다움을 판단할 사람은 오직 나 혼자입니다. 비웃지 마세요."

그는 자기의 사랑을 받아주지 않는다면 가정교사 일을 그만두겠다고 그녀에게 협박도 했다. 그녀가 두려워하는 것이 도덕이나 관습 등이지만 그것이 뭐가 문제인가라는 식으로 발자크는 열에 들떠 있었다. 그는 베르니 부인이 18세기 도덕관념에 얽매인 여자라고 생각했다. 그는 날마다 편지를 보냈고, 미덕이니, 악덕이니 하는 것도 없고, 지옥이나 천국도 없으며, 쾌락을 취하는 것만이 삶의 보람이라고 설득했다. 때로는 드 베르니 부인이 편지에 감동을 하기도 했다. 그러나 그들이 만나면 그녀는 발자크로 하여금 철학 애기를 하게 하고, 가만히 미소를 지으며 듣고만 있다가 사랑에 대한 애기가 나오면 다시 말을 막고 돌려보내곤 했다.

"이것이 당신에게 보내는 최후통첩입니다. 안녕히. 나는 이제 모든 희망을 잃어서 유형流刑의 길에 오릅니다. 내가 괴로워해도 당신은 아무렇지도 않을 터이니 당신은 나한테 무슨 일이 일어나도 아무 관심도 없겠죠. 하지만 당신을 사랑하는 내 마음이 싸늘하게 식으면 당신은 나를 잃은 것에 후회할 것입니다. 그럼 안녕……."

발자크는 연애 경험이 많지 않지만 이 유부녀를 어떻게 요리해야 할지를 아주 잘 알고 있었다. 때로는 밀고 때로는 당기는 사랑 전술의 위력 때문인가 베르니 부인의 마음이 움직이기 시작했다. 사실 베르니 부인도 젊은 발자크의 들뜬 연애편지가 싫지는 않았다. 아직 어리고 세련되지 못한 데가 있기는 했어도, 그런 젊은이가 마흔다섯이나 된 자기에게 사랑을 고백한다는 것이 싫을 까닭은 없었다. 베르니 부인은 발자크가 자신을 통해 여자의 세계에 대한 지식을 넓히고 그의 작품이 더 윤택해지고 훌륭하게 되기를 원하기도 했다. 그래서 몰리에르의 희극에 등장하는 주인공들처럼 사랑의 숨바꼭질을 계속했다. 어느 날 그녀와 작별을 하고 돌아가던 발자크가 다시 돌아가 보니 그녀는 우울한 표정을 짓고 벤치에 앉아 있었다. 그들은 저무는 석양을 지켜보며 나란히 앉아 있었으며, 그녀는 처음으로 그에게 키스를 허락했다.

"내가 그대를 생각하는 것처럼 그대는 나를 자주 생각하나요? 아, 그대는 어제 참으로 아름다웠습니다. 나는 항상 광채에 싸인 당신을 꿈꾸어 왔지만 어제처럼 아름다웠던 일은 일찍이 없었습니다. 내가 여태까지 상상했던 모든 아름다움이 당신과 함께 있었습니다. 이제 다시는 당신의 나이를 애기하지 마십시오. 왜냐하면 그 나이를 들으면 난 웃고 말 테니까요."

그러나 이내 베르니 부인은 거리감을 지켰다. 그녀는 몸을 모두 허락할 듯 하다가도 마지막 순간이 오면 거절을 하고는 했다. 그는 그녀에게서 떨어질 수가 없었으며 저녁이면 헤어졌다가 또다시 사랑의 벤치로 되돌아가곤 했다. 그러던 어느 날, 드디어 그들은 맺어지게 되었다.

"아, 나는 오늘 당신으로 가득 찬 한밤에 이 편지를 씁니다. 밤의 침묵은 정열적인 당신의 키스로 넘치고, 내 머리 속에 떠오르는 생각들은 당신이 휩쓸고 가버립니다. 내 영혼은 당신과 하나, 그러니 당신이 가는 곳에는 어디에나 내가 곁에 있을 것입니다. 나는 마술에 걸린 듯이 당신이 앉아 있던 벤치만 생각하고 있습니다. 눈앞에는 꽃만 어른거리고, 그 꽃은 조금 시들었어도 향기가 그윽합니다."

발자크는 완전히 열에 들떠 있었으며 눈이 멀어 있었다. 발자크의 어머니가 아들을 만나러 왔을 때, 그녀는 아들에게 무슨 일이 일어났는지를 단번에 알게 되었다. 자기와 나이가 비슷한 여자가 아들과 불륜의 관계에 있다는 사실을 안 순간, 그녀는 또다시 아들에게 실망을 했다. 문학에 뜻을 두고 있던 발자크에 대해 별로 탐탁지 않게 생각했던 어머니는 바로 다음날 고향으로 가는 기차표를 끊었다.

발자크는 어머니의 엄한 명령을 거역할 수가 없었다. 그래서 그는 마지막으로 그녀와 사랑을 나눈 벤치를 찾아갔다. 그리고 베르니 부인에게 파리로 오라고 졸랐다. 그는 파리에서 자기를 만나 달라고 했으며, 파리에서는 5월 8일, 12일에 만날 수 있고, 14일에는 바엑스에서 만나자고 시간표까지 만들어 주었다. 그러나 그는 그 시간표가 지켜질 것 같지가 않아서, 출발날짜를 지연시키고 다시 베르니 부인을 만났다.

그녀는 발자크에게 앙드레 세니에르의 시집을 주고,

그 시를 함께 낭독했다. 그들은 흰 공간이 조금도 남아 있지 않을 정도로 깨알 같은 글을 적어도 일주일에 한번 이상은 주고받자고 약속했다.

발자크는 떠났다. 그리고 그는 더욱 정열적이고 활발하게 작품 활동을 시작했으며, 드 베르니 부인과의 이별의 아픔은 정말 순식간에 사라

▶ 발자크를 사랑에 들뜨게 한 여인 드 베르니 부인

졌다. 두 사람은 뜨거운 열정의 연인이 아닌 서로 문학적 교감을 나누는 우정의 관계로 변해 버렸다.

발자크의 소설 『골짜기의 백합』에 등장하는 불행한 결혼생활의 모습을 보여주는 여자가 바로 베르니 부인이다. 파리 생활에서 발자크는 그녀와 편지를 주고받았지만 벤치에서 들뜬 청년은 이미 아니었다. 그는 그녀의 문학에 대한 충고를 고맙게 받아들였고 독자와 작가 사이 관계를 넘지는 않았다.

출세라는 욕망과 가난이란 현실사이에서 살다.

프랑스의 작가 오노레 드 발자크(Honore de Balzac)는 일생을 통해 두 가지를 추구했다. 바로 여자와 명예이다, 특히 명예에 대한 그의 욕망은 한마디로 문단의 나폴레옹이 되는 것이었다. 때문에 그는 나폴레옹의 대리석 흉상을 책상 가까이 놓아두고 집필할 때마다 나폴레옹을 떠올리곤 했다고 한다. 나폴레옹은 발자크에 절대적 우상이었다. 소설『시골의사』에는 제정시대에 살아남은 한 노병이 나폴레옹의 생애를 영웅적인 서사시같이 말하는 대목에서 그것을 알 수 있다.

발자크는 집필할 때 수도승들이 입는 흰옷을 걸치고 작업에 몰두한 것으로 유명하다. 또 커피를 마시며 잠을 쫓았고, 하루 14~15시간씩 초인적으로 일하기도 했다. 등장인물 2천명에 달하고 약 90편으로 구성된 그의 최고 걸작『인간 희극』은 이 같은 정열을 쏟아 부은 결과물이었다.

이 작품을 통해 발자크는 우리들에게 19세기 프랑스 상류사회에 관한 풍부하고 상세한 지식을 제공해준다. 그는 작품에서 인물들의 치열한 삶을 아주 세밀하게 잘 묘사했다. 바로 이런 점 때문에 그는 프랑스 사실주의 작가 중에 가장 선구자로 평가되며 그 뒤를 이어 등장한 자연주의 소설가 플로베르, 졸라에게 중요한 영감을 가져다주었다.

이 글에서 발자크는 대학을 중퇴하고 바스티유 광장의 초라한 다락방에서 문학도의 꿈을 키우고 있었다. 『크롬웰』의 5막 운문 비극을 창작했지만 반응은 없었다. 그는 신문에 잡문을 투고하였지만 주목을 끌지 못했고 인쇄소 운영에도 손을 대었으나 크게 실패하였다. 당시 이런 역경에도 그를 위로하고 격려해 준 사람은 23살이나 나이가 많은 드 베르니 부인이었다.

여기에 나오는 글은 당시 발자크가 드 베르니 부인에게 한참 빠져 있던 상황을 스케치 한 것이다. 소설『골짜기의 백합』은 그와 같은 애정의 기념비로 쓴 작품이다. 그러나 두 사람의 사랑은 발자크가 문학도로 이름을 날리기 시작하면서 소원해졌고, 베르니 부인이 죽은 후로는 폴란드의 귀족 한스카 부인이 발자크의 남은 반생을 지배하였다.

발자크의 어머니는 단 한 번도 따뜻한 시선으로 아들을 대한 적이 없다. 그녀가 아들을 그렇게 미워한 것은 수수께끼다. 원래 부자였던 발자크 집안은 나폴레옹 혁명 이후 형편이 좋지 않기 시작했다. 루이 16세와 나폴레옹 시대 걸쳐 43년 동안 관리로 일했던 아버지의 권유로 소르본 대학에서 법률을 공부했고 공중사무소에서 3년간

일을 하기도 했다. 그러나 졸업 직전 문학으로 뜻을 굳히고 대학을 중퇴하였다. 아마 이때부터 가족들은 그에게 냉담하게 대한 듯하다, 그리고 바스티유광장의 초라한 변두리 다락방에 틀어 박혀 습작생활을 했다. 그러나 그의 글은 큰 주목을 받지 못했고 인쇄소를 경영하다 크게 실패하여 빚을 많이 졌다. 이때 진 빚은 그의 삶을 평생 힘들게 하는 올가미였다.

발자크는 죽기 직전에 한스카 부인과 결혼하였다. 발자크는 평생 열심히 글을 썼지만 빚에 허덕이며 살았다. 그는 30대 시절 파리 시내 살롱 출입이 빈번하던 때를 빼고 명랑하고 쾌활하게 보낸 날이 없었다. 항상 빚을 받으러 오는 사람들을 피해 다녀야 했다. 파리의 르누아르 거리 47번지에는 발자크가 마지막으로 기거했던 건물이 있다. 그곳 건물은 빚쟁이들을 피하기 좋은 건물 구조를 갖고 있다. 1850년 51세의 나이로 가난과 빚에 쪼들리며 살던 발자크는 숨을 거두었다.

그의 책상에는 평생을 걸쳐 썼던 『인간 희극』이란 작품이 남아 있었다. 발자크는 한스카 부인의 고마움을 다음과 같이 기록했다. "비참한 생활이었지만 그녀는 항상 나와 함께 했고 내 눈물을 닦아주었으며 내 모든 생각을 그녀는 들어주었다. 내 팔이 항상 그녀 위에 있었고 내가 글을 쓸 때 그녀도 함께 명상했다."

발자크는 부채를 청산하고 그녀와 결혼을 하는 것이 그의 인생 후반부의 최대의 목표였다. 그 목표에 대한 집착 때문인가 그는 과로로 쓰러졌다. 발자크의 소설 주인공들은 대개 물질적 어려움이나 출세라는 야망에 끊임없이 압력을 받으며 자기 파괴적인 방식으로 정력을 소모하는 사람들이 주로 많은데, 그들이 바로 작가 자신인 셈이다. 발자크는 한스카 부인과 죽기 직전 결혼을 했고 파리로 이주 한 뒤 심각한 병으로 누워 있다가 죽었다. 그는 평생 경제적 압박감에 시달린 불행한 작가였지만 그의 작품은 그가 죽은 뒤 '자연주의 소설의 창시자'란 호칭을 얻을 만큼 인기를 누렸다.

- 에밀

에밀이라는 고아가 태어나서 결혼에 이르기까지 이상적인 가정교사의 지도를 받으며 성장해가는 과정이 흥미롭게 묘사된 교양소설이다. 이 소설은 주입식교육을 반대하고 전인교육을 주장하는 루소의 사상이 드러나는 근대 교육학의 고전이다.

루소는 기존 교회와는 달리 인간은 본래 선하다는 성선설을 주장하며 그렇기 때문에 교육은 본래 선하게 태어난 인간을 자유롭게 자라도록 소극적으로 하여야 하고 지식을 주입하는 교육보다 순수한 자연성을 보전하게 하는 전인교육을 해야 한다고 주장한다.

루소, 바랑부인과 사랑에 빠지다.

- 장 자크 루소

장 자크 루소가 바랑부인을 만난 것은 만 16세인 1728년 4월이었다. 태어나 9일 만에 어머니를 여의고 고모 손에 자란 아이는 가정의 단란함을 모르고 성장했다. 그는 16세까지 연애소설이나 영웅전 따위를 탐독한 것 말고는 이렇다 할 교육을 받은 적도 없었다. 아버지가 불의의 사고로 잠적하고 난후, 루소는 친구들과 교외 산책길에서 돌아오는 길에 성문이 굳게 닫혀 집으로 들어 갈 수 없게 되자 홀로 발길을 돌려 집을 등졌다.

다행히 이 불행한 소년은 퐁베르 신부님의 소개로 인자한 귀부인을 만나, 그녀의 집 안느 시市로 들어 갈 수 있었다. 그의 대표작 『고백록』을 보면 당시의 장면을 회상하는 글귀가 적혀있다.

"나는 마침내 도착했다. 바랑부인을 만난 것은 내 생애 가장 중요한 시기였던 것이다. 그 시기를 빼고 내 인생을 이야기하는 것은 무의미하다. 나는 당시 열여섯 나이였지만 멋진 얼굴을 하고 있었고, 그렇게 크지 않았지만 맵시가 좋았다. 날씬한 다리에 거리낌 없는 태도, 넘치는 열정, 불같은 정열을 두 눈에 담고 있었다. 아마 이런 모습이 얼마나 젊은 여인을 흥분시키는 지는 나중에 알았다. 나는 당시 이런 내적인 힘 이외에도 또래 아이들이 갖고 있는 상냥함과 수줍음을 적당히 내포하면서 새로운 인생이 내 앞에 어떻게 펼쳐질지 대단히 흥미롭게 지켜보는 얼굴을 하고 있었다."

28살의 아름다운 부인 앞에 선 시골뜨기 소년, 그러나 엉큼한 아이는 자신의 모자람을 메워줄 웅변조의 편지를 미리 써서 신부님의 소개장과 함께 부인에게 내 놓는다. 그리고 듣고 상상하던 바와는 너무나 동떨어지게 젊고 아름다운 여인을 대하자 소년은 황홀해지고 만다.

우아한 아름다움으로 빚어진 얼굴, 부드러움으로 가득 찬 파란 눈, 눈부신 얼굴빛, 황홀한 젖가슴의 윤곽, 이런 것들을 어린 소년은 하나도 빠뜨리지 않고 기억 속에 담아둔다. 그리고 순순히 그녀의 뜻에 따라 개종改宗을 한다. 왜냐하면 이런 미모의 여인이 전도하는 종교라면 빠져들지 않을 수 없기 때문이다.

그 날은 부활절 직전이었고, 그녀의 집과 성당 사이의 오솔길에서 두 사람은 운명적으로 처음 만난 것이었다. 이 시골뜨기 소년은 그 오솔길에서 마중 나온 부인의 모습을 평생 가슴에 간직한다.

루소에게는 바랑부인과의 만남은 하나의 획기적인 인생의 전환점이다. 이 만남을 주선한 사제의 목적은 가엾은 소년을 가톨릭으로 개종시키겠다는 단순한 목적뿐이었지만 결과적으로 그가 행한 일은 나중에 인류 역사에서 중요한 일이 되고 말았다.

"영혼과 영혼의 교감을 부정하는 사람들은 나의 이런 마음을 이해 할 수 없을 것이다. 바랑부인과의 나의 첫 만남, 그 첫 눈길과 첫 말이 어떻게 내 마음속에 아직 남아 있고 어떻게 쌓여 갔는지 아무리 설명해도 모를 것이다. 나는 한 번도 그 순간을 잊은 적이 없다. 나는 완전한 신뢰감으로 내 모든 것을 그녀에게 맡겼다. 그것은 사랑의 감정과는 다른 것이다. 이건 아마도 우리 관계를 계속 읽어 나갈 사람들에게는 의심의 대목이다. 그녀를 보고 처음 느낀 사랑, 정념情念이 생겼고, 다시 그런 감정과 다른 마음의 평화와 침착함, 차분함과 안도의 마음이 일어났다면 당신들은 이해할 수 있을까?"

루소는 위 표현처럼 바랑부인과 만남에서 운명적인 교감을 느낀 것이다. 어쨌든 비교도 안 될 정도로 신분이 다르고 눈부시게 아름다운 여인을 본 루소는 자신의 운명 앞으로 온 그녀에게 의외로 수줍음이나 거북스러움 없이 10년 이상 사귄 친구처럼 친밀감을 느꼈다는 것이다. 이처럼 기이한 인연은 상식적으로 납득이 가지 않는 것이다. 그러나 이러한 특이한 인연을 설명할 수수께끼의 열쇠는 루소 자신의 사람됨뿐이다.

한편 바랑부인은 이처럼 굴러 들어온 별난 식객을 어떻게 생각했을까? 집에 두기에는 남의 눈도 있고 해서 궁리 끝에 이탈리아 토리노에 있는 개종자 구호소에 보내기로 한다. 그러나 루소가 원래 종교를 바꾼다는 것에 큰 의미를 부여하지 않은 이상, 그는 그곳에서 뛰쳐나와 이집 저집 식객 노릇을 하면서 여자의 육체를 알게 된다. 그리고 루소는 다시 1729년 6월에 바랑부인 곁으로 돌아온다.

"이탈리아에서 돌아올 때 나는 처음의 나와 같을 순 없었다. 유부녀에 대한 연애감정 같은 것을 느끼며 바랑부인 집에 다다르자 그녀의 태도가 걱정이 되어 가슴이 두

▶ 루소는 바랑부인을 본 순간 사랑을 느꼈고 또한 그런 감정과 다른 마음의 평화를 동시에 느꼈다고 한다.

근거렸다.”

다행히 그녀는 루소를 반겨 주었다. 이제 바야흐로 그의 생애에 가장 행복한 나날이 시작될 참이었다. 사랑과 존경이 한 가지 마음일 수 없지만 그는 충만한 감정으로 다음과 같이 고백했다.

“연정이라고 하기에는 너무 조용하고 감미로운, 우정이라기에는 더 관능적인, 야릇한 감정에 나는 분명하지 않았지만 아무튼 삶이 충만 되어 있었다. 그 미묘한 감정은 복잡한 것과는 다른 묘한 힘이 있었다. 나는 그 복잡한 감정에서 벗어날 수 없었다.”

한 사람은 엄마(마망), 한 사람은 꼬마(쁘띠)라는 호칭으로 서로를 구분했지만, 루소에게는 바랑부인이 자상한 엄마이면서 젊고 아름다운 여인이었다. 두 사람은 함께 독서를 하며 대화를 나누었다. 라 브뤼예르의 『성격론』 같은 것이 애독서였다. 부인은 루소의 수준에 맞는 신학교를 택해 입학시켰고, 음악에 재능이 있는지 보려고 부인은 직접 악보를 배워 그에게 가르쳤다. 이 음악 수업은 나중에 루소에게는 큰 도움이 된다. 스위스에서의 방랑생활에서 생계를 위해 음악교사를 한 것이 그것이다.

하지만 이제 열아홉 나이 한창 피가 뜨거운 청년은 마망을 사랑하기에 이른다. 근친상간이란 원죄 의식 속에서도 끊임없이 그는 바랑부인을 잠자리로 불러들이는 상상을 한다. 바랑부인은 그때 이미 아네라는 하인과 정을 나누던 사이. 그 사실을 알고 있는 루소는 심한 질투감과 독점할 수 없는 사랑, 어머니를 사랑하고 있다는 근친상간에 대한 죄의식을 갖고 부인 곁을 떠나기로 결정한다.

1733년 가을, 스물두 살의 루소에게 바랑부인은 자신의 몸이 탐이 난다면 가져도 좋다는 허락을 한다. "육체의 소유처럼 남녀를 굳게 결합시키는 것은 없다." 바랑부인이 자신의 몸을 허락한 이유는 바로 그것이었다. "나는 쾌락을 맛보았을 뿐이다. 그 쾌락은 어떤 것인지 모르지만 억누를 수 없는 슬픔과 함께 독약처럼 나에게 스며들었다. 부인은 나를 팔로 껴안고 눈물로 내 가슴을 적셨다. 그리고 흥분하지도 않고 조용하고 다정히 그 일을 했다.

그녀는 전혀 관능적이지 않았으며 쾌락을 추구하지도 않았다."

그런데 다음 해 바랑부인의 정부였던 아네라는 사내가 갑자기 숨을 거두었다. 이제 루소는 바랑부인을 온전한 여자로 대할 수 있었다. 하지만 그는 그것을 원하지 않았다. 그는 그런 번민과 고통이 찾아오면 갑자기 바랑부인 곁을 떠나 방황을 하곤 다시 돌아오길 반복했다. 그는 자기 때문에 어머니가 죽었고, 그것은 아버지에게 아내를 빼앗은 결과였고, 바랑부인의 정부의 죽음 역시 자기 때문이라는 감수성 예민한 스물두 살의 젊은이가 겪는 고통이었다.

그는 제네바와 리옹 등지를 돌면서 공부를 했고 건강이 악화되면 다시 돌아와 바랑부인의 보살핌을 받았다. 루소는 일부러 사내로서의 성적 매력을 모두 빼고 그저 나약한 아들로 바랑부인 곁에 머물기를 원했다.

"나는 완전히 그녀의 아들이길 원했다. 그녀는 내게 누이 이상이었고, 어머니 이상이었고, 애인 이상이었다."

1737년 여름, 그는 건강이 악화되어 몽펠리로 갔다. 그곳에서 라르나주 부인을 만난다. 그녀는 루소가 그동안 갖고 있던 성적인 억압에서 벗어나 남자로서 여자를 어떻게 유혹해야 하는지 가르쳐 준 여인이다. 그녀는 마흔네 살의 여인이었지만 성적 욕망이 부끄러운 것만은 아니라는 사실을 유감없이 몸으로 알려 준 여인이었다.

1739년, 바랑부인의 노력의 결실인 루소의 첫 문학 에세이 『샤르메트 과수원』과 시 몇 편이 나오게 된다. 그리고 본격적으로 문학수업을 하게 된다.

루소가 바랑부인에게 받은 사랑과 번민은 그가 후일 작가로 대성할 수 있는 소중한 밑거름이었지만 또한 숨막히는 고통이기도 했다.

1942년 7월 루소는 새로 젊은 애인을 사귄 바랑부인 곁을 떠나 파리에 도착하면서 그의 파리 생활이 시작되었다. 그는 음악교사로 생계를 유지하면서 파리의 지식인들과 만나 문학적 감수성을 키운다. 1743년 6월, 루소는 브로이유 부인의 소개로 베네치아 주재 프랑스 대사관 서기관으로 일한다. 하지만 몇 달 만에 대사와의 사소한 말다툼으로 일을 그만두고 다시 파리로 돌아와 테레즈를 만난다.

루소의 나이 서른넷이고 테레즈의 나이 스물셋이었다. 두 사람 사이에 다섯 명의 아이가 있었지만 그들은 모두 이들을 고아원에 버렸다. 루소가 자녀 교육의 지침서인 『에밀』을 쓴 작가라고는 도저히 상상할 수 없는 행동을 한 것은 비난 받아 마땅하다. 굳이 그를 두둔하자면, 첫 아이가 태어날 때 루소의 생활은 불안정했다. 당시 프랑스에서는 아이를 공적인 보육시설에 맡기는 일이 흔한 일이었다. 그러나 사람들은 그가 자식들에게 무책임하게 행동한 것은 그의 아버지에게서 물려받은 기질 때문이라고 보기도 한다.

루소가 나중에 프랑스 혁명의 사상적 지주로 자리매김할 수 있었던 것은 바랑부인의 헌신적인 사랑 때문임을 의심할 사람은 아무도 없다. 다만 두 사람의 묘한 감정들은 누구도 이해하기 힘들 것이다.

18세기 이단자

장 자크 루소(Rousseau, Jean Jacques)는 1712년 6월 28일 스위스 제네바에서 가난한 시계공의 아들로 태어났다. 어머니는 루소가 태어나고 9일 만에 세상을 떠났고 아버지에 의해 양육되다 10세 때 아버지마저 집을 나가 결국 숙부 집에 들어가 키워졌다. 공장에서 심부름 따위를 하면서 어린 시절을 보내던 그는 폭력과 착취를 참지 못하고, 16세 무작정 가출을 하여 제네바에서 전전하다 바랑 남작부인을 만났다. 그는 바랑부인과 모자간의 사랑과 이성간의 사랑이 기묘하게 뒤섞인 채 스물두 살에 그녀와 육체적인 접촉을 하게 된다. 그리고 그녀 집을 떠나 스위스에서 가정교사로 일을 하면서 많은 글을 발표한다.

1742년 파리로 나와 디드로 등과 친교를 맺고 진행 중인『백과전서』간행에 도움을 받았다. 루소의 이름을 세상에 널리 알리게 된 것이 바로『에밀』이란 책인데, 그는 이 책을 저술하면서 가장 역점을 둔 것은 어린아이의 영혼을 오염시키는 그릇된 교육자로부터 아이들을 보호하는 것이라고 주장했다.

"조물주에 의해 태어나는 것은 모두 선하고 인간의 손에 의해 태어나는 것은 모두 악하다"라고 주장한 것은 그의 교육관을 반영한 것이다.

사상의 자유가 허락되지 않던 시대,『에밀』은 기독교의 원죄설을 정면으로 부정한 내용으로 파리의 고등법원은 이 책을 압수하여 태울 것을 결정하였고, 루소는 체포를 면하기 위해 파리를 떠나야 했다. 그는 스위스에 머물면서『에밀』을 규탄한 파리 대주교에 답변을 쓰기도 하였지만 제네바 시의회 역시 그의 저서『에밀』과『사회계약론』을 압수하고 불태우라는 판결을 내린다. 루소는 가혹한 처사에 항의했지만 오히려『시민의 의견』이란 소책자로 인해 루소에 대한 여론은 극도로 악화됐다. 1765년 9월 모티에 주민들은 루소의 집에 돌을 던지기까지 하는 사태가 일어나자 그는 생에르 섬으로 피신하고 다시 철학자 데이비드 흄의 초청을 받고 영국으로 건너갔다.

그러나 흄과의 불화, 또한 아내 테레즈와의 이혼 등으로 루소의 말년은 고달픈 나날의 연속이었다. 그는 은둔하여 자기 사상을 변호하는 글을 쓰면서 살다가『고독한 산책가의 몽상』이란 글을 완성하지 못하고 1778년 삶을 마쳤다. 그러나 그의 진보적 사상은 프랑스 낭만주의 문학의 선구자 역할을 했으며 그가 죽고 11년 뒤에 일어난 프랑스 혁명은 그를 인권 평등 자유사상의 정신적 지주라는 찬사를 받게 한다. 하지만 루소는 자신의 5명의 아이들 모두 가난과 도피생활로 부양하지 못하고 고아원에 보냈는데, 새로운 교육철학을 제시하였지만 자신의 아이들에게는 최선을 다하지 못한 아버지였다.

이리 오너라, 내 귀여운 나비야, 사랑하는 이 내 가슴에 발톱일랑 감추고
금속과 마노가 뒤섞인 아름다운 네 눈 속에 나를 푹 파묻게 해 다오.
너의 머리와 부드러운 등을 내 손가락으로 한가로이 어루만질 때에
전율하는 너의 몸을 만지는 즐거움에 내 손이 도취할 때에
나는 내 마음 속의 아내를 그려 보네.
그녀의 눈매는 사랑스런 짐승 너의 눈처럼 아늑하고 차가워
투창처럼 자르고 뚫어 발끝에서 머리끝까지
미묘한 숨소리, 변덕스런 향기 그 갈색 육체를 감도는구나.

순수한 백치의
아름다움을
갈구한 시인

- 샤를르 보들레르

잔느 뒤발, 보들레르의 문학적 감수성을 전해준 여인, 그의 최초이자 최후의 시집 『악의 꽃』을 가능하게 만든 주인공이기도 하다. 대학시절 문학친구들과 어울려 방탕한 생활로 낭비를 일삼던 그는 여기 저기 많은 빚을 지고 있었고, 급기야 가족들은 그를 파리의 환락가에서 격리시키기로 결정해 인도로 떠나는 배에 쳐 넣었다. 그러나 그 항해는 그의 태도를 변화시키지 못한다.

보들레르는 성년이 되어 부친의 많은 유산을 상속받자 센 강의 생 루이 섬에 거처를 두고 댄디즘dandyism의 이상을 추구, 호화판의 탐미생활에 빠지기 시작했고, 그때 흑인 혼혈 여배우 잔느 뒤발과 알게 된다. 그리고 2년 동

▶ 보들레르의 대표작 『악의 꽃』을 만들게 한 여인
잔느 뒤발 자화상

안 잔느 뒤발과 방탕한 생활로 많은 돈을 날려 버리자 가족들은 그가 더 이상 돈을 낭비하지 못하게 금치산자로 만들었고, 이후 보들레르는 문필로 돈을 벌어야할 신세가 되었다.

열여덟 살에 학교에서 퇴학 처분을 당하고 이후 인도양으로 떠나는 배를 타고 9개월 동안 선원으로 삶을 살았고 성년이 된 후 잔느 뒤발을 만나 방탕한 생활까지 경험했던 모든 것을 보들레르는 『악의 꽃』이란 시집으로 발표했다.

이렇게 경제적으로 정신적으로 고통을 안겨준 가장 큰 공로자인 잔느 뒤발은 보들레르에게는 시적 감성과 모티브를 제공한 여인이기도 했다. 잔느 뒤발의 특징은 그 의기양양한 걸음걸이이다. 그 걸음걸이에는 신성한 것과 야수 같은 것이 동시에 섞여 있었다. 그녀의 모습은 눈이 부실 정도로 검은 머리털, 검다 하기에는 거의 푸르다고 부르는 것이 더 좋은 그런 머리털 때문에 더 강렬했고, 또 갈색의 너무 큰 눈도 한 몫을 하고 있다. 그리고 육감적인 입술은 보들레르의 마음을 완전 사로잡았다.

보들레르가 『악의 꽃』에서 표현한 그녀의 뾰족한 유방은 '망각의 강' 이었다. 그녀의 성격에 대해 우리들이 알고 있는 사실만 가지고 판단하면 남자와 동거생활은 안 어울리는 여자였다. 잔느 뒤발은 악녀의 모든 악덕을 지니고 있었다. 그녀는 심술궂고 거짓말쟁이고 품행이 나쁘고 돈 낭비가 심하고 술을 좋아하고, 게다가 무지하고 둔하고 예술가들과 어울리기보다는 매음의 세계에 몸을 맡기는 것이 더 어울리는 그런 여자였다. 보들레르는 금치산자가 되었고 더 이상 맛볼 수 없는 참혹한 불행을 경험한 뒤 1945년 6월 30일, 날카로운 면도칼로 손목을 그어 자살을 기도했다. 그는 그 순간에도 자신에게 떨어질 많은 유산 전부를 잔느 뒤발에게 주라는 유언을 남겨놓았다.

보들레르의 20대는 작가로 성공하고자 하는 자신의 계획을 끊임없이 막아내려는 어머니와 의붓아버지와의 싸움의 연속이었다. 그때 의지할 수 있었던 여인이 바로 잔느 뒤발이었다. 나이 서른 살에 보들레르는 모든 20대의 방황과 좌절은 잔느 뒤발이라고 판단하고 그녀를 떠나서 생활했다. 그러나 그녀와 헤어져 있는 동안에도 보들레르는 그녀의 생활비를 조달하고 있었다. 그리고 여배우 마리와 사귀기도 했고 모델인 당대 가장 아름다운 미인이었던 사바티와도 교제를 했다. 하지만 그녀들과의 사랑은 하룻밤으로 그치고 보들레르의 문학적 감수성은 여전히 잔느 뒤발을 원하고 있었다. 그가 그처럼 이 여인에 대해 포기하지 못하는 이유는 다음 글에서 나타난다. 보들레르가 1851년에 성실파의 극과 소설을 논한 문장에서 다음과 같은 말을 했을 때에 그것은 잔느를 생각한 것이었다.

"일반적으로 시인의 정부情婦라는 것은 매우 천박한 부류에 속한다. 다소 나쁘지 않은 점을 들자면 다른 정부에게 가는 대신에 저녁밥을 만들어 주는 정도이다."

보들레르는 성실한 아름다운 여인을 원한 것이 아니다. 그는 잔느 뒤발을 통해 자신의 문학적 코드를 발견한 것이다. 그가 잔느 뒤발에게 그처럼 매달린 것은 그녀와 문학적 담론이 이루어졌거나 그런 것이 아닌, 그저 그녀의 존재 자체가 상상력의 보고였던 것이다. 보들레르가 추구하는 여자는 지적 교양미를 갖춘 여인이 아닌 백치의 순수함이 있어야 한다고 생각했다.

바보와도 같은 백치의 아름다움을 가진 여자, 그런 여자들이 글을 쓰는 남자에게는 적당하다고 보들레르는 후

배 문학하는 사람들에게 권하기를 좋아했다. 그가 1846
년 「르꼬르세르 싸뗑」지에 발표한 글을 보면 다음과 같은
내용이 있다.

"바보라는 것은 아름다움을 장식하기 위한 것으로 바보
이기에 눈동자에는 검은 호수가 고요하게 깃들어 있고, 열
대 바다의 기름 같은 평온함이 있다. 바보라는 것은 항상
아름다움의 지속이다. 그래서 바보는 나이가 먹어도 잔주
름이 없다."

보들레르가 사춘기 시절부터 겪은 방황은 그녀를 통해
서 휴식을 취할 수 있었다. 그러나 그 대가는 너무 비싼
것이었다. 그는 『악의 꽃』이란 시집에서 "관능의 화신, 빛
과 냄새와 색깔로 어우러져 나에게는 상상력을 자극하는
여인이며 나는 영원히 그녀의 정부로 남아 있었다."고 표
현했다. 플로베르의 『보바리 부인』이 출간된 해와 같은 해
인 1857년 『악의 꽃』이 출간되자 평가는 극과 극을 달렸
다. 그는 곧바로 200프랑의 벌금과 함께 6편의 시를 삭
제해야 한다는 선고를 받았다. 그러나 어쨌든 시인은 이
시집에 대해 스스로 대단히 만족스러워했다.
1958년 2월, 보들레르는 고통스런 삶의 연속이었던 파
리를 떠나 옹플레르에 머문다. 그리고 경제적 어려움을

해결하기 위해 번역 일을 닥치는 대로 했다. 그런데 갑자기 잔느 뒤발이 중풍으로 쓰러져 병원으로 실려 갔다. 그는 병원비를 벌기 위해 무리하게 일을 하다 과로로 인해 쓰러졌다. 두 사람 모두 가장 힘겨운 시절이었다. 한 여자는 중풍으로 쓰러졌고, 한 남자는 젊은 시절 감염되었던 매독까지 겹쳐 누워 있어야 했다.

불행이 겹친 것은 잔느의 옛 애인이란 남자가 갑자기 이들 사이에 나타나 이상한 삼각관계로 동거 생활을 하다가 이 사기꾼이 돈을 갖고 도망을 친 일이다. 당시 보들레르는 동전 한 푼 없이 친한 사람들을 찾아다니며 책을 팔면서 생계를 연명하고 살았고, 어머니에게도 편지를 써서 "젊은 시절 방황으로 인해 지금은 그 대가를 톡톡히 치르고 있으니 부디 용서를 해 달라."는 구원의 손길을 보냈지만 답장이 없었다.

1864년 보들레르는 그동안 진 빚을 해결할 욕심으로 벨기에 브뤼셀로 향한다. 그러나 벨기에 생활도 그에게는 실망의 연속이었다. 그러나 그가 그곳에 체류하는 동안 프랑스에서 훗날 프랑스 상징주의 거장이 될 말라르메와 베를렌느 등이 그를 기다렸다. 1866년 보들레르는 산책 중에 쓰러져 신경마비와 실어증 증세를 보였고 끝내 회복하지 못하고 13개월 만에 평생 싸우며 사랑했던 어머니 품안에서 숨을 거두었다. 그때 그의 나이 46세였다.

늘 취해 있어야 한다. 문제의 핵심은 이것이다. 이것만이 문제다. 어깨를 짓눌러 그대의 허리를 휘게 하는 시간의 끔찍한 짐을 느끼지 않으려면 늘 취해 있어야 한다. 그러나 무엇에, 술이건, 시건, 미덕이건, 그대 뜻대로 다만 취하기만 하라『보들레르의 '취하시오' 시 일부』

시인과 운명을 함께한 악의 꽃

샤를르 보들레르(Charles Baudelaire)는 낭비벽과 실어증으로 마흔여섯 살에 불행한 삶을 마감했다. 보들레르의 어린 시절 역시 가정환경이 정상적이지 못했다. 파리에서 출생한 보들레르는 원로원 고관이었던 아버지 덕분에 미술과 문학을 좋아했다. 그러나 예순두 살의 늙은 아버지와 스물여덟 살의 젊은 여인인 어머니가 결혼을 해 나은 보들레르는 여섯 살 때 아버지가 죽고, 이듬해에 어머니는 육군 소령 자크 오피크와 재혼하면서 불행해지기 시작한다. 이때부터 보들레르는 부모에 대한 끊임없는 반항이 시작되었다. 의붓아버지가 대령으로 승진하여 리옹에 부임하자, 11세 된 그는 리옹의 사립학교에 들어갔고, 이어 리옹 왕

립중학교를 다니다 전근을 자주 다니던 아버지를 따라 파리에 루이 르 그랑 중학교로 전학했는데, 최고 학년이 된 18세 때 졸업을 눈앞에 두고 학급친구가 그에게 보낸 쪽지를 선생님에게 보여주기를 거부했다는 이유로 퇴학처분을 당했다. 문학을 좋아하던 그는 문학에 대한 의붓아버지의 반대가 심해지자 이에 반발, 집을 뛰쳐나와 방탕한 생활을 하다 가족에 의해 인도로 가는 배를 타게 된다.

성년이 되어 이미 돌아가신 친부의 많은 유산을 상속받자 센 강의 루이 섬에 거처를 두고 당시 유행하던 유복한 청년들의 이상 사회 댄디즘을 추구하며 호화판 생활을 하기 시작했다. 흑인 혼혈의 여배우 잔느 뒤발과 알게 된 것이 이 무렵이었다. 하지만 2년 여 걸친 방탕생활로 유산을 많이 낭비해 버리자 가족들은 그에게 법정 후견인이 딸린 금치산자선고를 내렸고, 이후 보들레르는 문필로 돈을 벌어야만 하는 신세가 되고 말았다.

그는 스물네 살 때 『1845년 살롱』을 출판하여 미술평론가로서 데뷔했고 서른여섯 살에 이르러, 청년 시절 심혈을 기울여 다듬어 온 시를 모아 최초이자 최후의 시집 『악의 꽃』을 출판했다. 그러나 미풍양속을 해친다는 이유로 기소되어 법원으로 벌금과 시 여섯 편을 삭제하라는 판결을 받았다.

이 바람에 그의 살림은 파탄 직전까지 몰리고 말았다.

궁색한 생활을 면하기 위해 보들레르는 1864년 마흔셋 나이에 벨기에로 거처를 옮긴다. 그곳에서 강연 등을 하며 자기 시를 사람들에게 알리려는 작업들을 꾸준히 했지만 출판은 성사되지 못하고 건강이 악화되어 1866년 실어증까지 걸려 파리의 어머니 곁에 돌아와 쓸쓸하게 죽고 말았다.

한편 보들레르가 죽은 뒤에도 파리에서 혼자 살고 있던 잔느 뒤발은 거리를 목발에 의지하며 구걸하며 다니는 모습이 사람들에게 목격되기도 했지만 얼마 뒤 그녀의 행방은 완전히 자취를 감추었다. 그녀는 보들레르에 의해 미학적으로 아름다움의 상징이 되었지만 보들레르가 죽자 쓸쓸히 세상에서 자취를 감춘 것이다.

보들레르의 서정시는 다음 세대인 베를렌느, 랭보, 말라르메 등 상징파 시인들에게 큰 영향을 끼쳤지만 정작 그의 시는 그가 죽은 지 10여 년이 지나서야 문학적 가치를 인정받았다. 시인 발레리는 "그보다 위대하고 재능이 풍부한 시인들은 있을지 모르지만, 그보다 중요한 시인은 없다."라고 격찬하였다.

★ 이 책에 숨어 있는 관계도

발자크
세잔느
친구 사이
에밀 졸라
영감을 주다
영향을 주다
영향을 주다
부부 사이
모딜리아니
피카소
프리다 칼로
디에고
술친구(?)
초현실주의 화가로 인정
위안을 주다
헤밍웨이
매일 같이 출근
세익스피어 앤 컴패니
제임스 조이스
매일 같이 출근

평생 짝사랑
예이츠
모드 곤
생애 마지막에 예이츠의 시를 낭송
딜런 토마스
밥 딜런
딜런 토마스를 좋아하여 딜런으로 개명

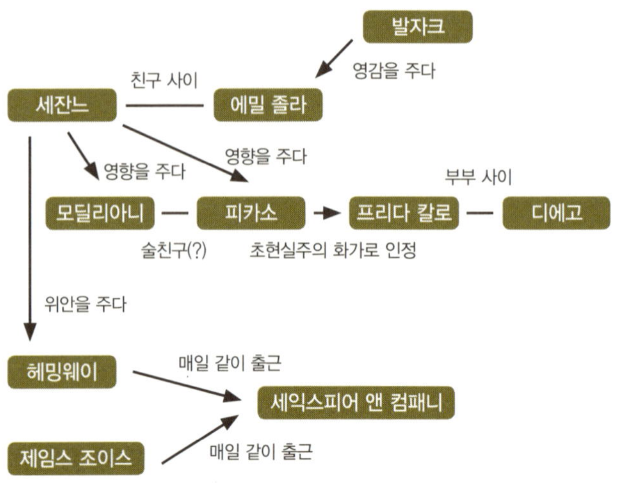

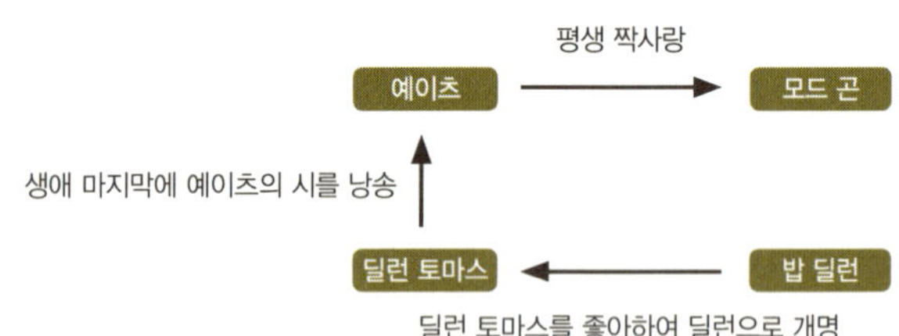

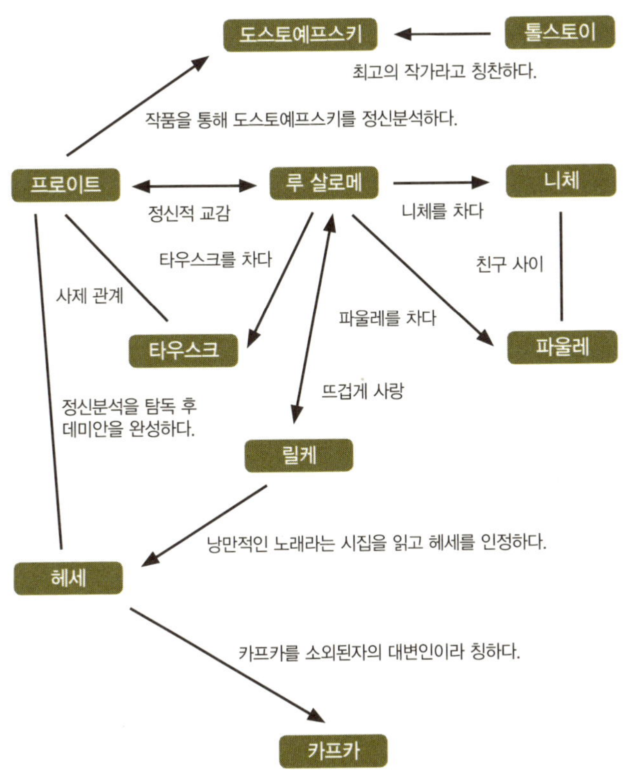

도스토예프스키
톨스토이
최고의 작가라고 칭찬하다.
작품을 통해 도스토예프스키를 정신분석하다.
프로이트
루 살로메
니체
정신적 교감
니체를 차다
타우스크를 차다
친구 사이
사제 관계
파울레를 차다
타우스크
파울레
정신분석을 탐독 후
데미안을 완성하다.
뜨겁게 사랑
릴케
헤세
낭만적인 노래라는 시집을 읽고 헤세를 인정하다.
카프카를 소외된자의 대변인이라 칭하다.
카프카